D1703048

weiser dawidek

paweł
huelle

weiser dawidek

wydawnictwo znak
kraków 2014

Projekt okładki
Witold Siemaszkiewicz

Fotografia na pierwszej okładki
© Ingemar Edfalk / Matton Collection / Corbis

Opieka redakcyjna
Karolina Macios

Korekta
Małgorzata Biernacka

Łamanie
Jan Szczurek

ISBN 978-83-240-2881-8

znak

Książki z dobrej strony: www.znak.com.pl
Społeczny Instytut Wydawniczy Znak, 30-105 Kraków, ul. Kościuszki 37
Dział sprzedaży: tel. (12) 61 99 569, e-mail: czytelnicy@znak.com.pl
Wydanie III (VI), Kraków 2014. Printed in EU

Juliuszowi

Właściwie jak to się stało, jak do tego doszło, że staliśmy w trójkę w gabinecie dyrektora szkoły, mając uszy pełne złowrogich słów: „protokół", „przesłuchanie", „przysięga", jak to się mogło stać, że tak po prostu i zwyczajnie z normalnych uczniów i dzieci staliśmy się oto po raz pierwszy oskarżonymi, jakim cudem nałożono na nas tę dorosłość – tego nie wiem do dzisiaj. Były może jakieś wcześniejsze przygotowania, nic jednak o tym nie wiedzieliśmy. Jedyne, co wówczas odczuwałem, to ból lewej nogi, bo kazano nam stać cały czas, a do tego wciąż powtarzające się pytania, podstępne uśmiechy, groźby pomieszane ze słodkimi prośbami, „aby wszystko wytłumaczyć raz jeszcze, po kolei i bez żadnych zmyśleń".

Mężczyzna w mundurze ocierał pot z czoła, patrzył na nas tępym wzrokiem umęczonego zwierzęcia i groził palcem, mamrocząc pod nosem niezrozumiałe zaklęcia. Dyrektor w rozluźnionym krawacie bębnił palcami po czarnej powierzchni biurka, a nauczyciel przyrody M-ski wpadał co chwila, dopytując się o przebieg śledztwa. Patrzyliśmy, jak promienie wrześniowego słońca, przebijając się przez zasunięte firanki, oświetlają zakurzony dywan bordowego koloru, i było nam żal minionego lata. A oni pytali wciąż, niestrudzenie, sto razy od nowa, nie mogąc pojąć najprostszych w świecie rzeczy, zupełnie tak, jakby to oni byli dziećmi.

– To jest wprowadzanie w błąd, za to są określone kodeksem kary! – krzyczał ten w mundurze, a dyrektor przytakiwał mu, łapiąc się co rusz za krawat:

– Co ja z wami mam, chłopcy, co ja z wami mam – i poluźniał jeszcze bardziej wielki trójkątny węzeł, który z daleka można było wziąć za kokardę jakobińską.

Tylko M-ski zachowywał umiarkowany spokój, jakby był pewny swego, szeptał na ucho temu w mundurze jakieś informacje, po czym obaj spoglądali na naszą trójkę z jeszcze większym zainteresowaniem, poprzedzającym zwykle nową serię pytań.

– Każdy z was mówi zupełnie co innego – krzyczał dyrektor. – I nigdy dwa razy to samo, więc jak to jest, że nie możecie ustalić wspólnej wersji?

A mundurowy wpadał mu w słowo:

– To jest za poważna sprawa na żarty, żarty się skończyły wczoraj, a dzisiaj trzeba całą nagą prawdę na stół!

Nie wiedzieliśmy wprawdzie, jak wygląda naga prawda, ale żaden z nas przecież nie kłamał, mówiliśmy jedynie to, co chcieli usłyszeć, i jeśli M-ski pytał o niewypały, przytakiwaliśmy, że chodziło o niewypały, gdy zaś mężczyzna w mundurze dodawał skład zardzewiałej amunicji, nikt z nas nie przeczył, że gdzieś taki skład na pewno był, a może i jest jeszcze teraz, tylko nie wiadomo gdzie, od czego pytający dostawał wypieków i zapalał nowego papierosa. Była w tym jakaś nieuświadomiona metoda obrony, o którą oni rozbijali się niczym mydlana bańka. Gdyby na przykład zapytali nas, czy byliśmy świadkami wybuchów Weisera, każdy przytaknąłby skwapliwie, że tak, nikt jednak nie potrafiłby powiedzieć, o jakich porach dnia, a na dodatek jeden z nas dodałby zaraz, że właściwie Weiser robił to wyłącznie sam, od czasu do czasu zapraszając tylko Elkę. Czuliśmy doskonale, że na pytania, które nam zadają, nie ma prawdziwych odpowiedzi, a nawet gdyby okazało się po jakimś czasie, że jednak są, to i tak to, co zdarzyło się tamtego sierpniowego popołudnia, pozostanie dla nich całkiem niewytłumaczalne i niezrozumiałe. Podobnie jak dla nas równania z dwiema niewiadomymi.

Szymek i Piotr stali po bokach, a ja w samym środku, z moją bolącą i spuchniętą od długiego znieruchomienia nogą. Oni mogli ratować się spojrzeniami w lewo lub prawo, ja zaś pozostawałem sam ze spojrzeniem dyrektora i oprawionym w ciemne ramki białym orłem ponad jego głową. Chwilami wydawało mi się, że orzeł porusza jednym ze skrzydeł, chcąc wylecieć na podwórze, czekałem, aż usłyszymy brzęk tłuczonego szkła i ptak pofrunie, lecz nic takiego się nie stało. Zamiast oczekiwanego lotu coraz gęściej padały pytania, pogróżki i prośby, a my staliśmy dalej, całkiem niewinni i przerażeni tym, jak skończy się to wszystko, bo przecież wszystko musi mieć swój koniec, tak jak lato, którego ostatnie odgłosy dobiegały do naszych uszu przez uchylone okno gabinetu.

– Człowiek nie może zginąć zupełnie bez śladu – krzyczał ten w mundurze. – To jest niemożliwe, a ty, Korolewski – zwrócił się do Szymka – utrzymujesz, że Weiser i wasza koleżanka (mundurowy nie mógł zapamiętać, jak nazywała się

Elka) wyszli tego dnia razem z domu, w kierunku Bukowej Górki, i że więcej ich nie widziałeś, gdy tymczasem widziano was we trójkę na nasypie kolejowym jeszcze po południu.

– A kto widział? – zapytał nieśmiało Szymek, przestępując z nogi na nogę.

– Ty mi tu pytań nie zadawaj, masz odpowiadać! – Mężczyźnie w mundurze rozbłysły groźnie oczy. – To się jeszcze dla was wszystkich źle skończy!

Szymek przełknął ślinę i jego odstające uszy zaczerwieniły się gwałtownie:

– Bo to było dwa dni wcześniej, jak nas widzieli.

Dyrektor nerwowo przerzucił arkusze papieru, gdzie były spisane nasze zeznania.

– Nieprawda! Znowu bezczelnie kłamiesz, przecież twoi koledzy powiedzieli wyraźnie, że szliście we trójkę starym nasypem kolejowym w kierunku Brętowa, a może – zwrócił się teraz do nas – to nie są wasze słowa, co?

Piotr pokiwał głową na znak zgody.

– Tak, panie dyrektorze, ale myśmy nie powiedzieli wcale, że to było tego ostatniego dnia, to rzeczywiście było dwa dni wcześniej.

Dyrektor poluźnił swój krawat, który teraz nie przypominał już właściwie normalnego krawata, tylko szalik, wąski i kolorowy, owinięty pod kołnierzykiem. Mundurowy zerknął w zeznania i jego twarz wykrzywił grymas, ale powstrzymał się tym razem od krzyku, by zadać następne pytanie z całkiem innej beczki, podstępne i nagłe. Być może chciał wiedzieć, skąd Weiser brał materiał wybuchowy do swoich eksplozji, a może zapytał o coś zupełnie błahego, na przykład jaką sukienkę miała na sobie Elka, kiedy widzieliśmy ją ostatni raz, albo czy Weiser nie odgrażał się przed zniknięciem, „że dokona czegoś wielkiego, że jeszcze coś pokaże". Wszystko to krążyło nieuchronnie wokół tych dwojga, ale wiedzieliśmy dobrze, że nigdy nie dotkną prawdy, bo trop, który podejmowali, od samego początku był fałszywy.

Nie wiem, po jakim czasie M-ski zaproponował nowy sposób prowadzenia śledztwa, zanim jednak to nastąpiło, pomyślałem, że Weiser i Elka muszą nas jakimś sobie tylko znanym sposobem słyszeć teraz, stojących w gabinecie dyrektora i zeznających pod dyktando groźnego człowieka w mundurze. I na pewno Weiser cmoka z uznaniem, kiedy słyszy, jak ci trzej męczą się z nami, a Elka śmieje się głośno, ukazując białe, wiewiórcze zęby. Piotr i Szymek pomyśleli pewnie to samo, bo żaden nie pisnął, kiedy M-ski polecił nam wyjść do sekretariatu i czekać tam na pojedyncze wezwania. Mieli nas teraz przesłuchiwać osobno – to był ten jego nowy pomysł, po którym spodziewali się większego sukcesu.

W sekretariacie pozwolono nam wreszcie usiąść i to było najważniejsze, ponadto chwila wytchnienia od spojrzeń M-skiego i krzyków tego w mundurze była czymś wspaniałym i nieoczekiwanym, czymś, co przyjęliśmy za widomy znak opatrzności, że najgorsze jest już za nami. Trzej w gabinecie dali nam trochę czasu, abyśmy przemyśleli beznadziejność naszej sytuacji i doszli do odpowiednich wniosków, ale my nie musieliśmy się nawet naradzać w celu ustalenia dalszych zeznań. Wiadomo było, że każdy będzie mówił tak, jak czuje, i to właśnie dawało nam największe szanse na przetrwanie opresji.

Na pierwszy ogień poszedł Szymek, niknąc w czeluści gabinetu pokornie i cicho, zostaliśmy więc z Piotrem sami, nie na długo jednak. Za chwilę przysłano woźnego, żeby nas pilnował. Odtąd siedzieliśmy w zupełnym milczeniu, wypełnionym tykaniem zegara ściennego i przerywanym gongiem wybijającym pełne godziny.

Właściwie jak to się stało, że poznaliśmy Weisera? Widzieliśmy go wcześniej nieraz, chodził do tej samej szkoły co my, biegał po tym samym podwórku i kupował w tym samym sklepie Cyrsona oblepione butelki z oranżadą, które dorośli nazywali krachlami. Nigdy jednak nie uczestniczył w naszych zabawach, stojąc z boku i najwyraźniej nie mając ochoty być jednym z nas. Kiedy graliśmy w piłkę na trawie obok pruskich koszar, zadowalał się milczącym kibicowaniem, a kiedy spotykaliśmy go na plaży w Jelitkowie, mówił, że nie umie pływać, i prędko znikał w tłumie plażowiczów, jakby się tego wstydził. Spotkania te były krótkie i beztreściwe, co odpowiadało jego fizjonomii. Był niewielkiego wzrostu, bardzo chudy i lekko przygarbiony, miał przy tym chorobliwie białą cerę, dla której jedynym godnym uwagi kontrastem były nienaturalnie duże, szeroko otwarte i bardzo ciemne oczy. Dlatego chyba wyglądał tak, jakby się czegoś zawsze bał, jakby czekał na kogoś lub coś, co przyniesie mu złą nowinę. Mieszkał ze swoim dziadkiem pod jedenastką, a na drzwiach do ich mieszkania widniała żółta tablica z napisem „A. Weiser. Krawiec". I to było właściwie wszystko, co mogliśmy o nim powiedzieć, zanim przyszło lato ostatniego roku, zapowiadane majowymi chrabąszczami i ciepłym wiatrem z południa. Więc jak to się stało, że poznaliśmy Weisera?

Jeżeli cokolwiek ma swój początek, to w tym wypadku musiał to być dzień Bożego Ciała, który przypadał wyjątkowo późno. W kurzu i spiekocie czerwcowego przedpołudnia szliśmy w procesji oddzieleni od proboszcza Dudaka grupą ministrantów i świeżo komunikowanych trzeciaków, śpiewając jak wszyscy: „Witaj Jezu, Synu Mary-i, Tyś jest Bóg prawdziwy w Świętej Hosty-i", i patrząc na ruchy kadzielnicy z nieukrywanym nabożeństwem. Bo najważniejsza była kadzielnica, nie Hostia, nie święte wizerunki Matki Boskiej i Boga, Co Został Człowiekiem, nie drewniane figury niesione przez członków Koła Różańcowego w specjalnych lektykach, nie sztandary i wstęgi trzymane w dłoniach obleczonych w białe rękawiczki, ale właśnie kadzielnica, poruszająca się w lewo i w prawo, w dół i do góry, dymiąca szarymi obłokami, kadzielnica ze złotej blachy na grubym łańcuchu tego samego koloru i woń kadzidła, drażniąca nozdrza, ale też dziwnie mdła i łagodna. W nieruchomym powietrzu obłoki te utrzymywały się, długo nie zmieniając kształtu, a my przyspieszaliśmy kroku, następując poprzednikom na pięty, by schwytać je, zanim rozpłyną się w nicość.

I wtedy właśnie zobaczyliśmy Weisera po raz pierwszy w roli dla niego charakterystycznej, roli, którą sam sobie wybrał, a następnie narzucił nam wszystkim, o czym, rzecz jasna, nie mogliśmy nic wiedzieć. Tuż przed ołtarzem, wznoszonym rokrocznie obok naszego domu, proboszcz Dudak zamachał potężnie kadzielnicą, wypuszczając wspaniały obłok, na który czekaliśmy z drżeniem i napięciem. A kiedy szary dym opadł, zobaczyliśmy Weisera stojącego na małym wzgórku po lewej stronie ołtarza i przypatrującego się wszystkiemu z nieukrywaną dumą. To była duma generała, który odbiera defiladę. Tak, Weiser stał na wzgórku i patrzył, jakby wszystkie śpiewy, sztandary, obrazy, bractwa i wstęgi były przygotowane specjalnie dla niego, jakby nie było innego powodu, dla którego ludzie przemierzali ulice naszej dzielnicy z zawodzącym śpiewem na ustach. Dzisiaj wiem ponad wszelką wątpliwość, że Weiser musiał być taki zawsze, a wtedy gdy opadł kadzidlany dym, wyszedł jedynie z ukrycia, ukazując nam po raz pierwszy swoje prawdziwe oblicze. Nie trwało to zresztą długo. Gdy rozwiała się ostatnia smuga kadzidlanego zapachu i umilkły słowa pieśni intonowanej piskliwym głosem proboszcza Dudaka, a tłum ruszył dalej do samego kościoła, Weiser zniknął z pagórka i nie towarzyszył nam już. Jaki bowiem generał podąża za oddziałami po skończonym przeglądzie?

Do końca roku szkolnego pozostały dni liczone na palcach, czerwiec rozszalał się w upale i co dzień rano budziły nas przez otwarte okna głosy ptaków obwieszczające niepodzielne panowanie lata. Weiser znów stał się nieśmiałym Weiserem, który tylko z daleka patrzył na nasze pełne wrzasków zabawy. Ale coś już się zmieniło, czuliśmy teraz w jego wzroku dystans, przenikliwy i piekący, niczym spojrzenie ukrytego oka, badające każdy postępek. Może podświadomie nie mogliśmy znieść tego spojrzenia, kto wie, dość, że w dzień rozdania świadectw z religii ujrzeliśmy go znów tak samo jak w Boże Ciało, albo raczej w podobnej sytuacji. Plebania Ojców Zmartwychwstańców położona była, jak cała zresztą nasza dzielnica, pod lasem i kiedy już proboszcz Dudak zakończył swoje modlitwy i życzenia, rozdał najgorliwszym obrazki i kiedy otrzymaliśmy świadectwa wydrukowane pięknie na kredowym papierze, rozpoczął się szaleńczy wyścig do lasu po pierwsze chwile prawdziwych wakacji, bo szkołę porzuciliśmy już poprzedniego dnia i teraz nie było przed nami nic oprócz dwóch miesięcy cudownej swobody. Biegliśmy całą chmarą, wrzeszcząc i poszturchując się łokciami. Nic, zdawało się, nie mogło powstrzymać tego żywiołu, nic, oprócz zimnego spojrzenia Weisera, a właśnie on stał oparty o pień modrzewia, jakby tu czekał na nas specjalnie. Może od kilku minut, a może zawsze. Tego nie wiedzieliśmy ani wtedy, ani później w gabinecie dyrektora i przylegającym doń sekretariacie, oczekując kolejnych przesłuchań, a także teraz, kiedy piszę te słowa i kiedy Szymek mieszka w zupełnie innym mieście, Piotr zginął w siedemdziesiątym roku na ulicy, a Elka wyjechała do Niemiec i nie pisze stamtąd żadnych listów. Bo Weiser mógł na nas czekać od samego początku i to chyba właśnie jest najistotniejsze w historii, którą opowiadam bez upiększeń.

A zatem stał i patrzył. Tak, tylko tyle, wydawałoby się – tylko tyle. A jednak powstrzymał nadpływającą falę spoconych ciał i krzyczących gardeł, zatrzymał na sobie i odepchnął na moment, na krótką chwilę, w której żywioł cofa się, by uderzyć ze zdwojoną siłą. „Weiser Dawidek nie chodzi na religię" – zabrzmiało gdzieś na tyłach, a z przodu podchwycono to hasło w nieco zmienionej formie – „Dawid, Dawidek, Weiser jest Żydek!". I dopiero teraz, gdy zostało to powiedziane, poczuliśmy do niego zwyczajną niechęć, która rosła w nienawiść, za to, że nigdy nie był z nami, nigdy nie należał do nas, jak też za spojrzenie lekko wyłupiastych oczu, które sugerowało w sposób oczywisty, iż to my różnimy się od niego, a nie on od nas.

Szymek wysunął się na czoło i stanął naprzeciw niego twarzą w twarz.

– Ty, Weiser, a właściwie dlaczego nie chodzisz z nami na religię? – i pytanie zawisło pomiędzy nami w powietrzu, domagając się natychmiastowej odpowiedzi.

On milczał, uśmiechając się tylko – jak sądziliśmy wówczas – głupawo i bezczelnie, więc z tyłu zaczęto szemrać, żeby spuścić mu buły. Buły polegały na ugniataniu pleców rozciągniętego na trawie delikwenta pięściami i kolanami, i już widzieliśmy jego białe obnażone plecy, już jego koszula frunęła w powietrze podawana z rąk do rąk, kiedy nagle w krąg oprawców wskoczyła Elka z roziskrzonymi oczami i rozdzielając na prawo i lewo kopniaki, krzyczała:

– Zostawcie go w spokoju, zostawcie go w spokoju!

A gdy to nie poskutkowało, przywarła do jednego z egzekutorów paznokciami, znacząc na jego twarzy długie nitki czerwieniejących gwałtownie bruzd. Odstąpiliśmy od Weisera, ktoś podał mu nawet zmiętą koszulę, a on, nie odzywając się słowem, wkładał ją, jakby się nic nie stało. Dopiero po chwili zrozumieliśmy, że to nie on, a my wyszliśmy z tego poniżeni, on został sobą, niezmiennie takim samym Weiserem i mógł na nas patrzeć jak w Boże Ciało, spokojnie, chłodno, bez namiętności i z dystansem. Trudno wytrzymać coś takiego, toteż gdy tylko oddalił się, schodząc wzdłuż zarośniętego płotu kościoła, Szymek rzucił pierwszy kamień, krzycząc głośno: „Dawid, Dawidek, Weiser jest Żydek", a inni naśladowali go, krzycząc to samo i rzucając następne kamienie. Ale on nie odwrócił się ani nie przyspieszył kroku, unosząc w ten sposób swoją dumę, a nam pozostawiając bezsilny wstyd. Elka pobiegła za nim, więc przestaliśmy ciskać kamienie.

To była nasza pierwsza bliższa znajomość z Weiserem, jego śmiertelnie białe plecy, zmięta kraciasta koszula i jak już wspomniałem – nieznośne spojrzenie, któreśmy po raz pierwszy poczuli na sobie w Boże Ciało, kiedy rozwiał się kadzidlany obłok, wypuszczony ze złotej puszki przez proboszcza Dudaka.

Czy był to zwykły przypadek? Czy Weiser znalazł się przed budynkiem plebanii z własnej woli, podobnie jak w Boże Ciało na wzgórku obok ołtarza? Jeśli nie, to jaka siła kazała mu to uczynić, dlaczego postanowił ukazać się nam właśnie tak? Te pytania długo nie dawały mi zasnąć, długo jeszcze po zakończeniu śledztwa i wiele lat później, kiedy stałem się kimś zupełnie innym. I jeżeli jest jakaś odpowiedź, to tylko ta, że właśnie z jej braku zapełniam linijki papieru, niczego nie będąc pewnym. Listy, które wysyłam rokrocznie do Mannheim w nadziei rozjaśnienia kilku innych jeszcze spraw, związanych z tamtymi wydarzeniami i osobą Weisera, pozostają bez odpowiedzi. Początkowo myślałem, że Elka, odkąd stała się Niemką, nie pragnie żadnych stąd wiadomości, żadnych wspomnień, które mogłyby ją wytrącać z jej nowej, niemieckiej równowagi. Ale teraz już tak nie sądzę, a przynajmniej nie byłbym tego taki pewien. Pomiędzy nią a Weiserem było coś, czego nigdy nie mogliśmy pojąć, coś, co łączyło ich w przedziwny sposób i czego żadną miarą nie da się określić mianem dziecięcej fascynacji płcią czy podobnymi terminami, jakich współczesny psycholog miałby pełne usta. Jej uparte milczenie to coś więcej niż niechęć do kraju dzieciństwa.

A tamtego dnia, kiedy koszula Weisera frunęła w powietrzu z rąk do rąk, pojechaliśmy rozklekotanym tramwajem linii numer cztery na plażę do Jelitkowa. Mimo wczesnego popołudnia na obu platformach wozu panował spory tłok, słońce operowało jeszcze silnie, a wewnątrz pojazdu unosił się charakterystyczny zapach znękanego upałem lakieru. Ani nam w głowie było pamiętać o Weiserze i przedpołudniowej scenie pod lasem. Skoro tylko tramwaj wtoczył się z potwornym zgrzytem na pętlę obok drewnianego krzyża, wybiegliśmy, machając ręcznikami, w kierunku plaży, nie zważając na rozwieszone pomiędzy domami rybaków sieci ani na poustawiane w piramidki kosze, cuchnące tranem i smołą. Dopiero tutaj rozpoczynały się prawdziwe wakacje, a wraz z nimi nurkowanie po garść piachu, wyścigi do czerwonej boi i gonitwy aż do sopockiego mola, skąd najodważniejsi popisywali się straceńczymi skokami. Bo tak naprawdę Jelitkowo nie mogło istnieć bez nas, tak samo jak miasto nie mogło istnieć bez plaży i zatoki. To były naczynia połączone i chociaż dzisiaj jest zupełnie inaczej, pamięć o tym wydaje się niezniszczalna.

Na przedzie rozhukanej czeredy biegł więc Piotr, pragnący zademonstrować swój numer plażowy, polegający na ściągnięciu koszuli i spodenek jeszcze w biegu, bez zatrzymywania się, i wskoczeniu do wody w bryzgach białej piany. Jego bose stopy już skrzypiały na piachu, pozostawiając w tyle piaskowe fontanny, kiedy nagle zatrzymał się nad wodą i krzyknął, jakby mu wbito w nogę coś ostrego:

– Kolki! Chodźcie! Ile tego!

To, co zobaczyliśmy, przekraczało zdolność rozumienia zbrodniczych możliwości natury. Tysiące kolek pływających do góry brzuchami poruszało się w leniwym rytmie fali, tworząc kilkumetrowej szerokości pas martwych tułowi. Wystarczyło wsadzić rękę do wody, by przyczepione do skóry łuski migotały niczym pancerz, ale to nie było przyjemne uczucie. Zamiast kąpieli mieliśmy rybną zupę, w którą można było napluć z obrzydzenia. Ale to był – jak się okazało – dopiero początek. Przez następne dni zupa gęstniała, stając się cuchnącą i lepką mazią. W pożarze czerwca zewłoki gniły, pęczniejąc jak nadymane rybie pęcherze, a smród rozkładu czuć było nawet w okolicach tramwajowej pętli. Plaże pustoszały gwałtownie, martwych kolek zdawało się przybywać, a nasza rozpacz nie miała granic. Jelitkowo nie chciało naszej obecności. Nad przybrzeżną zawiesiną, która z godziny na godzinę zmieniała kolor od jasnej zieleni do ciemnego brązu, pojawiły się roje much niespotykanej dotąd wielkości, żywiących się padliną lub składających tam swoje jaja. Morze okazało się nieprzystępne mimo panującej spiekoty. Wszystko na nic – bezwietrzna pogoda, upał i błękitne niebo, łudzące doskonałą czystością. Wreszcie władze miasta postanowiły zamknąć wszystkie plaże od Stogów aż do Gdyni, co właściwie było formalnym potwierdzeniem istniejącego stanu rzeczy.

Nic gorszego nie mogło nas spotkać, ale kiedy myślałem o tym, czekając w sekretariacie naszej szkoły na swoją kolejkę przesłuchania, i kiedy zastanawiałem się, co też opowiem M-skiemu tym razem, wtedy już przypuszczałem, że to nie był przypadek. A nawet jeśli był, to nie taki znów zwykły. Gdyby nie zupa rybna, nigdy nie przyszłoby nam do głowy śledzić Weisera, nigdy nie ruszylibyśmy za nim w trop przez Bukową Górkę i starą strzelnicę, a on nigdy nie dopuściłby nas do swojego życia. Ale uprzedzam fakty, tymczasem historia ta, jak każda prawdziwa opowieść, musi mieć swój ustalony porządek.

Drzwi gabinetu uchyliły się i zobaczyłem Szymka wypchniętego ręką M-skiego. Zanim zabrzmiało nazwisko Piotra i zanim woźny podniósł się ze swojego krzesła, żeby go podprowadzić bliżej, zobaczyłem wielkie czerwone ucho Szymka, nabrzmiałe i nienaturalnie wyciągnięte. Poczułem skurcz w żołądku i okolicach serca, ale o nic nie mogłem pytać, bo w drzwiach ukazał się M-ski i przepuszczając Piotra do wewnątrz, nakazał woźnemu, żebyśmy nie zamienili ani słowa. Szymek usiadł na składanym krześle, spuścił głowę i nie podnosił wzroku znad swoich kolan. Przez chwilę zastanawiałem się, czy mnie też będą ciągnąć za ucho, lecz prędko dałem temu spokój, pamiętając, że arsenał środków M-skiego był nieograniczony.

Tak, udział M-skiego w całej historii do dzisiaj nie został należycie przemyślany, ale jeśli nie uczyniłem tego do tej pory, to czy wtedy, czekając na kolejne przesłuchanie, mogłem w pełni zdać sobie sprawę, kim M-ski był tak naprawdę albo kim naprawdę nie był? Za bardzo się go wówczas obawiałem, późniejsze wypadki natomiast odsunęły mnie od rozmyślań na jego temat. Kiedy zaś drzwi gabinetu obite pikowaną dermą zamknęły się bezszelestnie za Piotrem, przypomniałem sobie bardzo ważne zdarzenie.

Co roku nasza szkoła, jak wszystkie inne szkoły, maszerowała równo, w białych koszulach i ciemnych spodenkach na pierwszomajowej manifestacji. M-ski szedł zawsze na czele, dźwigał transparent i uśmiechając się do panów na trybunie, zachęcał nas do śpiewu swoim piskliwym głosem: „Na-przód mło-dzie-ży świa-ta, nasz bra-ter-ski roz-brzmie-wa dziś śpi-ee-e-w!". A my maszerowaliśmy równo, równiuteńko, uśmiechaliśmy się tak jak wszyscy dookoła i śpiewaliśmy jak wszyscy dookoła, i wiedzieliśmy, że ci, którzy nie przyszli na święto radości, młodości i powszechnego entuzjazmu, ci właśnie uczniowie nazajutrz, albo najdalej za dwa dni, będą mieli wizytę M-skiego w domu i M-ski będzie pytał rodziców, co to się stało, czy to poważna choroba i w czym może pomóc, żeby za rok o tej samej porze uczeń był zdrów jak ryba. Rok temu z naszej szkoły jeden jedyny uczeń nie poszedł na pochód pierwszomajowy. Był to właśnie Weiser, ale co najdziwniejsze, M-ski nigdy nie złożył wizyty w jego domu, żeby zapytać dziadka, dlaczego wnuk nie przyszedł maszerować razem z nami. Wtedy nie przywiązywaliśmy do tego wagi, ale teraz, gdy nadchodziła moja kolej przesłuchania, pomyślałem, że to bardzo ważne.

Tylko w jaki sposób można było połączyć M-skiego z Weiserem? Do dziś twierdzę, że absolutnie w żaden. Co zatem spowodowało, że M-ski nie złożył wizyty u nich w domu? Nie lubił krawców? A może zapomniał? Nie, na pewno nie zapomniał; jako nauczyciel przyrody i systematyk, był przecież szczególnego rodzaju pedantem i wszystko miał zapisane w małym notesie, z którym się nigdy nie rozstawał. A jeśli M-ski wiedział o Weiserze coś, czego my nie wiedzieliśmy i czego już nie dowiem się nigdy? Jeśli istniało coś takiego, to czemu zdziwaczały nauczyciel przyrody nie mógł zrozumieć, gdzie zniknął nasz kolega?

O tak, M-ski był prawdziwym dziwakiem, jakich dziś spotyka się tylko w książkach i to nie byle jakich. Latem, podobnie jak my, nie wyjeżdżał z miasta na wakacje i często widywaliśmy go na łące pod brętowskim lasem albo nad potokiem w Dolinie Radości, gdy uganiał się za motylami z siatką i atlasem owadów. A kiedy nie polował na fruwające stworzenia, szedł zgarbiony ze wzrokiem utkwionym w ziemię i co chwila zatrzymywał się, zrywał jakieś zielsko i szeptał do siebie: „*Menyanthes trifoliata*" albo „*Viola tricolor*", i wkładał zielska do tekturowej teczki, którą niósł ze sobą zamiast pocerowanej siatki. M-ski przygotowywał dzieło o florze i faunie lasów, które ciągnęły się wzdłuż południowych granic miasta aż do Gdyni i w których polował niegdyś sam Fryderyk Wielki. Pewnie dlatego chwytał i kolekcjonował wszystko, co rosło i ruszało się w zasięgu jego wzroku. Na szczęście jednak był krótkowidzem i dzięki temu sporo traw, liści, żuków, much i innego drobiazgu ocaliło swoje istnienie.

Tak, tego gorącego lata, kiedy Weiser dopuścił nas do swoich tajemnic albo raczej dopuścił nas do swojego życia, częściowo zresztą i na ile chciał, tego lata M-ski spotykał nas wielokrotnie w okolicach strzelnicy, Bukowej Górki, brętowskiego cmentarza i Doliny Radości. Jego wyłupiaste, rybie oczy, oderwane od nieba albo od ziemi, śledziły nas ukradkiem i nigdy nie było wiadomo, czy nie weźmie nas za okaz fauny niezbędny do wiekopomnego dzieła. Poza szkołą i pierwszomajową manifestacją musieliśmy być dla niego bez wątpienia gatunkiem szczególnie uciążliwych owadów, co dało się wyczuć w jego zimnym, pustym spojrzeniu. Bałem się tego spojrzenia, jego właśnie się bałem, a nie skubania gęsi, wyciągania słonia, grzania łapki lub innych, jeszcze bardziej bolesnych i wyszukanych kar cielesnych, jakie stosował na swoich lekcjach. W pewnym momencie pomyślałem też, spoglądając na zaczerwienione ucho Szymka, że M-ski może swoim spojrzeniem zamienić kogo zechce w owada, i już wyobraziłem sobie, jak obrastam w stalowozielony, chitynowy pancerz i jak moje kurczące się dłonie rozczłonkowują się w ogromną ilość kosmatych odnóży. To było okropne, stokroć gorsze niż lęk przed bólem, zaczerwienione ucho Szymka i niewiadoma śledztwa.

W pierwszych dniach lipca stężenie zupy rybnej w zatoce zdawało się osiągać apogeum. Nad morzem nie było czego szukać i musieliśmy naszą uwagę skierować gdzie indziej. I to jest pierwszy rozdział książki o Weiserze, której nigdy żaden z nas nie napisał i nigdy nie napisze; bo to, co robię teraz, to w żadnym wypadku nie jest pisanie książki, tylko zapełnianie białej plamy, zatykanie dziury linijkami na znak ostatecznej kapitulacji.

Tak, pierwszy rozdział tej nienapisanej książki rozpoczyna się od zupy rybnej w zatoce i od naszych zabaw na brętowskim cmentarzu, gdzie chodziliśmy odtąd zamiast na plażę i gdzie w gęstwinie leszczyn i olch, w zaciszu opuszczonych nagrobków i pękniętych płyt z niemieckimi napisami rozgrywaliśmy nasze wojny. Szymek dowodził oddziałem SS, a jego odstające uszy przykrywał znaleziony w rowie zardzewiały hełm wehrmachtowski. Piotr miał pod sobą oddział partyzancki, który stale ścigany, dziesiątkowany, okrążany i wybijany do nogi odradzał się wciąż na nowo, by przygotowywać następne zasadzki. Kiedy Szymek ze swoimi brał nas do niewoli, tak samo jak w filmach podnosiliśmy ręce do góry, tak samo jak w filmach maszerowaliśmy z rękami założonymi na karku i tak samo jak w filmach o prawdziwej wojnie, wyświetlanych w naszym kinie „Tramwajarz", padaliśmy, rozstrzeliwani seriami karabinów maszynowych, do prawdziwego rowu na skraju cmentarza, tam gdzie zaczynał się las sosnowy. I jeśli przypominam sobie z poczuciem pewnego zdumienia, z jak wielkim upodobaniem i znawstwem padaliśmy do tamtego rowu, z jak wielkim podnieceniem czekaliśmy na moment, kiedy ręka Szymka da znak do rozpoczęcia egzekucji, to wiem, że wszystko to zawdzięczaliśmy właśnie kinu „Tramwajarz", położonemu niedaleko szkoły, obok zajezdni, gdzie urządzano seanse młodzieżowe, mające zaznajomić nas z historią ojczystą.

Nie pamiętam już którego dnia, po której potyczce, bitwie i wzięciu nas do niewoli, staliśmy z rękami podniesionymi do góry naprzeciwko luf esesmańskich karabinów, oczekując, aż spod zardzewiałego hełmu Szymka padnie komenda „*Feuer!*", kiedy ujrzeliśmy Weisera siedzącego na sośnie, Weisera, który być może przez wszystkie te dni przyglądał się naszej zabawie. Właściwie to najpierw usłyszeliśmy jego okrzyk – okrzyk, który skierował do Szymka, wstrzymując wydanie komendy, a dopiero później zobaczyliśmy go na tej sośnie. Siedział, trzymając stary zdezelowany schmeiser, którym mierzył gdzieś daleko za wieżę ceglanego kościółka, i patrzył na nas zupełnie tak samo jak w Boże Ciało, kiedy wypłynął nagle zza szarego obłoku kadzidlanego dymu. Pod drzewem stała Elka, opierając się o pień. Nie mówiła nic, ale widać było, że ona jest z nim, a nie z nami. Więc nie usłyszeliśmy tym razem przeciągłego „du-du-du-du-du", po którym należało paść najpierw na kolana, a potem już jak popadnie: na wznak, bokiem albo na brzuch, twarzą w trawę – bo Weiser zeskoczył z sosny i podszedł do osłupiałego Szymka.

Dzisiaj, podobnie jak wówczas, kiedy siedziałem na składanym krześle obok Szymka, a potem Piotra, a potem znowu Szymka w sekretariacie szkoły, oczekując na swoją kolejkę przesłuchania, dzisiaj, tak samo jak i wtedy, dałbym dużo, żeby przypomnieć sobie słowa Weisera na cmentarzu, bo to były właściwie jego pierwsze słowa skierowane do nas bezpośrednio. Szymek, zapytany o to listownie, nie dał mi żadnej odpowiedzi i zajęty swoimi sprawami w dalekim mieście, wyraźnie unika wspomnienia Weisera. Elka, która powinna pamiętać to najlepiej, stała się Niemką i nie odpowiada z Mannheim na żadne pytania, a Piotr w siedemdziesiątym roku wyszedł popatrzeć na ulicę, co się dzieje, i trafiła go całkiem prawdziwa kula.

Tak, jestem przekonany, że od tamtych słów powinna się zaczynać nienapisana książka o Weiserze...

A więc trzymając przerdzewiały i zdezelowany schmeiser, zeskoczył z sosny i podszedł do Szymka, mówiąc: „zostaw, ja zrobię to lepiej", albo: „zostaw to mnie", albo jeszcze krócej: „ja to zrobię". Tylko że Weiser nic takiego nie powiedział, nie mógł nic takiego powiedzieć, ponieważ schmeiser powędrował do rąk Szymka, a on sam z Elką odszedł ścieżką w dół ku rozbitej bramie cmentarza, jakby przyszedł tu tylko po to, żeby zostawić nam automat i odejść do poważniejszych spraw. Egzekucja nie odbyła się. Otoczyliśmy Szymka kołem i każdy chciał choć przez chwilę potrzymać bezużyteczny kawał żelastwa, który robił wrażenie.

Tak, w tym momencie Weiser nie był dla nas jeszcze najważniejszy, kłóciliśmy się o to, która strona powinna posiadać automat. Byłem w oddziale Piotra i oczywiście chciałem, żebyśmy mieli go my, skoro tamci posiadali hełm. Ostatecznie ustaliliśmy nowy, ciekawszy styl gry wojennej. Odtąd po każdej bitwie Piotr zamieniał z Szymkiem automat na hełm i tak raz byliśmy Niemcami, gdy nasz dowódca wkładał hełm, a raz przeistaczaliśmy się w partyzantów, goniąc między zarośniętymi nagrobkami z karabinem w ręku.

Myślę, że Weiser miał od początku jakiś plan oplątania nas swoimi pomysłami, od samego początku musiał wyczekiwać odpowiedniej chwili, żeby jak w Boże Ciało albo na brętowskim cmentarzu zaskoczyć nas zupełnie. Bo w pierwszym okresie, kiedy nie wiedzieliśmy nic o piwnicy w starej cegielni ani o eksplozjach przygotowywanych w dolinie za strzelnicą, ani o jego kolekcji znaczków z Generalnej Guberni – w tym okresie, kiedy nieświadomi niczego uganialiśmy się między nagrobkami brętowskiego cmentarza, on pojawiał się i znikał, jak znika ktoś, kto przyśni się nam przypadkiem i kogo później nie możemy zapomnieć, choć rysy jego twarzy, słowa i sposób zachowania uleciały nam z pamięci zupełnie. On wsączył pamięć o sobie całkiem niepostrzeżenie i któregoś z następnych dni, kiedy w kurzu piaszczystej drogi wracaliśmy do domów przez Bukową Górkę, najczęściej pod wieczór, w czerwonych promieniach zachodzącego słońca – wtedy właśnie zaczęliśmy o nim rozmawiać. Z początku właściwie przypadkowo i całkiem bez związku z obłokiem kadzidlanego dymu i zardzewiałym automatem, ot tak, zadając pytania głośno i żartobliwie: a co on właściwie robi, kiedy nie bawi się razem z nami? albo – dlaczego ta głupia Elka łazi teraz za nim jak pies, a na nas patrzy z góry jak na bandę szczeniaków?, i po co właściwie dał nam zardzewiały automat? – bo przecież nikt z chłopaków tak sam z siebie nie pozbyłby się za żadne skarby takiego znaleziska. Ale to jeszcze nie było to, co opanowało nas później, kiedy myśl o nim nie dawała nam zasnąć i kiedy traciliśmy całe godziny na wyśledzenie jego i Elki. Na razie zupa rybna w zatoce cuchnęła coraz bardziej i co drugi dzień ktoś z nas jechał do Jelitkowa, żeby zobaczyć, jak sprawy się mają.

Spojrzałem na Szymka. Jego odstające ucho przestało być okropnie czerwone i nawet jakby trochę powróciło do swoich pierwotnych rozmiarów. Pomiędzy nami siedział teraz woźny, a przez uchylone okno sekretariatu dochodziły leniwe dźwięki wrześniowego popołudnia, kroki przechodniów mieszały się z okrzykami dzieciarni, a słońce oświetlało czerwoną dachówkę budynku stojącego po drugiej stronie ulicy. Wszystkie domy w naszej części Wrzeszcza miały tę czerwoną dachówkę, więc – pomyślałem – w takie popołudnie jak to, u schyłku lata, kiedy słońce ma szczególne właściwości, musi to najciekawiej wyglądać z Bukowej Górki, skąd oprócz czerwonych spadzistych dachów widać było lotnisko położone już za torami kolejowymi i zatokę z białym paskiem plaży. Ile razy staliśmy tam, na górze, nasze miasto wydawało się nam zupełnie inne niż to, w którym żyliśmy na co dzień. Wtedy nie wiedziałem dlaczego, a dzisiaj, kiedy nie ma już Bukowej Górki ani Weisera, ani tamtego Jelitkowa, dzisiaj myślę, że z góry nie było po prostu widać brudnych, zaśmieconych podwórek, nieopróżnionych śmietników i całej brzydoty przedmieścia, której symbolem mógłby być szary i oblepiony kurzem sklep Cyrsona, gdzie kupowaliśmy oranżadę w butelkach nazywanych przez dorosłych krachlami.

Zamiast panoramy z Bukowej Górki widziałem więc dach przeciwległego budynku, promienie słońca ślizgające się po nim coraz krótszymi zygzakami i uchylone okno na poddaszu, w którym wiatr wydymał łagodnie firankę. Zegar w sekretariacie wybił godzinę piątą i w chwilę później usłyszałem dobrze mi znane dźwięki pianina, na którym nauczycielka muzyki akompaniowała popołudniowej próbie chóru. Najpierw była przygrywka, a zaraz potem z piętra zaczęły dobiegać coraz głośniejsze frazy historycznej pieśni masowej lub masowej pieśni historycznej albo ludowej pieśni historii, nie pamiętam już, jak się to wtedy nazywało: „O cześć wam, panowie-ee magna-a-a-ci! Za na-szą nie-wo-lę, kajda-a-ny! O cze-e-eść wam, ksią-żę-ta, biskupi-i-i, pra-ła-ci-i-i, za kraj nasz krwią bra-tnią zbryz-ga-a-a-ny!”. To był refren, powtarzany wielokrotnie, podobnie jak początek pieśni, równie podniosły i patetyczny – „Gdy na-a-ród do bo-o-ju wyru-szył z orę-żem, pa-no-wie o czyn-szach ra-dzi-i-li”. Nigdy nie mogłem zrozumieć, ani w czasie szkolnych akademii, ani w czasie lekcji śpiewu, na których pieśń tę musieliśmy śpiewać dziesiątki razy aż do znudzenia, co miały wspólnego kajdany i niewola z biskupami albo o jakie czynsze chodziło, gdy naród wyruszył do boju, to znaczy, co mają wspólnego czynsze z bojem. I w ogóle za co tu było winić panów, skoro panów już dawno nie ma, a jeśli są, to na pewno nie w naszym mieście i nie w naszym kraju. Tak, dzisiaj na szczęście nie muszę o tym myśleć, tylko melodia utkwiła mi w pamięci prawie doskonale i jeśli powraca do mnie jakimś dziwnym trafem, to nigdy w związku z prałatami, szkolną akademią lub panią od śpiewu, lecz razem ze światłem wrześniowego popołudnia, kiedy siedziałem w sekretariacie naszej szkoły, czekając na swoją kolejkę przesłuchania, razem z widokiem firanki poruszanej łagodnym podmuchem wiatru, razem z Weiserem i godziną piątą, którą właśnie ścienny zegar wybił łagodnym gongiem, przypominającym dzwonek proboszcza Dudaka używany w czasie Podniesienia.

Kiedy ucho Szymka stało się już całkiem normalne, drzwi gabinetu dyrektora otworzył M-ski, wypuszczając stamtąd Piotra, i przyszła moja kolej. Szkolny zapach pastowanych podłóg, który pamiętam do dzisiaj, ciężki i oleisty jak wieczność, w dyrektorskim gabinecie mieszał się z tytoniowym dymem i wonią kawy, którą pili wszyscy trzej przesłuchujący nas mężczyźni. Tylko M-ski nie palił, skubiąc za to rękaw koszuli.

– Więc ty, Heller, utrzymujesz – mówił do mnie, bo tak się wtedy nazywałem, ten w mundurze – ty utrzymujesz, że Weisera i Elkę widzieliście po raz ostatni dwudziestego ósmego sierpnia, w dolince za starą strzelnicą, tak?

– Właściwie to tak – odpowiedziałem, nabierając pewności.

– Co to znaczy „właściwie"?!

– Bo potem już ich nie widzieliśmy z bliska.

– Czy to znaczy, że widzieliście ich jeszcze następnego dnia w jakiś inny sposób? Co to znaczy „nie z bliska"?!

– Nie, następnego dnia nie widzieliśmy ich już wcale.

M-ski poruszył się w swoim fotelu:

– No to opowiedz nam dokładnie i po kolei, co zdarzyło się tego popołudnia, tylko niczego nie przekręcaj, bo przed nami i tak nic nie ukryjesz!

Mówiłem, starając się nie patrzeć w oczy M-skiemu; mówiłem wolno i spokojnie, pewny, że i tak nie wpadną na właściwy trop i że kręcić się będą w kółko, aż wreszcie dadzą nam spokój:

– Weiser kazał nam jak zawsze czekać obok modrzewiowego zagajnika, a kiedy zobaczył, że jesteśmy, przeszedł przez dolinkę i potem pomachał ręką na znak, że mamy się już położyć. Zaraz potem ziemia zadrżała od eksplozji, a na głowy posypał się nam piasek, żwir i kawałki drewna.

– A potem?

– Potem podnieśliśmy głowy jak po każdym wybuchu i czekaliśmy, aż on da następny znak, to jest sygnał, że można już podejść do miejsca, gdzie założony był ładunek, ale takiego sygnału tym razem nie było. Nagle zobaczyliśmy, jak idą oboje, całkiem jak dorośli, pod rękę, to znaczy Weiser z Elką. Więc idą oboje, ale nie do nas, tylko na drugą stronę dolinki, tam gdzie rośnie stary dąb, i ani razu nie odwracają się, tylko wspinają coraz wyżej, po stromym zboczu porośniętym bukami, wdrapują się na samą górę i nikną. A my stoimy teraz (bo zdążyliśmy już podejść do miejsca wybuchu) przy ogromnym leju i widzimy, że to nie było byle co, lej jest potężny jak po bombie lotniczej. Stoimy zatem i podziwiamy jego dzieło, badamy głębokość jamy, rozpiętość promienia i jak zawsze wąchamy w tym miejscu świeżą ziemię, pełną oszalałych mrówek i rozerwanych dżdżownic, i nagle ktoś krzyczy, pokazując na wzgórze: „popatrzcie tam!" – i widzimy Weisera z Elką. Widzimy, jak są na szczycie wzgórza i nikną za drzewami, ale my nie gonimy za nimi, i tak właśnie – mówiłem – widzieliśmy ich ostatni raz z daleka, w dolince za strzelnicą. A potem, na drugi dzień, zaczęły się poszukiwania i znaleziono w piwnicach nieczynnej cegielni magazyn Weisera, o którym nawet my nie wiedzieliśmy, że jest, bo Weiser był zazdrosny o takie tajemnice. Nie wiedzieliśmy nic o puszkach z trotylem, rozbrojonych niewypałach, amunicji strzelniczej, bo nigdy nie pytaliśmy go, skąd bierze materiał do swoich min, a zresztą nawet gdybyśmy go zapytali, to czy ktoś taki jak on powiedziałby chociaż słowo? Nie, tylko Elka mogła wiedzieć o tym magazynie, a jeśli był jeszcze jakiś inny, o czym też oczywiście pojęcia nie mieliśmy, jeśli był jeszcze drugi magazyn, to jedyną osobą, której Weiser mógłby powierzyć tajemnicę, była właśnie Elka i może dlatego zabrał ją ze sobą.

Tamci słuchali tego, co mówiłem, z pozorną obojętnością. Dyrektor poluźnił krawat, który teraz przypominał kompres na gardło, jaki zakłada się przy anginie. Mężczyzna w mundurze siorbał resztę kawy ze szklanki w blaszanym koszyczku, a M-ski bębnił palcami w lśniący blat biurka i nie patrzył wcale na mnie, tylko gdzieś wyżej, na ścianę.

– To wszystko już wiemy – krzyknął nagle M-ski – bez waszej pomocy. Tylko dlaczego któryś z was kłamie albo kłamiecie wszyscy razem i każdy z osobna?

– Tak – przerwał mu dyrektor – jeden z twoich kolegów zeznał, że dzień później bawiliście się jeszcze razem nad Strzyżą, za zerwanym mostem, więc oni spędzili całą noc poza domem i wy wiedzieliście o tym i wiedzieliście też, gdzie ich szukać!

– Nie ma żartów, chłopcze – włączył się mundurowy. – Jeśli rozerwał ich niewypał, będziecie odpowiadać za współudział w przestępstwie, a w poprawczaku nauczą was rozumu!

– Nad Strzyżą bawiliśmy się dzień wcześniej, a nie dzień później – powiedziałem, czując, jak pierwsze kłamstwo, które wypuszczam na ich użytek, przychodzi mi z łatwością. – Koledze musiało się coś pomylić.

I teraz oni krzyczeli jeden przez drugiego, grozili, stawiali pytania, mówili, że nie wyjdziemy stąd, dopóki sprawa się nie wyjaśni, że nasi rodzice są już powiadomieni o toczącym się śledztwie, że nie dostaniemy nic do jedzenia ani do picia i będziemy tu tkwić, aż wyjawimy całą prawdę. Przekonywali mnie, że są gotowi siedzieć tu z nami do rana albo jeszcze dłużej, a jeśli ktoś znajdzie ten drugi magazyn (po którym zresztą spodziewali się czegoś znacznie gorszego) i zdarzy się jakieś nieszczęście, to my będziemy i za to odpowiadać, lepiej więc przyznać się od razu.

Wiedziałem dobrze, że niczego nie zrozumieją, i dlatego powtórzyłem to samo co przed chwilą. M-ski wstał z fotela, podszedł do mnie marszowym krokiem, jakby to była pierwszomajowa manifestacja, chwycił mój zadarty nos w dwa palce i zapytał, czy w dolince widziałem Weisera rze-czy-wiś-cie po raz ostatni. Odpowiedziałem twierdząco, czując, jak powoli mój nos spłaszcza się w jego tłustych paluchach. Ale to nie było zwyczajne wyciskanie słonia, które M-ski stosował na lekcjach przyrody. Dzisiaj, kiedy przypominam sobie ten moment, nazwałbym to wyciskaniem słonia ze specjalną śrubą, bo najpierw musiałem unieść się lekko do góry, a potem coraz wyżej stawałem na palcach, na samych czubkach palców, dziwiąc się, że jeszcze nie wiszę w powietrzu. Tymczasem ręka M-skiego przesuwała punkt ciężkości mojego ciała raz w lewo, raz w prawo, tak że musiałem na ułamek sekundy stawać całą stopą na podłodze, żeby nadążyć za jego dłonią, i wtedy nos bolał okropnie, i robił się jeszcze bardziej zadarty niż przez wszystkie lata od urodzenia, M-ski zaś powtarzał swoje pytanie wolno, sylabizując każdy wyraz: „czy rze-czy-wiś-cie po raz os-tat-ni?". Wreszcie puścił mnie wolno, a ja zatoczyłem się pod ścianę i musiałem wytrzeć rękawem krew, bo nos miałem zawsze delikatny i mało odporny na stłuczenia.

W gabinecie zarządzono przerwę, siedzieliśmy więc znów razem w trójkę, na składanych krzesłach w sekretariacie, a mnie wydawało się, że słyszę chóralnie skandowany wierszyk pod adresem Weisera, kiedy to w dzień odebrania świadectw z religii, zanim frunęła jego kraciasta koszula i zanim Elka wystąpiła w jego obronie, ktoś, niekoniecznie z przodu, krzyknął: „Weiser Dawidek nie chodzi na religię!" – a ktoś inny przerobił to zaraz na – „Dawid, Dawidek, Weiser jest Żydek!". I pomyślałem zaraz, że gdyby nie Elka, to nigdy przecież nie doszłoby do naszej znajomości z Weiserem, bo tam, obok parafii Ojców Zmartwychwstańców, spuścilibyśmy mu buły i na tym pewnie by się skończyło, zwyczajnie i banalnie. Weiser unikałby naszego towarzystwa i nigdy przez myśl by mu nie przeszło, żeby podglądać nasze zabawy na brętowskim cmentarzu i żeby podarować nam stary zardzewiały automat, wyprodukowany przez firmę Schmeiser w roku czterdziestym trzecim, a lato tego roku nie różniłoby się od innych wakacji ani wcześniej, ani później. Tak, gdy Elka rzuciła się wówczas z pazurami, żeby bronić Weisera, musiała mieć jakieś przeczucie, jestem o tym przekonany do dzisiaj, zwłaszcza że nigdy nie mieszała się do naszych bójek i porachunków, w których bywaliśmy okrutni, bardziej niż dorośli. A wtedy rzuciła się, jakby Weiser był jej młodszym bratem, i efekt takiego posunięcia był zaskakujący – puściliśmy ich bez sprzeciwu, wcale nie ze strachu przed jej pazurami.

Czy ona go kochała?! Tak właśnie myślałem, siedząc w sekretariacie ze spuchniętym nosem, kiedy w gabinecie dyrektora przygotowywano następną rundę przesłuchań, tak przypuszczałem wtedy, wyobrażając sobie jej przedwcześnie zaokrąglone piersi, długie blond włosy i czerwoną sukienkę, noszoną w upalne dni. Dzisiaj wiem, że nie miałem racji, choć jeszcze trudniej przychodzi mi określić ich wzajemny stosunek, od momentu kiedy odeszli wzdłuż kościelnego płotu przynaglani naszymi kamieniami. Wcześniej Elka odnosiła się z wyraźną pogardą do tych, którzy nie umieli dopłynąć do czerwonej boi, skoczyć z górnego pomostu mola na główkę albo celnie podać piłki, gdy graliśmy mecz na murawie obok pruskich koszar. Aż nagle zobaczyła w chudym i przygarbionym Weiserze kogoś bardzo ważnego i rzuciła się na nas z pazurami. Niemożliwe, aby zmieniła się w ciągu ułamka sekundy. Musiała poczuć to, co my poczuliśmy parę tygodni później, widząc Weisera w piwnicy starej cegielni – coś, od czego przechodziły ciarki i prąd elektryczny latał po całym ciele.

Muszę jednak uporządkować fakty. Tak, to nie jest pisanie książki o Weiserze ani o nas sprzed kilkudziesięciu lat, ani o naszym mieście z tamtego czasu, ani o szkole, ani tym bardziej o M-skim i epoce, w której był najważniejszym po dyrektorze człowiekiem – nic mnie to nie obchodzi i jeśli postanowiłem zapisać wszystko, przypomnieć sobie zapach tamtego lata, kiedy zupa rybna wypełniła plaże zatoki, to tylko ze względu na Weisera. To właśnie zmusiło mnie do podróży do Niemiec i to właśnie każe mi teraz spisać wszystko od początku, bez pominięcia żadnego, najdrobniejszego nawet szczegółu. Bo w takich wypadkach drobiazg okazuje się czasem kluczem otwierającym wrota i każdy, kto choć raz zetknął się z czymś niewytłumaczalnym, wie o tym dobrze. A zatem:

Mijały pierwsze dni lipca. W upale i duchocie miasto pozbawione zatoki zdawało się ledwie dychać, a zupa rybna gęstniała i gęstniała, przysparzając władzom miejskim coraz to nowych kłopotów. Początkowo ufano, że ta dziwna epidemia przeminie sama, i nie robiono nic, następnie poczyniono jakieś kroki, bo na plaży uwijali się od rana mężczyźni z drewnianymi grabiami, takimi jak do zbierania siana, i zgarniali nimi zwały rybich zewłoków, które następnie wywożono ciężarówkami na śmietnisko miejskie, polewano benzyną i palono.

Działania te miały jednak efekt odwrotny do zamierzonego – zdechłych kolek, pęczniejących w słonecznym upale, przybywało, a gazety donosiły o masowym umieraniu kotów i psów w dzielnicach przylegających do zatoki.

Przypominano również, że od dwóch miesięcy, to jest od początku maja, nie spadła ani jedna kropla deszczu, co starzy ludzie z upodobaniem tłumaczyli jako karę boską.

A my w tym czasie buszowaliśmy po brętowskim cmentarzu, mając hełm i automat podarowany nam przez Weisera, i na przemian, raz jako Niemcy, raz jako partyzanci, padaliśmy od kul, całkiem jak w filmach o wojnie wyświetlanych w kinie „Tramwajarz". Tylko czasami przyszło nam do głowy, żeby zapytać samych siebie, dlaczego Elka nie bawi się z nami, a także, co widzi w chudym i słabowitym Weiserze, skoro włóczy się z nim po całych dniach w różnych częściach miasta. Ktoś widział ich na Starówce obok studni Neptuna, ktoś inny dałby sobie rękę uciąć, że Weiser z Elką przesiadywali najczęściej na łące obok lotniska, innym znów razem Piotr przyuważył ich, jak szli aż za Brętowo, do zerwanego mostu, gdzie Strzyża przepływa pod kolejowym nasypem, po którym od czasu wojny nie jeździł żaden pociąg. Ale na wiadomości te nie zwracaliśmy szczególnej uwagi, co drugi dzień rano któryś z nas wsiadał w tramwaj i jechał do Jelitkowa zobaczyć, jak wygląda rybna zupa i czy aby nie ustępuje, a następnie szukał nas na cmentarzu za Bukową Górką, żeby donieść, iż smród na plaży jest jeszcze większy, a roje wielkich much unoszą się nad zawiesiną jak szarańcza. W cieniu cmentarnych drzew było przyjemniej niż na podwórku i ulicy.

Któregoś dnia obok krypty z gotyckim napisem zobaczyliśmy mężczyznę w piżamie i szpitalnym szlafroku, który siedział na płycie i mamrotał coś pod nosem, zupełnie jakby odmawiał godzinki. Otoczony przez nas kołem, nie zdradzał zaniepokojenia i gestem rąk pokazał, skąd wziął się tutaj – był uciekinierem ze szpitala dla czubków, który po drugiej stronie szosy wychodzącej z miasta piętrzył się na wzgórzu czerwonoszarą bryłą. Piotr radził iść do szpitala i powiedzieć, gdzie przebywa poszukiwany zapewne uciekinier, ale nikt z nas nie widział prawdziwego wariata i chcieliśmy przekonać się, czy to, co proboszcz Dudak mówił w swoich płomiennych kazaniach o szaleńcach wyrzekających się Boga, jest prawdziwe. Bo proboszcz Dudak w naszym parafialnym kościele Zmartwychwstańców, położonym podobnie jak ten brętowski z cmentarzem nieopodal lasu – proboszcz Dudak tak samo jak starzy ludzie mówił, że zupa w zatoce i susza to są znaki dawane od Boga.

– Poprawcie się, póki jeszcze czas – krzyczał z ambony w ostatnią niedzielę. – Nie wyrzekajcie się Boga, ludzie małej wiary, nie czcijcie fałszywych proroków i bałwanów, bo On odwróci się od was. Nie bądźcie jak ci szaleńcy, którzy ufając tylko we własne siły, świat chcą budować od nowa. A ja pytam was, cóż to za świat, w którym zniknie wiara, cóż to za świat, w którym nie oddaje się Jemu, Stworzycielowi i Odkupicielowi, czci najwyższej, pytam się was i ostrzegam, nie dawajcie wiary szaleńcom, opamiętajcie się, póki jeszcze pora. Sami widzicie, że Bóg daje wam znaki swojego gniewu... – w tak płomiennym stylu proboszcz Dudak na przemian straszył i prosił swoich parafian, a my rozumieliśmy wtedy, że są szaleńcy, przez których nie możemy kąpać się tego lata w Jelitkowie, i chcieliśmy sprawdzić, jak wygląda taki szaleniec.

Skoro więc trafiła się okazja, skoro traf przysłał na cmentarz mężczyznę w szpitalnym szlafroku, zakrzyczeliśmy Piotra i nie pobiegliśmy na Srebrzysko, żeby zadenuncjować uciekiniera, tylko staliśmy wokół niego, przyglądając się ciekawie jego pomarszczonej twarzy i przydeptanym kapciom. Ale jeśli był to szaleniec, to na pewno nie z gatunku tych, o których grzmiał z ambony proboszcz Dudak. Nie mówił do nas nic i Szymek jako najodważniejszy nałożył mu na głowę zardzewiały hełm. Wtedy mężczyzna ruchem ręki pokazał, że chce obejrzeć nasz zdezelowany automat, a kiedy już trzymał w rękach schmeiser, stanął na krypcie i wznosząc do góry lufę, zaczął do nas przemawiać pięknym, donośnym głosem:

– Bracia! Słowo Pańskie zamieszkało w uchu moim, słuchajcie przeto słów, jakie wam daję na świadectwo! Oto Pan obnaży ziemię i przemieni oblicze jej, a rozproszy obywateli jej. Wielce obnażona będzie ziemia i bardzo złupiona, albowiem Pan mówił to słowo. Płakać będzie i upadnie ziemia, zwątleje i obali się okrąg ziemski, zemdleją wszystkie narody ziemskie. Przeto że ta ziemia splugawiona jest przez obywateli, albowiem przestąpili prawa, odmienili ustawy, naruszyli przymierze wieczne!

Nie bardzo rozumieliśmy, o co chodzi w tych słowach, były jednak tak porywające i wzniosłe, że słuchaliśmy mężczyzny w piżamie z zapartym tchem, zapominając zupełnie, że to wariat, który uciekł od czubków ze Srebrzyska. A on podnosił ręce do góry, potrząsając przy tym naszym automatem, unosił się na palcach, jakby chciał stanąć jeszcze wyżej, i poły jego brudnego szlafroka przypominały wielkie żółte skrzydła, na których mógłby ulecieć ponad Bukową Górkę albo jeszcze dalej, gdyby tylko zechciał.

– A tak będzie nachylony człowiek – mówiły dalej żółte skrzydła – a zacny mąż poniżony będzie i oczy wyniosłych zniżone będą. Dlatego przekleństwo pożre ziemię, a zniszczeją obywatele jej, dlatego popaleni będą obywatele ziemi, a mało ludzi zostanie. Póki nie będzie wylany na nas duch z wysokości, a nie obróci się pustynia w pole urodzajne, a pole urodzajne za las poczytane nie będzie!

Kiedy przypominam sobie dzisiaj ten czysty, nisko brzmiący głos, nie mam żadnych wątpliwości, że jedyną osobą, która zrozumiałaby wówczas słowa żółtoskrzydłego mężczyzny, był Weiser. Tylko że nie było go wtedy z nami, siedział pewnie w tym czasie z Elką w piwnicy nieczynnej cegielni albo włóczyli się gdzieś po suchych łąkach, okalających lotnisko.

Tymczasem skrzydła zwinęły się, mężczyzna zeskoczył z grobowca i przemawiając dalej, prowadził nas zarośniętą mchem ścieżką w stronę spróchniałej dzwonnicy, która, choć położona na nieczynnym cmentarzu, służyła proboszczowi brętowskiego kościółka w niedzielę i święta.

– Kwilcie – głos mężczyzny nabrał teraz zdwojonej mocy – albowiem blisko jest dzień Pański, który przyjdzie jako spustoszenie od Wszechmocnego. Wytracenie, mówię, naznaczone uczyni Pan, Pan Zastępów, w pośrodku tej wszystkiej ziemi. Cóż uczynicie w dzień nawiedzenia i spustoszenia, które z daleka przyjdzie? Tedy spojrzymy na ziemię, a oto ciemności i ucisk, bo i światło zaćmi się przy wytraceniu!

Staliśmy już przy dzwonnicy, a on odłożył automat na poprzeczną belkę i odwiązawszy sznur, zaczął go ciągnąć. Razem z pierwszymi dźwiękami spiżu usłyszeliśmy jeszcze słowa dużo piękniejsze od tych, jakie można było usłyszeć na kazaniach proboszcza Dudaka:

– Dlatego rozszerzyło piekło gardło swoje, a rozdarło nad miarę paszczękę swoję. – I teraz przy olśniewających dźwiękach brętowskich dzwonów, bo w przeciwieństwie do naszej parafii były tu trzy dzwony, a nie jeden – przy wspaniałym dźwięku tych dzwonów mężczyzna w szlafroku powtarzał niczym refren pieśni: – Biada tym, którzy stanowią prawa niesprawiedliwe, biada tym, którzy stanowią prawa niesprawiedliwe.

Staliśmy wokół i nawet niektórzy z nas kołysali się do rytmu tej pieśni, bo to była na pewno pieśń, tyle że nie kościelna, bo nigdy nie słyszeliśmy jej w kościele, ani też masowa, bo na lekcjach muzyki śpiewaliśmy tylko masowe pieśni, a tej tam nie było. Może za chwilę wszyscy podchwycilibyśmy jej słowa i przejmującą melodię i w ten sposób stałaby się przynajmniej w ograniczonym sensie masowa, ale przeszkodził temu kulawy kościelny, kuśtykający w naszą stronę. Zbliżał się niebezpiecznie szybko i wygrażał w naszym kierunku zaciśniętą pięścią.

– Bezbożnicy! – krzyczał. – To już nie potraficie świętego miejsca uszanować? Precz mi stąd, bo jak zaraz... – i przyspieszał kroku, a jego komża coraz wyraźniej bielała na tle leszczynowych zarośli.

Razem z Żółtoskrzydłym rzuciliśmy się do ucieczki w stronę Bukowej Górki, lecz kościelny postanowił gonić nas dalej, aż do granicy cmentarza, którą wyznaczały betonowe podmurówki nieistniejących od dawna słupków.

– Chuligani! – krzyczał jeszcze głośniej. – Wandale! – wygrażał kułakiem. – Nie macie czego tu szukać – kuśtykał coraz szybciej. – Nieboszczykom spokój zakłócać!

I gdyśmy już byli poza granicą cmentarza, nagle, jak spod ziemi, wyrósł między sosnami M-ski z teczką w jednej ręce, a jakąś rośliną w drugiej. Oderwany od swojego zajęcia patrzył na nas rybim wzrokiem.

– O co chodzi, chłopcy? Widzicie tę roślinkę? Jest piękna, nieprawdaż? Powiedz mi – zwrócił się do mnie – jaka to będzie rodzina? Nie wiesz, co? – ucieszył się jak na lekcji. – To jest rząd *Aggregatae*, po polsku: skupieńce, podrodzina pierwsza – *Liguliflorae*, po polsku: języczkokwiatowe, tak, to jest prawdziwy pomornik górski, *Arnica montana*, rośnie na łąkach górskich, a znalazłem go tutaj, niebywałe, na północy, w morenowym otoczeniu! Kwitnie w czerwcu bądź w lipcu i to się zgadza.

Dalsze rozważania M-skiego o niezwykłym odkryciu przerwał kościelny, który znając nauczyciela przyrody, nie zawahał się uczynić ostrych wymówek:

– Pan darwinista nie musi z młodzieżą zakłócać spokoju świętych miejsc – mówił, sapiąc – bo to się nie godzi. Ja do dyrekcji szkoły list poślę z zapytaniem, czy dla nauki trzeba po cmentarzach hałas robić.

– Ja tu... ten... panie... – plątał się M-ski – ja tu jestem prywatnie, a ci chłopcy to nie ze mną.

– Nie z panem?! – zezłościł się kościelny. – Jak to nie z panem?! Sam widziałem, jak ciągnęliście razem dzwony, i po co to takie psie figle? Czy proboszcz przychodzi do szkoły dzwonić w czasie lekcji? Nie! Więc od kościoła proszę trzymać się z daleka!

Tego już było za wiele. M-ski spurpurowiał i wyrzucił z siebie jednym tchem potok pełen gróźb i ostrzeżeń, w którym słowa „prowokacja", „kler", „jezuityzm", „obskurantyzm" i „zacofanie" powtarzały się bardzo gęsto. Następnie wrzucił *Arnica montana* do swojej teczki i odszedł, pogroziwszy, że jeśli zobaczy nas choćby w okolicy cmentarza, nie pozbieramy się w przyszłym roku szkolnym. Kościelny też odszedł, a my dopiero teraz zauważyliśmy brak Żółtoskrzydłego, który umknął, korzystając z zamieszania. Co gorsza, zabrał ze sobą wehrmachtowski hełm i zardzewiały schmeiser.

Tak, tego dnia nie było z nami Elki ani Weisera i mógłbym właściwie nie zapisywać niczego, nie przypominać wariata w piżamie i żółtym szlafroku, nie wspominać słowem o trzech dzwonach brętowskiego cmentarza ani nie wywoływać z pamięci pomornika górskiego z włochatą łodyżką i żółtym rozczapierzonym kwiatem. Tylko że w tej historii, bardziej, zdaje się, niż w innych, pewne szczegóły i wydarzenia dopiero z odległej perspektywy nabierają racji istnienia, łączą się ze sobą i nie sposób – jeśli się o tym wszystkim myśli – traktować ich oddzielnie. Naturalnie, gdyby nie Żółtoskrzydły, gdyby nie brętowskie dzwony, groźba M-skiego pod naszym adresem, gdyby nie *Arnica montana*, nasza uwaga nie skupiłaby się na Weiserze tak, aby on zechciał to zauważyć. Bo myślę, że przez cały ten czas Weiser czekał jak doświadczony myśliwy na moment, w którym zwierzyna traci orientację, mając wiatr z tyłu, a nie w nozdrza. On po prostu badał sobie znanymi sposobami naszą gotowość.

Następnego dnia nie poszliśmy więc przez Bukową Górkę do Brętowa. Od samego rana przed sklepem Cyrsona ustawiła się długa kolejka spragnionych oranżady. Oblepione butelki krążyły z rąk do rąk, żona właściciela odważała jabłka i ogórki, a lep zwisający pod sklepową lampą przypominał włochatą łapę pająka. Na podwórku pani Korotkowa rozwieszała bieliznę, wiedzieliśmy, że jej mąż pracujący w stoczni wróci tego popołudnia pijany w sztok, bo to dzień wypłaty. Podobnie zresztą jak nasi ojcowie, w większości pracujący w stoczni i w większości w dzień wypłaty wracający pijani do swoich żon, a naszych matek, które tak samo jak pani Korotkowa załamywały ręce, robiły awantury i jak ona zanosiły przed oblicze Pana Boga swoje utrapienia i nieszczęścia. Na razie jednak słoneczny żar zabijał wszelką chęć do życia, pani Korotkowa z pustym koszykiem przemierzała podwórko, mówiąc, że taka pogoda nic dobrego wróżyć nie może. Wyliniały kot wylizywał w cieniu kasztana swoje rany, a nad całą dzielnicą unosił się mdły zapach z masarni położonej za sklepem Cyrsona. Nie częściej niż raz na godzinę po kocich łbach naszej ulicy przejeżdżał z hałasem jakiś samochód, wznosząc tumany wolno opadającego kurzu.

I nagle zobaczyliśmy Weisera z Elką wychodzących tylnymi drzwiami kamienicy; szli przez rachityczny, spalony słońcem ogródek, pomiędzy rzędami pożółkłej fasoli, która tego lata nie wyrosła nawet do połowy tyczek. Szli i Weiser mówił coś do niej, a Elka się śmiała. Trąciłem w bok Szymka, żeby iść za nimi, ale Szymek mnie wstrzymał.

– Poczekaj – powiedział i pobiegł do domu po francuską lornetkę, którą jego dziadek zdobył pod Verdun w czasie I wojny.

Nie wiem, czy Szymek ma ją jeszcze dzisiaj, ale pamiętam, że to była lornetka artyleryjska, ze skalowaną podziałką w obu okularach, pamiętam też, że stanowiła dla nas przedmiot pożądania i zazdrości i pewnie dlatego Szymek wynosił ją z domu bardzo rzadko, tylko przy wyjątkowych okazjach, jak wtedy, rok wcześniej, gdy ze strychu kamienicy oglądaliśmy pożar chińskiego masowca, który zawinął do Nowego Portu z ładunkiem bawełny.

Elka i Weiser minęli tory tramwajowe obok pętli dwunastki, udając się ulicą Pilotów w stronę wiaduktu, łączącego Górny Wrzeszcz z Zaspą ponad torami kolejowymi, z którego schodziło się na przystanek. Weiser z Elką zatrzymali się na wiadukcie i patrzyli przez jakiś czas w stronę lotniska. Na razie nie potrzebowaliśmy lornetki tkwiącej w skórzanym futerale, bo ci na wiadukcie byli wyżej od nas o dwa zakręty stromej w tym miejscu drogi. Staliśmy ukryci za płotem fabryki papieru i widzieliśmy, że Weiser wyciąga coś z kieszeni i pokazuje Elce, a ona bierze to do ręki i uważnie ogląda. Cień starych drzew chronił nas skutecznie i jeśli cokolwiek tego dnia było inaczej, niż może wyłowić to z przeszłości moja pamięć, to na pewno cień wielkich klonów jest najprawdziwszy na świecie. Klony musiały rosnąć w tym miejscu już bardzo dawno i kiedy stawiano drewniane magazyny fabryczki, przylegające do ulicy Pilotów, drzew nie wycięto, tylko zrobiono dziury w szopach. Tak więc staliśmy w cieniu drzew wyrastających wprost z dachu i Szymek zaczynał się niecierpliwić.

– Co oni tam robią? – pytał i już chciał sięgać po lornetkę, kiedy ruszyli w stronę lotniska.

Żółto-niebieska kolejka przemknęła gdzieś pod nami, a my, już na wiadukcie, śledziliśmy Weisera i Elkę, którzy przez dziurę w płocie przedostawali się akurat na teren lotniska.

– Zupełnie nie boją się straży – z uznaniem powiedział Szymek, wyciągając z futerału lornetkę. – A teraz zobaczymy, czego tam szukają – i przytknął do oczu ciemnobrązowe rury.

Elka i Weiser zniknęli w gęstych krzakach żarnowca, których kępa przylegała do pasa startowego. Jeżeli piszę „przylegała", to ktoś może pomyśleć, że ta cholernie ważna kępa była gdzieś w połowie długości pasa albo przy jednym z jego bocznych odnóży, przeznaczonych do kołowania. Otóż nic bardziej mylącego – kępa żarnowca, w której znikli Elka i Weiser, była punktem, od którego pas startowy zaczynał się właśnie na południowym krańcu lotniska, biegnąc prostopadle do morza w kierunku północnym.

– Gdzie oni znikli?! – emocjonował się Szymek. – Jasny gwint – powiedział (bo tak się wtedy mówiło). – Ja ci mówię, że oni się bawią w wizytę u doktora.

– W co? – zapytałem z niedowierzaniem.

– W wizytę u doktora – powtórzył Szymek. – On jej zdejmuje majtki i wszystko co trzeba ogląda! Ale gdzie oni są? – Stał wsparty o żeliwną balustradę wiaduktu i obracał pokrętłami okularów, celując w kępę żarnowca.

Po naszej prawej stronie widać było jak na dłoni stary Wrzeszcz, z jego ciemnym, ceglastoczerwonym kolorem i wieżami kościołów; po lewej stronie, bardzo daleko, majaczyły zarysy Oliwy, a na wprost ciągnęło się lotnisko z małym budynkiem dworca pasażerskiego, hangarami i zwisającym w bezruchu rękawem w kolorowe pasy. Dalej, tam gdzie kończyło się lądowisko, widać było białą nitkę plaży, zatokę i statki oczekujące na redzie.

– Gdzie oni mogli zniknąć? – powtarzał Szymek. – Przecież nie wychodzili z krzaków – i podał mi lornetkę niezdecydowanym ruchem, bo rozstawał się z nią niechętnie i zawsze na krótko.

Gdy czarne kreski podziałki zamajaczyły mi w okularze na tle kępy żarnowca, poczułem się jak oficer francuskiej artylerii zabity pod Verdun. Właśnie kiedy poprawiałem ostrość, za naszymi plecami, od strony wzgórz zabuczał ciężko samolot. Krzaki żarnowca, te najbliższe betonowego pasa, poruszyły się i dopiero teraz zobaczyłem ich dwoje, jak leżeli obok siebie, trzymając się za ręce, i jak niecierpliwie unosili głowy, wypatrując nadlatującego iła. Tylko że to nie była zabawa w lekarza i pacjenta, oni leżeli na wznak z wyciągniętymi nogami, trzymali się za ręce, a drugą każde z nich wczepiało się w korzenie żarnowca, które w tym miejscu były grube i poplątane. Samolot, obniżając lot, minął Bukową Górkę i zbliżał się do wysokości wiaduktu i torów kolejowych, a ja celowałem w czerwoną sukienkę Elki i jej gołe kolana, osiągając wreszcie idealną ostrość. Bo to, co zobaczyłem w kilka sekund później, kiedy ogromne i lśniące cielsko samolotu zdawało się dotykać brzuchem kępy żarnowca, widziałem w absolutnej ostrości. Maszyna jest dziesięć, może piętnaście metrów nad ziemią, a od kępy żarnowca i początku pasa dzieli ją odległość słabego rzutu kamieniem. Elka unosi kolana do góry i twarz jej wykrzywia grymas, wygląda, jakby krzyczała ze strachu, usta ma otwarte. Weiser ma również otwarte usta, ale nie wykrzywione, nie podnosi też kolan. Krzaki żarnowca jak ścięte kładą się od podmuchu. Elka, nie odrywając się od ziemi, unosi kolana jeszcze wyżej, a z nimi biodra, i widać, jak jej czerwona sukienka, poderwana uderzeniem powietrznej fali, odsłania czarny punkt między nogami. Ale to nie są żadne majtki, żadna tam bielizna, bo to czarne, uniesione lekko do góry, odsłonięte przez czerwoną sukienkę za sprawą huczącego samolotu jest dziwnie miękkie, falujące i tkliwe, to coś pokrywające się z punktem 0 podziałki artyleryjskiej w okularze francuskiej lornetki spod Verdun, to przypominające trójkąt zjawisko niknie zaraz w fałdach czerwonej sukienki, która opada na biodra i kolana Elki, skoro tylko wielki ił dotknie kołami betonowej nawierzchni pasa, dziesięć albo piętnaście metrów za nimi. I już jest właściwie po wszystkim, bo oboje wstają i prędko biegną w kierunku płotu, żeby uniknąć pogoni strażnika uzbrojonego w strzelbę.

Szymek wyrywa mi lornetkę i przykładając do oczu, krzyczy:

– Widzisz, bawili się jednak w lekarza, spłoszył ich samolot!

Ale ja wiedziałem już wtedy, że to nie było to, czego pragnąłby Szymek. Przez cały czas, kiedy samolot nadlatywał, ręka Weisera spoczywała w tym samym miejscu i to nie ona podniosła czerwoną sukienkę Elki. Tak, wiedziałem już wtedy, że Elka za pośrednictwem Weisera pozwala samolotom na dziwne i ekscytujące zabawy. I nie wiem, co zdziwiło mnie bardziej – czy to, że srebrzysty ił 14 podnosił czerwoną sukienkę Elki, czy też to, że pomiędzy jej nogami było to czarne trójkątne zjawisko, takie samo jak u mojej matki albo starszej siostry Piotra, o czym trudno było nie wiedzieć, skoro kamienica nasza miała po jednej łazience na piętro.

Popołudniem upał zelżał trochę, a przez otwarte okna mieszkań dobiegały odgłosy domowych awantur. Wracali ostatni niedopici, którzy w drodze powrotnej zahaczyli jeszcze o bar „Liliput", położony naprzeciwko ewangelickiej kaplicy, w której miało być urządzone nowe kino. Gmina ewangelicka w naszej części miasta miała wprawdzie czynnych wyznawców, ale ich liczba topniała z roku na rok do tego stopnia, że nie mogli utrzymać swojej świątyni. Przeważnie byli to starzy gdańszczanie, nazywani przez ludność napływową Niemcami, co nie zawsze pokrywało się z prawdą. Pani Korotkowa krzyczała na swojego męża: „Ty łachudro, ty draniu skończony!", z radia dobiegały dźwięki skocznego oberka, a wszyscy chłopcy wiedzieli już od Szymka, że Weiser chodzi z Elką na lotnisko, żeby ją macać, chociaż nie wszyscy zapewne umieliby określić, co oznacza to słowo. I kiedy Elka szła przez podwórko, któryś z nich zawołał, żeby się dała pomacać także nam, a nie tylko temu Żydkowi z pierwszego piętra. Elka podeszła do ławki, na której siedzieliśmy, i jej oczy ciskały błyskawice.

– Jesteście głupi – wycedziła przez zaciśnięte zęby. – Głupi smarkacze i śmierdzące gnojki, wy... wy... umiecie tylko kopać piłkę i wybijać sobie zęby, nic więcej!

– Bo co?! – zabrzmiało zaczepnie.

– Bo nic – odparowała. – On potrafi wszystko, rozumiecie, szczeniaki głupie? Wszystko, co zechce, może zrobić. Jego nawet zwierzęta słuchają!

– Ehe, he – wyśmiał ją Szymek. – To może on potrafi zatrzymać rozpędzony samochód albo samolot w powietrzu?

Ta ostatnia uwaga zabolała Elkę najbardziej, bo przyskoczyła do Szymka z pazurami i mielibyśmy niechybnie nową bójkę, gdyby nie głos z pierwszego piętra.

Przez otwarte okno całą scenę obserwował Weiser i gdy paznokcie Elki miały się już zatopić w twarzy i włosach Szymka, usłyszeliśmy nagle:

– Dobrze, powiedz im, żeby jutro przyszli do zoo, o dziesiątej, obok głównego wejścia.

Weiser zwrócił się do niej w ten właśnie sposób: „Powiedz im" – pamiętam to doskonale. A przecież miała nas wszystkich jak na dłoni i równie dobrze mógł powiedzieć po prostu: „Bądźcie jutro przy wejściu do zoo o dziesiątej". Ale on wolał zwrócić się do niej i tak było także później, kiedy zapraszał nas na swoje spektakle w dolince za strzelnicą.

– Słyszeliście – powtórzyła Elka. – Macie być o dziesiątej przed bramą zoo, to zobaczycie – ale nie powiedziała, co zobaczymy, tylko poszła dalej, a my słuchaliśmy teraz, jak pan Korotek bije swoją żonę pasem zdjętym ze spodni i jak ona wzywa pomocy wszystkich świętych, słabo widać i bez prawdziwej wiary, bo przez otwarte okno co rusz dobiegały nas sążniste plaśnięcia i rozpaczliwe jęki.

Wieczorem starzy ludzie wylegli na ławki i spoglądali w niebo, szukając zapowiadanej komety, a my graliśmy w piłkę na zeschłej trawie obok pruskich koszar. Piotr, który tego dnia był w Jelitkowie, donosił, że zupa rybna nabrała teraz fioletowego koloru i cuchnie jeszcze mocniej niż przedtem, a wstępu na plażę bronią wielkie tablice z podpisami władz wszystkich trzech miast położonych nad zatoką.

– Koniec! Raz wreszcie należy z tym skończyć! Dlaczego ci chłopcy nie byli na żadnym obozie, na kolonii, hufcu pracy, dlaczego nikt nie pomyślał, żeby zająć ich czas, żeby nie pałętali się po wertepach, gdzie ciągle znajdują niewypały i amunicję? Pan za to w części jest również odpowiedzialny – głos prokuratora brzmiał teraz wysokim tembrem, a dyrektor nie poluźniał krawata, bo ten był już całkiem rozwiązany. – Dlaczego chłopcy nie wyjechali na wakacje? Przecież pan wie – kontynuował prokurator – równie dobrze jak ja, że w tych środowiskach (akcent był na „tych") rodzice z braku czasu i umiejętności pedagogicznych tracą wpływ na dorastające dzieci, i tu, w tym miejscu, jest wasza rola, szkoły, kolektywu, zresztą, czy ja mam was uczyć? Tylko w ubiegłym roku mieliśmy w całej Polsce kilkanaście podobnych wypadków i jestem przekonany, że do wielu z nich nie doszłoby w ogóle, gdyby istniał odpowiedni dozór również (akcent na „również") w czasie wakacji!

Słuchaliśmy słów prokuratora, a potem tego, co mówił dyrektor i M-ski, z zapartym tchem. Nie wszystko przez uchylone drzwi gabinetu docierało, ma się rozumieć, dokładnie, ale i tak mogliśmy się zorientować, że oni wciąż są na fałszywym tropie. Bo M-ski, dyrektor, mężczyzna w mundurze i prokurator, który zjawił się w sekretariacie szkoły o godzinie siódmej – wszyscy oni myśleli, że Weiser i Elka polecieli prosto do nieba w setkach albo tysiącach kawałeczków po wybuchu w dolince za strzelnicą. Myśleli, że to był niewypał. Jedno tylko się nie zgadzało: w czasie poszukiwań nie znaleziono żadnego strzępka ubrania ani ciała i dlatego wściekali się na nas, krzyczeli i grozili, jakby to była nasza wina. Nie wierzyli, że tam, w dolince, widzieliśmy ich odchodzących pod górę. Nie podejrzewali, że nasze ostatnie spotkanie odbyło się rzeczywiście następnego dnia nad Strzyżą, obok zerwanego mostu, gdzie rzeczka przepływa pod kolejowym nasypem wąskim tunelem. Gubili się w naszych zeznaniach, sądząc, że ze strachu ukryliśmy gdzieś strzępy ciał, a teraz kłamiemy, plącząc się w wyjaśnieniach. Nie przyszło im nawet do głowy, że gdyby tak było w istocie, to przecież powiedzielibyśmy w końcu, gdzie zakopany został strzęp koszuli Weisera albo skrawek czerwonej sukienki Elki.

– Niemcy zostawili po sobie niejeden zakopany arsenał – mówił znów prokurator – i to jest najtragiczniejsze żniwo wojny (akcent na „najtragiczniejsze") w dzisiejszych czasach! Tymczasem ani jedna lekcja nie była poświęcona w waszej szkole temu zagadnieniu (akcent na „waszej"). Powiedzcie, dyrektorze, co zrobiliście, żeby przestrzec młodzież przed niebezpieczeństwem tego rodzaju? Wiecie już, ile tego było w cegielni? Mamy dokładne dane: starczyłoby na wysadzenie w powietrze nie tylko tego budynku, ale i wszystkich okolicznych domów.

Dyrektor tłumaczył coś zawile, a później M-ski opowiadał o rosnącej niechęci do masowych organizacji, o upadku ducha czujności i tak dalej, aż skończył na polityce Watykanu i nieprzejednanej postawie kleru, z którym on sam miewa – i owszem – zatargi. I na dowód, że mówi prawdę, opowiedział prokuratorowi o naszym spotkaniu przy brętowskim cmentarzu.

– Mnie interesują fakty – nie dał się zbyć prokurator – a nie ogólniki. Ja chcę mieć dokładny opis sytuacji tamtego krytycznego dnia. Wy, sierżancie – zwrócił się pewnie do tego w mundurze – do raportu załączycie szkic sytuacyjny i chyba nie muszę was instruować, jak się to robi. Pracujcie, jak chcecie, do poniedziałku rano raport ma być gotowy, bez żadnych niedomówień i niejasności! A swoją drogą – dodał na zakończenie – jeszcze rok temu ci chłopcy – to było o nas – siedzieliby na Okopowej jako grupa dywersyjna, i nawet Matka Boska by im nie pomogła! Tak, tak – dodał, wychodząc z gabinetu. – Zmieniają się czasy i obyczaje – i przeszedł przez sekretariat, pozostawiając za sobą mocny zapach słodkawej wody kolońskiej.

– No to mamy zagwozdkę – w chwilę później powiedział M-ski (i pewnie pokazał paluchem papiery, którymi zarzucone było biurko dyrektora) – bo tu, w tych zeznaniach, nic się ze sobą nie zgadza i nie trzyma kupy!

– Oni – to znów o nas – wszyscy bezczelnie kłamią – dodał sierżant. – Boją się, ale kłamią.

– Kłamią, bo się boją, nie zauważył pan, sierżancie? – podjął kwestię dyrektor i tak przez dłuższą chwilę odbijali słowną piłeczkę, a ja zastanawiałem się w tym czasie, dlaczego stary dziadek Weisera, który był krawcem i bardzo rzadko wychodził z domu, umarł, kiedy rozpoczęły się poszukiwania. Pukano do jego drzwi i nikt nie otwierał, więc je wyważono i okazało się, że pan Weiser umarł na atak serca. Podobno znaleźli go siedzącego na krześle, z głową opartą na starej maszynie do szycia marki Singer, nad niewykończoną robotą. Była to, jak dowiedziałem się już dużo później, kamizelka od garnituru, zamówionego przez wdowę po kapitanie, dlaczego akurat przez wdowę, tego nie wiem. Pana Weisera przypomniałem sobie z odrobiną lęku; jego śmierć, tak nagła, nie mogła być przypadkowa, teraz rozumiałem to jasno. Bo przecież milczący zawsze dziadek Weisera był jedyną osobą, której moglibyśmy powiedzieć, w jaki sposób Elka i Weiser odeszli od nas tamtego słonecznego dnia i dlaczego sami nie mogliśmy tego do końca zrozumieć.

Bo żeby zrozumieć do końca, trzeba było zrobić mniej więcej to, co robię teraz, w dwadzieścia kilka lat później. Trzeba było przypomnieć sobie wszystkie ważne szczegóły, uporządkować je i obejrzeć razem, tak jak ogląda się muchę zastygłą przed milionami lat w bryłce złotego bursztynu. Ale wtedy nikt nie był na to przygotowany, ani Szymek, ani Piotr, ani ja sam. Nikt z nas nie połączyłby wtedy zupy rybnej z obłokiem kadzidlanego dymu, wypuszczonego przez proboszcza Dudaka w Boże Ciało, kiedy śpiewaliśmy „Bądźże pozdrowiona, Hosty-jo ży-wa". Nikt nie pomyślałby nawet, że susza tego roku nie była taką sobie zwykłą suszą, i nikt by nie przypuszczał, że wybuchy Weisera przygotowywane w dolince za strzelnicą miały jakiś związek z tym, co robił w piwnicy nieczynnej cegielni, albo z lśniącym kadłubem iła 14, który podnosił czerwoną sukienkę Elki i całe jej ciało w krzakach żarnowca. Zresztą, nawet gdybyśmy opowiedzieli dokładnie to, co widzieliśmy ostatniego dnia nad Strzyżą, za zerwanym mostem, ani M-ski, ani dyrektor, ani ten w mundurze, ani nikt inny na całym świecie nie potraktowałby tego poważnie. „To niemożliwe", mówiliby, przecierając okulary, siorbiąc kawę i strzępiąc mankiety od koszuli. „To niemożliwe", powiedzieliby, „znów kłamiecie, niegrzeczni chłopcy". I znów przesłuchania krążyłyby jak wcześniej wokół ostatniego wybuchu, na którym – ich zdaniem – wszystko się skończyło.

Byliśmy także związani obietnicą, a właściwie przysięgą, daną Weiserowi. Ale postanowiłem niczego nie uprzedzać... Więc na razie siedziałem w sekretariacie pomiędzy Szymkiem i Piotrem, noga łupała mnie okrutnie, a przez uchylone okno ulatywały resztki wykwintnego bukietu wody kolońskiej pana prokuratora, który opuścił szkołę punktualnie o godzinie wpół do ósmej.

– Wojtal – zabrzmiało w drzwiach gabinetu nazwisko Piotra. – Teraz ty – i Piotr wszedł do środka razem z ostatnim uderzeniem zegarowego gongu.

Dlaczego prokurator wspomniał o Okopowej? Bo powiedział, że jeszcze rok temu siedzielibyśmy tam wszyscy jako grupa dywersyjna. Dzisiaj wiem bardzo dobrze, co miał na myśli, ale wtedy gdy Piotr zniknął za drzwiami gabinetu i rozpoczęła się druga, a właściwie trzecia kolejka przesłuchania, słowa prokuratora nie dawały mi spokoju. Przypomniałem sobie, jak pewnego popołudnia, dwa lata wcześniej, przed naszym domem zatrzymał się zgniłozielony samochód i jak z tego samochodu wysiedli dwaj panowie w płaszczach, po czym udali się do mieszkania pani Korotkowej i wyprowadzili stamtąd jej męża, pana Korotka, pijanego w sztok, choć to nie był wcale dzień wypłaty. Dorośli mówili wtedy szeptem i po kątach, że pana Korotka wzięli na Okopową, bo ktoś doniósł, że słucha Londynu. I pan Korotek wrócił, ale dopiero po trzech tygodniach, z okiem jak soczysta śliwka, a kiedy przyszedł sądny dzień następnej wypłaty, stanął na środku podwórka i zdjął koszulę, pokazując każdemu, kto chciał, swoje plecy, które wyglądały jak pasiasta zebra żółto-czerwonego koloru. Wykrzykiwał przy tym straszne przekleństwa na swoją dolę i użalał się nad całym światem, którym rządzą kurwy, złodzieje i łajdacy. Stałem wtedy w bramie i widziałem, jak kobiety zamykają przezornie okna, żeby nie słuchać okropnych wyrazów, a pan Korotek, zanim jego żona zbiegła na dół i wtaszczyła go do mieszkania, unosił rękę do góry i groził Panu Bogu za to, że On z wysokości patrzy na to wszystko i nic nie robi, tylko siedzi w swoim gabinecie z założonymi rękami, zupełnie jakby był dyrektorem, a nie robotnikiem. I kiedy Piotr zniknął za drzwiami gabinetu, a my z Szymkiem słuchaliśmy leniwego tykania zegara, przestraszyłem się widoku tych pleców i ulicy Okopowej, bo pomyślałem wtedy, że najstraszniejsze wyciskanie słonia ani skubanie gęsi, ani grzanie łapki, ani żadne inne tortury M-skiego nie dorównują plecom pana Korotka, fantastycznie kolorowym, z wyżłobionymi kanalikami, jak drzewo żywicowanej sosny.

Na dworze coraz szybciej zapadał zmierzch, gdy woźny, wezwany przez dyrektora, wszedł do gabinetu, pozostawiając uchylone drzwi. Szeptem zwróciłem się do Szymka z propozycją zmiany zeznań – cóż by w końcu szkodziło Weiserowi albo Elce, gdybyśmy opowiedzieli, co wydarzyło się nad Strzyżą następnego dnia po wybuchu w dolince? Jeśli są gdzieś w okolicy, i tak ich nie znajdą, spokojna głowa, a jeśli są gdzieś zupełnie indziej, tym bardziej im nie zaszkodzimy. Ale Szymek był twardy. Zawsze, przez całą szkołę był twardy, a w śledztwie postanowił być jeszcze twardszy. Zacisnął zęby, widziałem to dokładnie, i pokręcił głową przeczącym ruchem.

Takim samym ruchem odpowiadał mi, gdy odwiedziłem go w dalekim mieście i wypytywałem jeszcze raz o tamte wakacje, kiedy zupa rybna zaległa w zatoce, a Weiser i Elka chodzili razem na lotnisko. Nie pragnął wracać do lat szkolnych i w niczym nie chciał mi pomóc, nie pamiętał albo nie chciał pamiętać szarego obłoku ze złotej kadzielnicy proboszcza Dudaka, a na temat Weisera powiedział kilka banalnych i płaskich zdań. To była jego nowa, dorosła twardość, o którą zresztą nie mam żalu, bo Szymek jako jedyny z nas doszedł do czegoś w życiu.

Tymczasem woźny wyszedł z gabinetu, trzymając porcelanowy dzbanek do zaparzania kawy, i kazał mi pobiec do ubikacji po wodę. Szedłem więc pustym korytarzem i pomyślałem, że nie ma nic smutniejszego niż opustoszały szkolny korytarz, wiodący nie wiadomo dokąd, melancholijnie pusty i jakby zupełnie nie ten sam, co sprzed kilku godzin, kiedy hałasowały tu setki mikrusów i starszych uczniów. Żałowałem, że nie mam ze sobą trucizny o piorunującym działaniu. Naplułem za to w dzbanek, mając przed oczami wyłupiaste spojrzenie M-skiego, i białą piankę zamieszałem palcem, tak żeby się rozpuściła. Kiedy wróciłem do sekretariatu, Szymek był już w gabinecie, a Piotr – tak jak wcześniej – siedział na składanym krześle po mojej lewej stronie. Woźny przyniósł ze stróżówki elektryczną maszynkę i zaczął grzać wodę tutaj, żeby nie tracić nas z oczu. Woda syczała leniwie, cicho tykał zegar, zrobiło się sennie i ciepło.

Następnego dnia więc Weiser umówił się z nami przed główną bramą oliwskiego zoo. W jakim stopniu było to zaplanowane, a w jakim wynikło z sytuacji, kiedy zaczepiona Elka o mały włos nie przeorała twarzy Szymka pazurami? Nie mam żadnej pewności. A zresztą, co to za słowo „umówił"? On po prostu nam to spotkanie wyznaczył – jak suweren wasalom, ustami herolda. Wtedy, rzecz jasna, nie odczułem tego, ale już w sekretariacie na składanym krześle, kiedy szumiała woda na kawę i tykał ścienny zegar, już wtedy miałem niejasne przeczucie, że Weiser był od tej chwili naszym suwerenem i nic tego zmienić nie mogło. Teraz widzę, że pierwszy rozdział nienapisanej książki o nim winien zaczynać się od słów: „Dobrze, powiedz im, żeby jutro przyszli do zoo, o dziesiątej, obok głównego wejścia", które Weiser wypowiedział z okna na pierwszym piętrze, skąd dolatywał nas znajomy turkot maszyny do szycia. O tym jednak już mówiłem i jeśli powtarzam niektóre rzeczy i nie wymazuję ich jak w szkolnym wypracowaniu, to dlatego, że to, co robię, nie jest pisaniem książki. Być może razem z Elką, Szymkiem i Piotrem moglibyśmy taką książkę napisać, ale – co zresztą powiedziano – Szymek woli niczego nie pamiętać, Elka nie odpisuje na listy nawet po mojej wizycie w Niemczech, a Piotr zginął na ulicy w grudniu siedemdziesiątego roku i leży w piątej alejce cmentarza na Srebrzysku.

Na lekcjach przyrody M-ski wiele razy podkreślał, że takiego ogrodu zoologicznego jak w Oliwie nie powstydziłoby się żadne europejskie miasto. Nie wiem, co M-ski miał na myśli. Czy to, że my nie mieszkamy w Europie, czy też to, że poza ogrodem zoologicznym mamy się czego wstydzić? Ale zoo było rzeczywiście pięknie położone, z dala od miasta, w głębokiej dolinie Oliwskiego Potoku, który wypływał w tym miejscu z siedmiu wzgórz zarośniętych mieszanym, sosnowo-bukowym lasem. Sarny miały tu leśne polany, prześwietlone słońcem, łosie – ciemne i ponure bagniska, wilki – jamy wykopane w skarpie, a kangury hasały na ugorze porośniętym czerwonawą koniczyną i szczawiem. Tylko zwierzęta drapieżne, szczególnie te sprowadzane z krajów tropikalnych, miały wybiegi znacznie gorsze, bo powierzchni tylko kilkudziesięciu metrów kwadratowych, zamkniętych żelaznymi kratami. Wtedy uchodziło to naszej uwadze, ale dzisiaj, kiedy nie odwiedzam żadnych ogrodów zoologicznych, zdanie M-skiego o najpiękniejszym zoo w Europie brzmi bardzo śmiesznie i głupio. Zupełnie tak, jakbyśmy, oprowadzani przez przewodnika w obcym mieście, usłyszeli nagle: „Oto, proszę państwa, najpiękniejsze więzienie, jakie kiedykolwiek zbudowano w naszym mieście, a być może nawet w całej Europie".

Dzisiejsi turyści lub mieszkańcy miasta udają się do zoo autobusem spod pętli tramwajowej w Oliwie. Ale wtedy autobusów było, zdaje się, nieco mniej i drogę z pętli wzdłuż opactwa cystersów musieliśmy przebyć piechotą. Minęliśmy ocienione stoki Pachołka, na którym stał jeszcze zaraz po wojnie obelisk z niemieckim napisem, przemaszerowaliśmy wzdłuż stawów dawnego folwarku, zarośniętych teraz i zabagnionych, wdychaliśmy kurz spiekoty zmieszany z zapachem kwitnących lip, którymi wysadzona była droga, aż w końcu, już nieco zmęczeni, zobaczyliśmy otwierające Dolinę Radości wzgórza, o których prawe skrzydło opiera się ogród zoologiczny.

Wreszcie ujrzeliśmy wspartego o bramę Weisera, który tego dnia ubrany był w zielone spodnie i jasnoniebieską koszulę kroju rosyjskiej rubachy; wyglądało to nienaturalnie i śmiesznie, jak po starszym bracie. Najpierw do Weisera podeszła nasza trójka, później Janek Lipski, syn kolejarza z Lidy, który urodził się w wagonie kolejowym, dalej Krzysio Barski, dziecko powstańca warszawskiego i gdańskiej sklepikarki, po nim do bramy ogrodu podszedł Leszek Żwirełło, który zawsze nosił czyste koszule i w przeciwieństwie do nas mówił

„przepraszam” i „dziękuję”, podobno ze względu na szlacheckie pochodzenie jego ojca. Korowód zamykała tego dnia cicha jak mysz Basia Szewczyk. Jej ojciec rzucił po wojnie górnictwo i przyjechał tutaj szukać szczęścia i macochy dla swojej córki. Otoczyliśmy Weisera kółkiem.

– No i co? – spytał go Szymek. – Co nam teraz pokażesz?

On zaś poprowadził nas do bocznej furtki, którą weszliśmy bez biletów, a następnie oprowadzał wzdłuż kolejnych wybiegów, zatrzymując się dłuższą chwilę tam, gdzie zechciał. Opierał się wtedy o płot, a my nie wiedzieliśmy, dlaczego tak długo przygląda się leniwej lamie albo co widzi w nurkujących fokach, które w takim upale nie wynurzały się z wody. Przy klatkach z ptakami czekała Elka. Pamiętam, że podziwiała ogromne sępy argentyńskie. Ich czarne skrzydła odbijały promienie słońca granatowym blaskiem, a ptaki kiwały powoli głowami, jakby były uśpione. Później minęliśmy terrarium, ale Weiser nie wchodził tam, więc ruszyliśmy za nim do klatek z pawianami i szympansami. Tu zgromadziło się więcej ludzi, pokrzykujących i rozweselonych. Co chwila ogłupiały szympans sypał w publiczność garścią piachu, a ta oddawała małpie pięknym za nadobne, gwiżdżąc, tupiąc i rzucając ogryzkami w siatkę klatki. Zwierzę co pewien czas unosiło łeb do góry i czochrało sierść na czubku głowy, zupełnie tak samo jak M-ski, kiedy zapominał czegoś ważnego. Ale to była małpia zmyłka, podstęp szympansi, bo za chwilę zwierzę pochylało głowę poniżej pępka, sikało sobie do gęby i nagle wąska strużka tryskała ze zwężonego pyska, niczym z sikawki strażackiej, w najbliżej stojących ludzi. Za każdym siknięciem szympans okazywał się szybszy od swoich przeciwników i widzowie z pierwszych rzędów musieli wycierać żółty, cuchnący płyn z ramion i twarzy. Zabawa bardzo nam się podobała i na dłuższą chwilę zapomnieliśmy o Weiserze, który nie śmiał się wcale z tej odskakiwanki. W końcu szympans schował się w głębi klatki, ludzie odeszli, a my spojrzeliśmy wyczekująco na Weisera, bo przecież jeśli to miał nam pokazać – jak przypuszczali niektórzy – to była to wielka lipa i zawracanie głowy. Ale Weiser badał tylko naszą cierpliwość, postał tu jeszcze przez moment, a następnie ruszył w kierunku klatek z drapieżnikami. Te klatki nawet dzisiaj, kiedy to piszę, mają zapewne odmienny zapach niż pomieszczenia innych zwierząt, różny od wybiegu małp, słonia, wszystkich rogacizn i nierogacizn, bo taki właśnie miały wtedy i takim pamiętam go do dziś – słodkawy, mdły, unoszący się wąskimi pasemkami w lepkim powietrzu lipca, odpychający zapach zapleśniałych legowisk lwów afrykańskich, tygrysa bengalskiego i czarnej pantery, która leżała na zeschniętym i łysym konarze.

Weiser zatrzymał się przed jej klatką. Elka położyła palec na ustach i kazała nam stanąć nieco z tyłu, żeby mu nie przeszkadzać. Weiser odwrócony do nas plecami tkwił w bezruchu dobre kilka minut, dopóki spod klatki nie odeszli inni ludzie, i wtedy zobaczyliśmy, że pantera drzemiąca do tej pory w południowej sjeście powoli podnosi głowę. Wargi jej, z długimi igłami wąsów, wydęły się lekko i wyglądało to tak, jakby pantera czknęła. Ale to był dopiero początek. Wargi unosiły się, drgając coraz wyżej, i pod czarnym aksamitem widać teraz było rzędy białych kłów. Usłyszeliśmy pierwszy szmer, który zaraz potem przeszedł w głęboki, dobywający się gdzieś z głębi pomruk. Pantera powoli, miękkim ruchem spłynęła z konara i ze zjeżoną sierścią zbliżała się do krat, jej ogon drgnął nieznacznie, po czym coraz mocniej, rytmiczniej, jak wahadło zegara bił o lśniące boki. W końcu zwierzę, dotykając pyskiem żelaznych prętów, stanęło naprzeciw Weisera, a to, co wcześniej było warkotem, przeszło nagle w gardłowe bulgotanie, w którym marszowy werbel mieszał się z hukiem wezbranej rzeki, a jesienna wichura z głosem dzwonów rezurekcyjnych. Pantera szalała przy kracie, biła łapą w cementową podłogę, opuszczała, to znów wznosiła pysk, a wreszcie podrywała swoje cielsko jak pionową belkę, wspierając się przednimi łapami o pręty, i widzieliśmy, jak wysuwały się grube i zakrzywione pazury. Lecz to nie było wszystko. Weiser przesadził barierkę oddzielającą go od klatki i stanął teraz tak blisko jej żelaznych prętów, że mógłby, pochyliwszy się zaledwie o krok, dotknąć czołem pazurów kota. Pantera znieruchomiała. Nagle gardłowe bulgotanie przeszło w głęboki warkot, a warkot w cichy jak na początku pomruk i zwierzę, nadal ze zjeżoną sierścią i ogonem bijącym w boki, pełzło do tyłu ze wzrokiem utkwionym w Weisera. To było niesamowite! Pantera czołgała się w głąb klatki, bardzo wolno, brzuchem szorując po betonowej posadzce, a jej skośne i przymrużone oczy, lśniące jak nieruchome lusterka, wpatrzone były w Weisera. Gdy wyczuła ogonem tylną ścianę wybiegu, siadła skulona w kącie i wreszcie opuściła oczy, drżąc na całym ciele. Każdy muskuł pod napiętą skórą dygotał teraz jak z zimna i wielki kot przypominał ratlerka pani Korotkowej, który uciekał w kąt podwórka na tupnięcie nogą.

Staliśmy w milczeniu, kiedy Weiser podszedł do nas i kiedy Elka podała mu chustkę, a on wycierał krople potu z czoła jak po ciężkiej pracy. Ale to nie był koniec naszego dnia spędzonego z Weiserem, podobnie jak nie jest to koniec historii tamtego lata, kiedy zupa rybna warzyła się w wodach zatoki, a ludzie modlili się po kościołach o odwrócenie suszy i deszcz.

Bo Weiser pokazał nam inną drogę do domu niż ta, którą przybyliśmy do oliwskiego zoo. Nie było tramwajowej pętli ani rozklekotanego tramwaju linii numer dwa, który kursując wtedy pomiędzy Targiem Węglowym a Oliwą, przejeżdżał obok zajezdni, naszej szkoły i kamienicy. Była za to droga Doliną Radości w górę, obok nieczynnej kuźni cystersów nad dopływem Oliwskiego Potoku; były wysokie do kolan trawy na płaskowyżu, skąd jak z Bukowej Górki widać było morze; były głębokie jary i rozpadliny w cieniu bukowych liści; i był wąski, piaszczysty trakt przez sosnowy starodrzew, który miejscami mieszał się z brzozowymi zagajnikami i leszczynową gęstwiną.

Teraz brzmi to jak liryczne kwękanie po utraconym raju, ale kiedy Weiser pokazał nam obok źródła miejsce, w którym Fryderyk Wielki odpoczywał na polowaniu, albo kiedy na prześwietlonej słońcem polanie zatupotały wypłoszone sarny, lub kiedy zbieraliśmy pełnymi garściami słodkie maliny – wtedy był to dla nas raj odnaleziony, daleki od miasta, powabny i wciągający, jak mroczny chłód katedry w upalny dzień. Weiser szedł przodem i mówił niby do Elki, ale właściwie do nas: „O, tutaj zimą przychodzą dziki". Albo: „O, tędy się idzie do Matemblewa". Lub: „O, a tam jest największe mrowisko czerwonych mrówek z czaszką zająca". Ze szczególnym upodobaniem pokazywał miejsca, gdzie las przecinały linie okopów z ostatniej wojny, i w podobnym stylu wyjaśniał: „O, to jest lej od pocisku moździerza". Albo: „O, tu jest wykop dla samochodu". Słuchaliśmy tego z zapartym tchem. Aż wreszcie wyprowadził nas przez dolinkę za strzelnicą na skraj moreny, skąd ujrzeliśmy wieżyczkę ceglanego kościoła w Brętowie i dobrze znajome zarysy cmentarza.

I chociaż tę samą drogę przemierzałem już później w obie strony, sam lub w towarzystwie, latem piechotą albo na rowerze, zimą na nartach, i chociaż nazwałem tę drogę liczącą sześć i pół kilometra drogą Weisera, nigdy, nawet teraz, kiedy jest ona tylko niebieskim szlakiem parku krajobrazowego, opisanym w przewodniku – nigdy nie mogłem sobie przypomnieć, czy Weiser, prowadząc nas z powrotem do domu, wszystko to pokazywał ręką, czy też trzymał w dłoni sękaty kij, którym podpierać się mógł jak laską. Bo przecież wracaliśmy do domu i on prowadził nas, jakbyśmy byli od tego dnia jego ludem.

A pod wieczór siedzieliśmy na ławce pod kasztanem i Piotr zastanawiał się, co by było, gdyby czarna pantera nie była oddzielona od Weisera żelaznymi kratami.

– Byłoby jak w cyrku – twierdził Szymek – tam dzikie zwierzęta też słuchają człowieka, a nawet dotykają go i jedzą z ręki.

Ale ja powiedziałem, że Weiser nie jest przecież treserem, nie ma długich lśniących butów ani bicza, ani białej koszuli z muszką, no i nie ćwiczy czarnej pantery codziennie.

To trzeba było wyjaśnić, co do tego zgodziliśmy się bez dyskusji i wpadliśmy na pomysł, żeby jeszcze raz wypróbować Weisera, może na innym zwierzęciu i niekoniecznie w zoo. Nie wiedzieliśmy tylko, że przez następne dni Weiser będzie znów chodził swoimi drogami i że nasze wątpliwości są zupełnie nieistotne dla kogoś takiego jak on.

Z bramy wyszła matka Elki i zatrzymała się na chwilę.

– Co tak siedzicie, chłopcy? – powiedziała z wyrzutem w głosie. – Poszlibyście lepiej do kościoła, dzisiaj proboszcz odprawia nabożeństwo, co?

Zanim jednak odeszła brukowaną kocimi łbami ulicą w stronę kościoła Ojców Zmartwychwstańców, powiedziała nam jeszcze, że wczoraj widziano nad zatoką ogromną kometę i nic dobrego czekać nas nie może.

Tymczasem woźny zaparzył kawę i wniósł dzbanek do gabinetu dyrektora. Zadzwonił telefon i kiedy usłyszałem zmęczony głos M-skiego, podnoszącego słuchawkę, znieruchomiałem.

– Tak, panie Heller – mówił M-ski. – Pana syn jest tutaj z nami... zaraz... oddaję słuchawkę towarzyszowi dyrektorowi.

I dalej mówił już dyrektor, a właściwie nie mówił, tylko odpowiadał na pytania mojego ojca.

– Ależ nie – wyjaśniał uprzejmym głosem – pański syn nie jest o nic oskarżony, to tylko przesłuchanie przez naszą komisję, działamy w oparciu o polecenie prokuratora. Nie, nie, my nie oskarżamy pana syna o spowodowanie wypadku, śledztwo jednoznacznie wskazuje na tego Weisera, my musimy tylko wyjaśnić wszelkie okoliczności tragedii, niech pan to zrozumie, wszelkie okoliczności!

Ale ojciec widocznie nie dawał za wygraną, bo dyrektor mówił dalej jeszcze głośniej niż przed chwilą:

– Dlaczego pan się denerwuje, nie widzę powodów do składania skarg, gdziekolwiek. To nie jest bezprawne przetrzymanie. Niech pan się lepiej zastanowi, panie Heller, dlaczego on chodził tam bez niczyjej wiedzy. W końcu pańskiemu dziecku groziło poważne niebezpieczeństwo, a pan jako ojciec nie zrobił nic, żeby... – i tu dyrektor przerwał na dłuższą chwilę, a ja domyśliłem się, że to był jeden z cholerycznych wybuchów mojego ojca, który zazwyczaj spokojny, jeśli już wpadał w gniew, nie liczył się z niczym i z nikim. Żałowałem nawet, że nie ma go tu z nami, bo wyobraziłem sobie nagle M-skiego wylatującego przez okno, dyrektora wiszącego na swoim krawacie u sufitu, a tego w mundurze rozpłaszczonego na drzwiach gabinetu, i jakoś dziwnie dobrze zrobiło mi się wokół serca, gdy pomyślałem o tym wszystkim. A ojciec jeszcze nie skończył, bo dyrektor chrząkał tylko do słuchawki i pewnie wiercił się na swoim fotelu, a drugą, wolną ręką poprawiał chyba węzeł swojego krawata. Wreszcie przerwał ostro:

– Nie, to wykluczone, szkoła jest zamknięta aż do zakończenia przez nas pracy! – I powiedział jeszcze (pamiętam to dobrze) – Żegnam, panie Heller. – Zupełnie jak na filmie albo w książce: „Żegnam, panie Heller", i słuchawka klapnęła na widełki.

Na dworze było już ciemno, przy ulicy rozbłysły latarnie. Ich blask wpadał do sekretariatu i zanim woźny przekręcił wyłącznik, siedzieliśmy w żółtobladym snopie światła jak dewotki w kościele po dawno skończonym nabożeństwie. A ja zastanawiałem się, dlaczego Weiser nie miał rodziców i mieszkał tylko ze swoim dziadkiem. Nigdy, ani wtedy, ani później, nie dowiedziałem się, kim był jego ojciec lub matka. Być może człowiek, który mieszkał pod jedenastką i zajmował się krawiectwem, był tylko jego przyszywanym dziadkiem, nawet niekoniecznie kimś z rodziny. Tylko że nikt nie mógł tego wyjaśnić, ani wtedy, ani później, kiedy po latach nie bez podstępu udało mi się przejrzeć szkolne papiery Weisera i kiedy dotarłem również do odpowiednich dokumentów w archiwum Urzędu Miejskiego. Stare dzienniki lekcyjne były już wówczas skasowane, ale pozostały arkusze ocen, w których wyblakłym atramentem zapisano: „Nazwisko: Weiser. Imię: Dawid. Ur.: 10.09.1945". Rubryka „miejsca urodzenia", podzielona na dwie części, wojewódzką i powiatową, była niewypełniona i tylko na dole ktoś dopisał kopiowym ołówkiem: „Brody", a w nawiasie widniało jeszcze: „ZSRR". W rubrykach „ojciec", „matka" ta sama ręka postawiła najpierw atramentem poziome kreski, a później, też kopiowym ołówkiem, dopisała: „sierota". I dalej tym samym charakterem pisma naniesiono informację: „Opiekun prawny: A. Weiser, zamieszkały...", i tu podany był nasz adres, to znaczy adres naszej kamienicy z numerem mieszkania Weisera. Dzisiaj, kiedy to wszystko wyławiam z pamięci jak okruszyny bursztynu z brudnej wody zatoki, rodzice Weisera wyłaniają się w postaci dwóch poziomych kresek, postawionych atramentem w arkuszu ocen. Bo dział ewidencji ludności Urzędu Miejskiego nie ma na ten temat więcej do powiedzenia.

W okienku przypominającym kasę obskurnego dworca ręka urzędniczki położyła małą karteczkę, z której dowiedziałem się rzeczy następujących: Abraham Weiser, narodowości żydowskiej, obywatelstwa polskiego, urodzony w Krzyworówni (ZSRR) w roku 1879, przybył do Gdańska w roku 1946 jako repatriant. W tym roku brak jakiejkolwiek adnotacji o dzieciach, które towarzyszyłyby mu w podróży. Dopiero w roku czterdziestym ósmym, a więc w dwa lata później, Abraham Weiser zgłosił, że pod jego opieką znajduje się chłopiec, narodowości polskiej, obywatelstwa polskiego, urodzony w Brodach 10 września 1945. Adnotacji o rodzicach chłopca brak, nie ma też żadnych kopii aktu urodzenia dziecka. Abraham Weiser utrzymywał, że dziecko jest jego wnukiem, lecz w rubrykach „rodzice" nie zapisano jakichkolwiek danych o matce lub ojcu chłopca. Dlaczego tak się stało – nikt nie jest w stanie wyjaśnić. Podobnie jak nie wyjaśniono do tej pory przyczyn zaginięcia dwunastoletniego Dawida Weisera, który prawdopodobnie zginął w lesie brętowskim w sierpniu 1957 roku rozerwany niewypałem. Co do zgonu Abrahama Weisera nie ma żadnych wątpliwości, poświadcza to akt wystawiony przez lekarza Szpitala Wojewódzkiego, który pełnił wówczas dyżur.

„Czy chce pan numer tego aktu?", zapytała urzędniczka, widząc, jak stoję nadal przy okienku i jak mijają mnie w ciemnym i ponurym korytarzu milczący ludzie. Ale ja nie miałem już pytań, a przynajmniej nie do niej ani do nikogo z tych ludzi, którzy nosili w rękach kartki, formularze, podania, odpisy, wyciągi, kopie, nakazy, wezwania, świadectwa i całą makulaturę, w jaką obrasta życie, nawet po śmierci. Nie miałem już żadnych pytań, a raczej miałem wciąż to samo pytanie: kim w końcu był Weiser? Bo jeśli nie wnukiem Abrahama Weisera, jeśli nie był jego wnukiem, to dlaczego nosił to samo nazwisko i czy to było jego prawdziwe nazwisko?

I dlaczego pan Abraham Weiser, zgłaszając w dziale ewidencji ludności chłopca i uznając go za swojego wnuka, nie podał, kim byli jego rodzice? Bo przecież jeśli to był jego wnuk prawdziwy, kość z kości, krew z krwi, to ojciec Dawida musiał być synem Abrahama Weisera, matka Dawida zaś jego córką lub synową. Abraham Weiser powinien więc znać ich imiona. I jeśli nawet przykryła ich warstwa piachu, zmarli od mrozu czy na tyfus, to przecież musiał wiedzieć, jak się nazywali, tylko nie chciał tego podać. Albo chciał podać, ale nie wiedział nic lub wiedział niewiele. Tylko że wtedy Dawid Weiser nie byłby wcale Dawidem, nie byłby jego wnukiem, nie byłby Żydem i może nie urodził się wcale w Brodach w roku czterdziestym piątym.

Tak, wtedy po wojnie, kiedy tysiące ludzi zmierzało ze wschodu na zachód, z południa na północ i z zachodu na wschód, wtedy ginęły papiery i można było podać różne rzeczy, bo nie wszystko dało się sprawdzić. Zaginięcia i cudowne odnalezienia były, zdaje się, chlebem codziennym ówczesnych urzędników działu ewidencji ludności i pan Abraham Weiser mógł z powodzeniem twierdzić, że chłopiec jest jego wnukiem, że nazywa się Dawid i nosi to samo nazwisko co on, tyle tylko że jest narodowości polskiej. Ale mógł też tak twierdzić dlatego, że tamten naród przestał już zupełnie istnieć. Po prostu, kiedy pan Abraham Weiser wypełniał formularz, jego naród zniknął z Europy i dlatego wpisał lub kazał wpisać chłopcu narodowość polską, bo przecież obywatelstwo to była rzecz drugorzędna w epokach jak ta, którą przeżył gdzieś na południowym wschodzie wśród Ukraińców, Niemców, Rosjan, Polaków, Żydów, Ormian i kogo tam jeszcze – myślałem, wychodząc z ciemnego gmachu urzędu, i zobaczyłem raz jeszcze dwie poziome kreski w arkuszu ocen Weisera, te dwie linie pociągnięte jaśniejącym z roku na rok atramentem. I teraz, kiedy to piszę, też je widzę, choć może atrament wyblakł już zupełnie i rubryki „ojciec", „matka" – wyglądają tak, jakby tam nigdy nic nie było napisane.

Wszystko zamiast rozjaśniać się, jest jeszcze bardziej skomplikowane, ale wtedy w sekretariacie naszej szkoły, po telefonie mojego ojca, który dostał ataku furii i zwymyślał dyrektora i wszystkie szkoły na świecie, przypuszczałem, że nagła śmierć pana Weisera, ten gwałtowny atak serca, był dziełem samego Weisera. Skoro potrafił okiełznać dzikie zwierzę i jeśli robił w nieczynnej cegielni coś, od czego włosy stawały nam na głowie, o czym zresztą jeszcze napiszę, więc jeśli Weiser mógł robić takie rzeczy, to dlaczego nie miałby przyspieszyć nagle rytmu serca swojego dziadka? – pomyślałem. Czemu nie miałby uwolnić go od maszyny do szycia, igieł, kredy, szablonów, podpinek i guzików, nad którymi przygarbiony ślęczał całymi dniami? Dlaczego nie miałby tak tego zrobić – żeby już nikt nie zapytał go o cokolwiek. Weiser usunął świadka i dziś muszę przyznać, że kiedy Piotr zginął w siedemdziesiątym roku na ulicy, a Elka wyjechała do Niemiec, myślałem podobnie: że Weiser usuwa ich po prostu stąd różnymi sposobami. Bo wyjazd Szymka do dalekiego miasta też był rodzajem usunięcia go poza coś, czego pojąć nie mogłem, ale co dla Weisera musiało być najwyraźniej ważne. A wtedy, w sekretariacie przestraszyłem się bardzo, bo przecież całe śledztwo mogło być próbą, na jaką wystawia nas Weiser, i jeśli będzie coś nie tak, to wstrzyma rytm naszych serc, tak samo jak zrobił to z sercem swojego dziadka.

Tymczasem tamci podejrzanie długo trzymali Szymka u siebie, a ja przypomniałem sobie dzień, w którym nie poszedłem grać w piłkę na boisko obok pruskich koszar, dzięki czemu Weiser i Elka zabrali mnie na wycieczkę, zupełnie niezwykłą, jak się okazało. Ale po kolei:

Następnego dnia po ogrodzie zoologicznym z samego rana matka wysłała mnie do sklepu Cyrsona po włoszczyznę. Lubiłem tam chodzić, w chłodnym wnętrzu pachniało jarzynami, w skrzynkach pęczniały papierówki, a ze szklanej gabloty przykuwały wzrok słoje z landrynkami i kolorowe myszki z krochmalu, po dwadzieścia pięć groszy sztuka. Żona właściciela, obsługująca klientów za drewnianym kontuarem, miała wielkie jak donice piersi, była bardzo wesoła i kiedy ruszała się żwawo, podając towar, te piersi latały jej pod kretonową sukienką i brudnym fartuchem jak sprężynujące połówki arbuza. A kiedy z zakupów została złotówka reszty, można było za nią kupić garść landrynek albo cztery myszki z krochmalu, każdą w innym kolorze, lub wypić oranżadę z butelki zakończonej porcelanowym kapslem na sprężynie z grubego drutu. To właśnie te butelki dorośli nazywali krachlami, do dzisiaj nie wiem czemu, bo to nie były żadne krachle, tylko oranżada, a z jej otworzeniem, kiedy stało się na betonowej podmurówce przed wejściem do sklepu, zawsze wiązały się pewne emocje. Jeśli zamknięcie było szczelne, a gaz nie uszedł małymi pęcherzykami, wstrząsało się butelką i lekko podważony kapsel odskakiwał sam. W powietrzu razem z odgłosem wystrzału unosiła się pachnąca mgiełka i wszyscy kupujący odwracali się w twoją stronę, a ty stałeś na podmurówce i przechylałeś butelkę do gardła, zupełnie tak samo jak ojciec albo pan Korotek w barze „Liliput" przechylali butelki z piwem. Ale otwieranie oranżady wiązało się z podwójną loterią. Niespodzianką – obok eksplozji korka – był także jej kolor. W tamtych czasach oranżadę robiono w dwóch barwach – najczęściej była ona żółta, ale zdarzała się też czerwona, o szczególnie pięknym odcieniu, i nawet dzisiaj dałbym sobie głowę uciąć, że ta czerwona miała silniejszy aromat i była znacznie lepiej gazowana.

Stałem więc na cementowej podmurówce sklepu Cyrsona i patrząc w ciemnozielone szkło butelki, chciałem odgadnąć, jaka to będzie oranżada – żółta czy czerwona, gdy w kurzu ulicy zobaczyłem chłopaków ciągnących w stronę pruskich koszar. Na czele maszerował Piotr z prawdziwą piłką pod pachą i przypomniałem sobie, że dzisiaj mieliśmy właśnie wypróbować tę piłkę, którą Piotr dostał wczoraj od bogatego wujka. Skórzana piłka to nie byle co, do tej pory graliśmy gumową, która nie wytrzymywała dłużej niż miesiąc, a teraz, dzięki wujowi Piotra, mogliśmy poczuć się jak prawdziwi zawodnicy. Zbliżali się do mnie i już z daleka słyszałem ich krzyki: „czerwona!", „żółta!", „czerwona!", „żółta", „mówię ci, że czerwona!", „a właśnie że nie, bo żółta!" – a kiedy podważyłem kciukiem drut sprężyny i gdy podskoczył porcelanowy korek z gumową uszczelką, wszyscy wrzasnęli: „czerwona! czerwona!" – i piliśmy czerwoną oranżadę, każdy po małym łyku, jak zawsze, gdy któremuś z nas udało się sprzedać butelki albo została reszta z pieniędzy na zakupy.

Oni poszli na boisko, a ja musiałem zanieść matce włoszczyznę i kiedy już pędziłem po schodach w dół, wybiegając z klatki, zobaczyłem Weisera i Elkę idących chodnikiem w stronę Oliwy. Coś mnie tknęło, tak samo jak wtedy, tego dnia, gdy z Szymkiem i francuską lornetką śledziliśmy ich z wiaduktu obok lotniska. I chociaż pod ręką nie miałem Szymka ani jego lornetki, postanowiłem iść za nimi.

Nasza ulica, tak samo jak dzisiaj, biegła długim łukiem równolegle do oddalonej o jakieś dwieście metrów linii tramwajowej i dopiero koło muru zajezdni skręcała ostro w lewo, obok jednego z zerwanych mostów nieistniejącej linii kolejowej. W myślach podawałem piłkę na lewe skrzydło do Szymka, a on pędził jak burza, kiwając obrońców na lewo i prawo, ale z oczu nie spuszczałem Weisera i Elki, którzy znikli na zakręcie za wykruszonym filarem akurat w czasie dośrodkowania i strzału. Przyspieszyłem kroku, żeby zdążyć na ewentualną dobitkę i żeby nie zgubić tych dwojga, ale zamiast dobitki był róg, a Weiser z Elką czekali na mnie właśnie za tym filarem.

– Wcale nie musisz nas szpiegować – powiedziała Elka, patrząc to na mnie, to znów na Weisera. – Jak chcesz, to chodź z nami, on się zgadza – i znowu przechyliła głowę w jego kierunku.

Przystałem na to, choć Szymek w tym czasie rąbał pewnie następnego gola. Wyobraziłem sobie jednak Weisera sam na sam z dzikim jaguarem bez prętów klatki albo całą naszą trójkę pod lśniącym kadłubem iła na skraju startowego pasa i dreszcz przeszedł mnie od takich przypuszczeń.

Ale Weiser nigdy się nie powtarzał, przynajmniej wtedy, gdy mógł go oglądać któryś z nas. Możliwe, że z Elką było inaczej, nawet na pewno, tylko że z Elką Weiser przebywał cały czas, a z nami tylko wtedy, kiedy zechciał. A tego dnia zechciał (nie wiem, naturalnie, dlaczego), żebym poszedł razem z nimi, chociaż nie było dzikich zwierząt ani huczącego samolotu. Było zwyczajne zwiedzanie różnych miejsc, z początku nawet trochę nudne, bo dla mnie nie wszystko, co wtedy Weiser mówił, a mówił właściwie tylko do Elki, nie wszystko to było do końca zrozumiałe i jasne. Na ulicy Polanki stanął przed jednym z tych starych domów, o których mówiło się, że mieszkali tu bogaci Niemcy. I taka była rozmowa pomiędzy nim a Elką:

– O, widzisz, a tu mieszkał kiedyś Schopenhauer i pod tymi kasztanami chodził jesienią na spacery.

– A kto to był Schopenhauer? – pyta Elka.

– To był wielki niemiecki filozof, bardzo sławny.

– Ojej, to ciekawe, ale czym zajmuje się właściwie filozof? No, co on robi, że jest taki sławny?

– Nie każdy filozof jest sławny tak jak on – odpowiada Weiser.

– Ale co robi taki filozof? – niecierpliwi się Elka. – Sławny czy nie, musi coś robić, nie?

– Filozof wszystko wie o życiu, rozumiesz? I wie, jakie to życie jest, to znaczy dobre czy złe. Wie także, dlaczego gwiazdy nie spadają na Ziemię, a rzeki płyną przed siebie. I jeśli chce, to pisze o tym w książkach, a ludzie mogą to czytać.

– Wszystko? – pyta z niedowierzaniem Elka.

– Wszystko – odpowiada Weiser. – O śmierci też filozof wie bardzo dużo.

– O śmierci?

– No, jak się umiera – kończy Weiser. – Bo filozof musi o tym myśleć, nawet kiedy chodzi na spacery pod kasztanami.

I kiedy byliśmy już dalej, obok następnego domu, który wyglądał trochę jak dwór, cofnięty od ulicy ze trzydzieści metrów w stronę lasu, i kiedy mijałem prowadzącą do niego lipową aleję obok wywalonej bramy, Elka zapytała jeszcze:

– A ty jesteś filozofem, tak?

– Nie – odpowiedział Weiser. – Dlaczego miałbym być?

– To skąd wiesz to wszystko? – dodała szybko.

– Wiem od dziadka – wyjaśnił równie prędko. – Mój dziadek jest największym na świecie filozofem, ale nie pisze książek.

Tak, zdaje się, skończył tę odpowiedź Weiser. Niczego chyba nie ominąłem, niczego, co dzisiaj dla mnie byłoby istotne, ale gdy przypominam sobie tę odpowiedź, to czuję takie same ciarki biegające po plecach, jak wówczas, gdy ił podnosił czerwoną sukienkę Elki w krzakach żarnowca albo kiedy Weiser poskromił czarną panterę, lub kiedy w piwnicy nieczynnej cegielni zrobił to, od czego włosy stawały nam na głowie. Nie wiedziałem, czy dziadek Weisera oprócz szycia na maszynie zajmował się jeszcze czymkolwiek, a w szczególności filozofią. Więc jak to było?

W oliwskiej katedrze Weiser pokazał nam gotyckie sklepienia i wielkie organy, objaśniając, do czego służą aniołom mosiężne trąby, trochę podobne do szabel, bo wykrzywione i długie. A kiedy stanęliśmy na mostku w parku, obok starego spichlerza, żeby popatrzeć, jak w umykającej spod naszych stóp wodzie odbijają się wieże katedry, Elka zapytała, czy okoń, który pomykał między wodorostami, może coś powiedzieć. Było to głupie pytanie, akurat w stylu Elki, bo niby dlaczego okoń miałby coś mówić – na każdej prawie lekcji przyrody M-ski nakazywał nam, żebyśmy siedzieli cicho jak ryby – a jeśli już nawet, to do kogo ten okoń połyskujący w słońcu miałby mówić – do nas czy też do swoich rybich krewnych? – tak pomyślałem wówczas, ale Weiser odpowiadał z całą powagą. Opowiadał właściwie, a nie odpowiadał, i znów było o dziadku, największym filozofie, który przed wojną wcale nie zajmował się krawiectwem, tylko jeździł po wsiach jako wędrowny szklarz i gdy zarobił już dużo pieniędzy, to szedł w góry i rozmawiał tam ze wszystkim, co stworzył Bóg – ptakiem, kamieniem, wodą, rybą, obłokiem, drzewem i kwiatem. Tak było według słów Weisera, a ja stałem oparty o sękatą poręcz mostu, rozdziawiając, jak to się mówi, gębę, stałem i spoglądałem to na niego, to znów na widniejące za wieżami katedry stoki Pachołka. Bo przecież nigdy wcześniej nie byłem w prawdziwych górach, więc kiedy Weiser mówił, że jego dziadek w tych górach spędzał nieraz pół roku, to wyobrażałem sobie pana Weisera pośród bukowych drzew na tej właśnie górze, z uchem przytkniętym do ziemi albo strumienia, bez drucianych okularów i centymetra przewieszonego przez szyję. Tak, dzisiaj niczego nie jestem pewny. Być może Weiser zmyślił tę historię z dziadkiem od początku do końca, ale nawet jeśli zełgał w sobie tylko wiadomym celu, to obraz ten, obraz pana Weisera z uchem przytkniętym do ziemi na wzgórzu Pachołek za katedrą, jest jednym z najpiękniejszych, jakie darowało mi życie.

A później dwójką pojechaliśmy do Wrzeszcza i Weiser wysiadł specjalnie po to, żeby pokazać Elce jeszcze jeden dom, tym razem nie filozofa, ale Schichaua, który przed wojną, kiedy ta część miasta nazywała się Langfuhr, był właścicielem stoczni i musiał mieć pewnie strasznie dużo pieniędzy, bo dom był rzeczywiście ogromny, miał kilka wejść i okrągłych wieżyczek, które Elce podobały się najbardziej.

– Zupełnie jak w bajce – śmiała się do Weisera, pokazując palcem wieżyczkę z oknem. – Tam chciałabym mieszkać pilnowana przez smoki, a ty byś przyszedł i uwolnił mnie z rąk złego czarnoksiężnika. Albo nie, ty byś najlepiej był Merlinem i męczył mnie okropnie, zamieniał w żabę albo ropuchę, albo w pająka, a ja bym strasznie płakała i nikt by mnie nie uwolnił.

Elka paplała swoje trzy po trzy, Weiser nie mówił nic, a ja zastanawiałem się, dlaczego taki Schichau i jemu podobni bogacze budowali takie dziwne domy. Na co im były te niepraktyczne wieżyczki, te zawijasy, esy-floresy, te szpiczasto zakończone dachy, balkoniki i galeryjki. I pomyślałem wtedy, że to pewnie z nudów, bo kiedy M-ski na lekcjach przyrody opowiadał nam o wyzysku i walce klasowej, to właśnie tak wyrażał się o bogaczach – że z nudów robili najgorsze rzeczy: strzelali do robotników, zabierali im żony i córki, i w ogóle byli zdegenerowani i niemoralni, bo nic nie mieli do roboty. Na szczęście nie muszę dzisiaj przypominać, co M-ski uważał za dobre i moralne, ale wtedy wyobraziłem sobie Schichaua, jak siedzi w swoim gabinecie, gruby, tłusty, zlany potem, pali cygaro, a za oknem, Jaśkową Doliną, bo tak się ta ulica domów z wieżyczkami niewinnie nazywa – za oknem więc maszerują nasi ojcowie i śpiewają: „Gdy naród do boju wyruszył z orężem", pan Schichau zaś podnosi palcami grubymi jak serdelki słuchawkę złotego telefonu i wzywa policję, bo on, pan Schichau, ma już dosyć wrzasków za oknem swojej willi i czas z tym zrobić porządek. Nasi ojcowie nigdy wprawdzie nie maszerowali przed domem pana Schichaua Jaśkową Doliną i nie śpiewali: „Gdy naród do boju", ale w siedemdziesiątym roku szli obok Komitetu Partii i śpiewali: „Wyklęty powstań ludu ziemi, powstańcie, których dręczy głód". A Piotr wyszedł na ulicę zobaczyć, co się dzieje, i dostał kulą w głowę. Ale to inna historia, całkiem już z Weiserem niezwiązana.

Spod domu Schichaua wróciliśmy na przystanek tramwajowy i Weiser zawiózł nas do Gdańska. Do dzisiaj zastanawiam się, czy taką marszrutę mieli zaplanowaną, czy też zmienił coś ze względu na moją obecność. A może w ogóle nie było żadnej marszruty, żadnego planu i po prostu Weiser włóczył się tego dnia z Elką tak sobie, żeby jej coś pokazać, dla zabicia czasu? Nie wierzę w to za bardzo, nie mam jednakże sensownej odpowiedzi. Nie wiem też, skąd Weiser czerpał swoje wiadomości, które zwłaszcza wtedy wydawały mi się przerażająco głębokie. Bo kiedy pokazywał nam budynek Poczty Polskiej, nie mogłem wyjść z podziwu, skąd on to wszystko wie.

– O, tutaj stała niemiecka pancerka – pokazywał ręką. – A tutaj atakowali żołnierze miotaczami ognia, a tam dalej stały ckm-y, a stąd, w tym miejscu z dachu zleciał niemiecki żołnierz, trafiony przez pocztowca w głowę, a tędy ich wyprowadzali – i mówił to wszystko bardzo swobodnie, jakby tu był na miejscu i widział na własne oczy tę pancerkę, miotacze ognia i ckm-y.

A kiedy byliśmy na Długim Targu, opowiedział nam, w którym miejscu stał Parteigenosse Gauleiter Forster, kiedy obwieszczał przyłączenie naszego miasta do Tysiącletniej Rzeszy. Tego przecież nie mógł dowiedzieć się od dziadka ani z żadnego podręcznika historii, bo historycy, nawet najbardziej skrupulatni, nie zajmują się takimi sprawami. I żaden z nich słowem nie wspomina, w jakim miejscu Fryderyk Wielki, polując w oliwskich lasach, wówczas zatrzymał się dla odpoczynku. Już wówczas, siedząc w sekretariacie szkoły, wiedziałem, że Weiser ze szczególnym upodobaniem tropił niemieckie ślady, ale co było tego przyczyną, nie mogłem dociec wtedy i nie mogę teraz, gdy przypominam sobie jego zbiór znaczków albo skład broni w nieczynnej cegielni i wybuchy w dolince za strzelnicą. Bo zardzewiały schmeiser, który podarował nam na brętowskim cmentarzu, kiedy Szymek miał rozpoczynać egzekucję, i którego nie mogliśmy odżałować po ucieczce wariata w żółtym szlafroku, ten schmeiser to był marny odpadek z jego kolekcji, jak okazało się później, kiedy wytropiliśmy Weisera i Elkę w ich kryjówce.

Tymczasem z Długiego Targu wróciliśmy do tramwaju i gdy trzęsący się wóz unosił nas w kierunku Wrzeszcza, znów myślałem o nowej piłce Piotra, o podaniach Szymka i o tym, czy jeszcze tego popołudnia zagramy na murawie obok pruskich koszar.

I rzeczywiście – graliśmy tego popołudnia, tylko że nie był to zwyczajny mecz, bo gdyby był zwyczajny tak jak wszystkie i gdyby nie wiązał się z Weiserem, nie wspominałbym o nim. Ale po kolei.

Kiedy ja włóczyłem się z Weiserem i Elką, chłopcy grali na murawie obok pruskich koszar, rozkoszując się uderzeniami w prawdziwą, skórzaną piłkę. To od niej właśnie zaczęły się nieszczęścia tego dnia – jeszcze raz powtórzę, żeby nie było wątpliwości – nieszczęścia tego dnia, a nie nieszczęścia w ogóle. Gdzieś po godzinie gry na boisko przyszli wojskowi. To znaczy nie żołnierze w mundurach, tylko chłopacy, których ojcowie byli wojskowymi i którzy mieszkali w nowych blokach za koszarami. Zgrywali ważniaków, a przede wszystkim byli od nas trochę starsi i lepiej ubrani. Pewnie dlatego, że ich matki miały pralki i własne łazienki, nie tak jak u nas, bo u nas, jak wspominałem, była jedna łazienka na całe piętro, a pralkę miał wtedy tylko ojciec Leszka Żwirełły. Więc tamci byli ważniakami, ale takiej piłki jak my nie mieli i oczy im rozbłysły pożądliwie. Najpierw stali z boku i patrzyli, jak rozgrywamy piłkę, i co chwila przeszkadzali, rzucali kamykami albo śmiali się głośno, że niby po co nam taka piłka, skoro nie umiemy grać. Pokrzykiwali, że lepiej dadzą nam zwykłą szmaciankę, bo szkoda dobrej piłki na nasze nogi. To rozeźliło Szymka, więc podszedł do ich herszta i powiedział, żeby zagrali z nami, to zobaczymy. Ale tamci byli sprytni.

– Zgoda – odpowiedzieli – ale jak przegracie, to piłka nasza.

Nasi zgodzili się i Piotr też się zgodził, bo tu nie chodziło tylko o piłkę, ale o honor, jak na wojnie.

Wybrano składy po sześciu plus bramkarz i ustalono, że mecz będzie prawdziwy, to znaczy w dwóch połowach, jedna do obiadu, a druga po południu, jak się trochę ochłodzi. I chociaż Szymek dwoił się i troił, Piotr przechodził samego siebie, a Staś Ostapiuk podawał Krzyśkowi celnie jak nigdy dotąd, wojskowi wygrali pierwszą połowę cztery do jednego.

Właśnie kiedy wracałem do domu, przechodząc obok betonowego okrąglaka, na którym od miesięcy szarzały strzępki tych samych afiszy, zobaczyłem, jak wlekli się przygnębieni, bez nadziei na zwycięstwo w drugiej połowie. Szymek powiedział mi, o co chodzi.

Po obiedzie wróciliśmy na murawę, gdzie pasła się krowa, wyjadając kępy zeschniętej trawy. Tamci przyszli trochę później, ale pewni, że mają piłkę w garści. Zaczęliśmy grać. Piotr przerzucił piłkę długim podaniem na lewe skrzydło do Leszka, ten przeszedł dwóch wojskowych i zbliżał się do ich pola karnego, ale obrońca odebrał mu ją i posłał potężnym kopem na naszą połowę, gdzie mieliśmy tylko Krzyśka, naszego bramkarza, i czterech tamtych. Kiwnęli go i już pędzili pod naszą bramkę, a w sekundę później było 5:1. Szymek nic nie mówił, a Piotr miał łzy w oczach, bo oprócz honoru tracił coraz wyraźniej swoją piłkę, którą dostał od bogatego wuja.

I wtedy stało się coś nieoczekiwanego, coś, co właściwie nie miało prawa się wydarzyć. Z małego pagórka zszedł do nas Weiser, którego zobaczyliśmy dopiero teraz, i powiedział, że wygramy ten mecz, jeśli on zagra z nami i jeśli będziemy we wszystkim słuchać jego rozkazów. Szymek był kapitanem i zawahał się, ale nie było czasu na rozmyślania, bo wojskowi zaczynali przynaglać.

Teraz zaczęło się wspaniałe widowisko i chociaż nie mieliśmy stu tysięcy kibiców ani nawet jednakowych koszulek, a Krzysiek i ja graliśmy boso, to każdy trener popadłby w absolutny zachwyt. Bo to nie była zwykła gra, zwykłe kopanie, podawanie, kiwanie, strzelanie, to był prawdziwy poemat z pięcioma aktorami w roli głównej i narratorem wszechwiedzącym, którym okazał się Weiser. Przede wszystkim poustawiał nas jak należy i nie biegaliśmy odtąd za piłką w kupie. A więc na lewym skrzydle Szymek, na prawym ja, w środku Weiser, a trochę za nim, cofnięty parę metrów, Piotr. W obronie na naszej połowie zostali Krzysiek Barski i Leszek Żwirełło, a na bramce jak zawsze stróżował Janek Lipski, w przydługim, kolejarskim podkoszulku taty. Przez pierwsze parę minut zza linii autowej krzywił się na te zmiany Staś Ostapiuk, bo musiał ustąpić miejsca Weiserowi – ale tylko przez kilka minut, do pierwszej bramki. Wrąbał ją wojskowym Szymek, po tym jak z prawego skrzydła podałem Weiserowi, a ten kiwnął dwóch tamtych i zamiast iść od razu na bramkarza, zmylił go, wykładając piętą piłkę do tyłu na strzał, co natychmiast pojął i wykonał cudnie Szymek. Było 5:2.

Ale to dopiero początek. Bo Weiser ku naszemu zdziwieniu grał doskonale, a jeszcze lepiej kierował nami na boisku i nic nie uchodziło jego uwadze. Kiedy wchodził na połowę wojskowych, najpierw zwlekał i zwalniał grę, czekając, aż otoczą go zwabieni pozorną bezradnością. Wtedy, jakby się z nimi bawił, wyrzucał piłkę podbiciem, a następnie podawał głową na lewe albo prawe skrzydło, krzycząc do Szymka albo do mnie: „teraz! teraz!", my zaś tylko czekaliśmy na taką sposobność, żeby szybko dołożyć wojskowym następne gole. Trzecią bramkę wrzepiłem ja, z takiego właśnie podania, a czwartą władował Piotr, kiedy Weiser najpierw podał do Szymka, ten z powrotem do niego, a Weiser podobnie jak przy drugiej, pędząc na bramkę, wyłożył piłkę na strzał do tyłu, tym razem Piotrowi, który nie zmarnował okazji. Piąta, wyrównująca bramka padła z bezpośredniego rzutu wolnego i tu Weiser pokazał, co umie, bo piłka poszybowała dosłownie centymetr nad głowami muru wojskowych i wleciała między drewniane słupki na oczach bezradnego bramkarza. Elka szalała, krzycząc i wymachując rękami, a Staś Ostapiuk tańczył obok niej zwariowany taniec kibica i pokazywał nam kciuk wzniesiony do góry.

Do końca meczu pozostawało jeszcze pięć minut, ale Weiser uspokajał nas ruchami ręki. Czekał najwyraźniej na swoją chwilę, czekał na swój popisowy numer i choć grał z nami jeden jedyny raz, to później długo jeszcze mówiliśmy o numerze Weisera. Na czym to polegało? Piotr, który znalazł się nieoczekiwanie na lewym skrzydle obok Szymka, wyłuskał piłkę z nóg wojskowego i dośrodkował, tyle tylko że trochę przedobrzył i Weiser, nie wiem jakim sprintem, nie doszedłby do kozłującej piłki, bo brakowało mu całe pół metra. Więc skulił się, sprężył i w biegu zrobił salto, a kiedy jego sylwetka znalazła się w pozycji pionowej, to znaczy jego ręce prawie dotykały trawy, a nogi sterczały w górze jak tyczki do fasoli, wtedy jedną z tych tyczek kopnął z całej siły piłkę i miękko szurnął na trawę. To była nasza szósta, zwycięska bramka. Elka wyła ze swojego miejsca, a wojskowi do końca meczu bali się naszej piłki.

A kiedy skończył się czas i nic nie mogło ich uratować, podszedł do nas ten najwyższy dryblas, mówiąc:

– I tak jesteście gnojki, słyszycie, i tak jesteście bandą śmierdzących gnojków!

A my szukaliśmy Weisera, żeby obnieść go naokoło boiska. Ale on przestał się nami interesować, jakby rzeczywiście nigdy nie obchodziła go piłka, włożył spodnie i poszli z Elką w stronę domu.

Herszt wojskowych tymczasem chwycił Piotrowy skarb i przeszedł z nim w stronę krzaku, gdzie mieli złożone ubrania. Błyskawicznie wyjął z chlebaka nóż, przedziurawił nam piłkę i rzucił w naszą stronę, krzycząc:

– Macie to swoje gówno!

A jego kolesie śmiali się z tego, co powiedział, ryczeli po prostu ze śmiechu i powtarzali „gówno" i „gnojki", jakby już nic innego nie mogli wymyślić. Staliśmy bezradni, bo tamtych z kibicami było dwa razy więcej, a w dodatku, co było widać, jadali lepsze obiady niż my. Spojrzałem w stronę, gdzie powinien być Weiser, i wszyscy tak samo odwrócili głowy w tamtym kierunku, bo nagle zrozumieliśmy, że jedyną osobą, mogącą tu coś poradzić, był właśnie on, chudy i przygarbiony lekko Weiser, który nigdy nie grał z nami w piłkę ani nie pływał w Jelitkowie. Ale on zniknął już za koszarami, bo cóż mogły go obchodzić nasze porachunki? Zakończył występ i jak prawdziwy artysta wzgardził poklaskiem tłumu, odchodząc ze sceny. Nam pozostawił gorzkie okruchy swojej sławy.

Takim go widzę dzisiaj – zagrał wcale nie z powodu piłki Piotra ani tym bardziej naszego honoru, on zagrał wtedy, aby pokazać nam, że potrafi to robić lepiej i że we wszystkim jest od nas lepszy. Nie chodziło mu zapewne o zwykłe przechwałki, wyglądało to raczej na zdanie: „No i co? Mówiliście, że nie umiem grać w piłkę, bo nigdy nie uganiałem się z wami na boisku. No to sobie popatrzyliście". A gdyby ktoś z nas zapytał, czy zagra z nami jeszcze, pewnie powiedziałby: „To mnie zupełnie nie interesuje". Podejrzewam, że w tym stwierdzeniu – jak zawsze starałby się coś ukryć.

Siedząc na składanym krześle w sekretariacie szkoły, kiedy Szymek pozostawał w gabinecie podejrzanie długo, zastanawiałem się, dlaczego Weiser wolał przez wszystkie te lata uchodzić w naszych oczach za łamagę, niż zagrać choć raz w piłkę albo popłynąć z nami do czerwonej boi w Jelitkowie. I już wtedy, gdy wracaliśmy z boiska obok pruskich koszar z dziurawą piłką Piotra, ale bardzo szczęśliwi, już wtedy ogarnęło nas coś w rodzaju niepokoju. Bo skoro Weiser ukrywał przed nami swoje umiejętności, skoro nigdy nie pokazywał nam, jak potrafi kiwać trzech przeciwników naraz albo podnieść piłkę z ziemi czubkiem buta, umieścić ją na podbiciu, wyrzucić dalej kolanem do góry i pchnąć czołem na lewe lub prawe skrzydło, skoro nigdy nie pokazywał nam tego i przesiadywał często na skraju boiska, patrząc, jak robimy to znacznie gorzej od niego – to musiał mieć jakieś powody, których nie znaliśmy. No i dlaczego Weiser zdecydował się zagrać z nami, wychodząc z ukrycia akurat tym razem? Szymek powtórzył zdanie Elki, że on wszystko potrafi, i teraz nikt już się z tego nie śmiał, bo przypomnieliśmy sobie wczorajsze zoo i czarną panterę, a ja wiedziałem jeszcze, że Weiser z Elką wcale nie bawili się w doktora i pacjenta na skraju pasa startowego, choć nie bardzo mogłem zrozumieć, po co właściwie tam chodzili. Dopiero gdy zegar ścienny wybił dziewiątą, olśniła mnie myśl bardzo prosta, że Weiser unosił czerwoną sukienkę Elki za pośrednictwem lśniącego kadłuba samolotu, bo nie chciał tego robić sam, widocznie było to dla niego zbyt proste, a może zbyt prostackie. I kiedy drzwi gabinetu otworzyły się i wypuścili z niego nareszcie Szymka, zobaczyłem raz jeszcze srebrne cielsko iła nad krzakami żarnowca, uniesione kolana Elki, jej podnoszące się i opadające biodra, pomiędzy którymi falowała trójkątna czarność i miękkość, i przypomniałem sobie jej twarz z otwartymi ustami, jakby przekrzykiwała straszny huk lądującej maszyny.

Nie powiedziałem, zdaje się, do tej pory, że Elka odnalazła się później i żyła długo wśród nas, zanim wyjechała na stałe do Niemiec. Ale ani wówczas, ani później, gdy pisałem do niej listy, ani nawet wtedy, gdy pojechałem do Niemiec tylko po to, żeby się z nią zobaczyć – nigdy nie powiedziała nic na temat Weisera ani tego, co wydarzyło się ostatniego dnia nad Strzyżą. Nie powiedziała, a lekarze tłumaczyli jej uparte milczenie szokiem psychicznym, częściową amnezją i tak dalej. I tylko ja wiedziałem i wiem, że to nie jest prawda. Bo właśnie Elka musi wiedzieć, kim był albo jest w dalszym ciągu Weiser. Jej milczenie, do dzisiaj, kiedy znów piszę listy do Mannheim, niepomny tego, co zaszło między nami podczas mojej wizyty, jej uparte milczenie świadczy o tym wymownie. Tak, kiedy przypominam sobie Weisera w piwnicy nieczynnej cegielni, nawet dzisiaj włosy stają mi na głowie. Byliśmy tam tylko raz, Elka zaś asystowała mu przy tym zapewne wiele razy. I wszystkie wybuchy w dolince za strzelnicą były, zdaje się, także dla niej.

Ale nie piszę o Weiserze książki, która mogłaby zaczynać się od sceny w nieczynnej cegielni. Nie – wyjaśniam tylko fakty i okoliczności i dlatego Szymek siada teraz na składanym krześle obok mnie, a ja słyszę swoje nazwisko: – Heller, teraz ty – i wstaję powoli, z obolałą nogą, idę w kierunku drzwi obitych pikowaną ceratą, idę i boję się M-skiego, a właściwie tortur, które zastosuje w tej kolejce przesłuchania.

Mężczyzna w mundurze rozpiął dwa guziki niebieskiej bluzy i zobaczyłem, że pod spodem ma siatkowy podkoszulek, spod którego przez małe oczka wyłażą gęste czarne włosy. Zaraz przypomniałem sobie szympansa z oliwskiego zoo, z takimi samymi kłakami na piersiach, i pomyślałem, jakby to było zabawnie zobaczyć tam zamiast niego sierżanta milicji, jak sypie piaskiem w publikę, wścieka się i od czasu do czasu sika w pierwsze rzędy rozbawionych ludzi. Uśmiechnąłem się więc do niego, a on wziął to za dobrą monetę, bo zrewanżował mi się również uśmiechem i pokazując ręką krzesło, powiedział:

– Proszę, możesz usiąść.

M-ski łypał podejrzliwie w moją stronę, dyrektor zaś manipulował dłońmi wokół swego krawata, który teraz nie przypominał już kokardy jakobińskiej ani szalika, tylko mokrą szmatę, nie najlepiej wyżętą i wykręconą.

– Chcemy wiedzieć wszystko o wybuchach za strzelnicą – rozpoczął M-ski. – Ile ich było i w jakich dniach. Skąd wasz kolega miał materiał wybuchowy do eksplozji. Co to było – trotyl? proch? Skąd to brał – z łusek? z niewypałów? I chcemy, żebyś nam opowiedział jeszcze raz o tym ostatnim wybuchu, kiedy Weiser i wasza koleżanka zginęli. Niczego się nie bój, powiedz prawdę. Czy nie znaleźliście może kawałka koszuli albo ciała gdzieś w okolicy? A może na którymś z drzew?

Wszystkie te pytania M-ski zadawał szybko i były one jak tematy w uwerturze – następowały naraz, jedno po drugim. Bo właściwe przesłuchanie miało się dopiero rozpocząć.

– Tak – westchnął mężczyzna w mundurze. – No więc, powiedz nam, kiedy był pierwszy wybuch. Kiedy to było?

– Gdzieś na początku sierpnia, proszę pana – odpowiedziałem.

– A dokładniej? – wtrącił dyrektor.

– Dokładniej nie pamiętam, ale na pewno na początku sierpnia, bo wtedy ksiądz proboszcz zaczynał nabożeństwa.

– Jakie znów nabożeństwa?! – podskoczył jak oparzony M-ski. – Jakie znów nabożeństwa?! Pan słyszy, dyrektorze? Czy oni nigdy nie przestaną? – i znów zwrócił się do mnie – więc jakie to były nabożeństwa?

– Nabożeństwa w intencji rolników i rybaków, proszę pana – odpowiedziałem grzecznie. – A właściwie na intencję deszczu, żeby oczyścił zatokę i obmył pola, bo była przecież ogromna susza, a proboszcz Dudak mówił, że to kara boża za grzechy.

– Czyje grzechy? – wtrącił ten w mundurze.

– No, za grzechy ludzkie – nie bardzo wiedziałem, co odpowiedzieć. – Proboszcz mówił, że ludzie odchodzą od Boga i świętej wiary katolickiej, więc Bóg zesłał tę suszę jako znak, żeby się ludzie poprawili, bo jak nie...

– No, no – podchwycił dyrektor, przekręcając jeszcze bardziej krawat. – Jak nie, to co?

– Bo jak się nie poprawią, to Bóg zrobi to samo z nami, to samo co w Sodomie i Gomorze, spali miasta i ludzi i...

– Dosyć! – wrzasnął M-ski. – Dosyć! Pan słyszy, sierżancie? To jeszcze gorzej niż średniowiecze, oni nie oszczędzają nawet dzieci, a my mamy w takich warunkach pracować, co? Szkoda, że tego nie słuchał prokurator. To podpada chyba pod jakieś paragrafy!

Mężczyzna w mundurze przerwał mu ruchem ręki:

– Musimy pracować rzeczowo, towarzyszu M-ski, emocje są najgorszym doradcą w takich sprawach. – Zwrócił się znów w moją stronę. – No więc, mówisz nam, kolego, że to było na początku sierpnia, tak?

– Tak, proszę pana, to było na początku sierpnia – potwierdziłem.

– Dobrze, a skąd dowiedzieliście się, że Weiser będzie coś takiego robił?

– On sam nam powiedział.

– Jak to było?

– Bawiliśmy się w Brętowie, a on przyszedł i powiedział, że jak chcemy zobaczyć coś fajnego, to żebyśmy poszli z nim, i zaprowadził nas do tej doliny za strzelnicą.

– A Wiśniewska? – przypomniał sobie nazwisko Elki. – Czy była z nim wtedy Wiśniewska?

– Tak, była. Ona z nim była wszędzie.

– Wszędzie, to znaczy, gdzie jeszcze?

– No tak, w ogóle, chodziła z nim wszędzie, ja nie wiem, gdzie jeszcze, ale oni chodzili zawsze razem.

Zobaczyłem, że mundurowy odpina następny guzik kurtki i włosy wyłażą mu jeszcze bardziej przez podkoszulkowe oczka.

– Dobrze – powiedział – więc naturalnie poszliście z nim, a raczej z nimi, bo Wiśniewska była z Weiserem, i co było dalej?

– Na miejscu Weiser powiedział, że to będzie wybuch i żebyśmy go we wszystkim słuchali, bo może być jakieś nieszczęście. Kazał nam położyć się w okopie, a później robił coś z tymi kablami od... od...

– Prądnicy – wtrącił mundurowy.

– Tak, od prądnicy, a potem powiedział „uwaga" i pokręcił korbką, i nagle huknęło, a my poczuliśmy, jak na głowę spada nam piasek z kawałkami trawy.

– I to wszystko?

– Tak, bo Weiser schował gdzieś prądnicę i powiedział, że możemy już iść do domu.

– Zaraz... z tego, co mówisz, wynika, że kiedy szliście na miejsce wybuchu, Weiser nie miał ze sobą ładunku, czy tak?

– Tak, proszę pana, bo on za każdym razem, kiedy szliśmy oglądać wybuch, tę minę miał już zakopaną w ziemi, a przy nas łączył tylko druty z prądnicą, więc musiał mieć to przygotowane wcześniej.

– Czyli zakładał ładunek i przewody, jak was nie było... rozumiem. Powiedz mi teraz, jak długo leżała mina od założenia do wybuchu: godzinę, dwie, cały dzień?

– Nie wiem – odpowiedziałem. – Tego nie wiedział nikt, proszę pana, bo Weiser nie tłumaczył tych rzeczy, a na wybuch zabierał nas zawsze w ostatniej chwili.

Mundurowy podrapał się w głowę i spoglądał na dyrektora, to znów na M-skiego.

– No, dobrze, a nie korciło was, żeby pójść tam bez niego i zobaczyć, czy następny ładunek jest może przygotowany?

Poczułem, jak z ust mundurowego, który mówiąc ostatnie słowa, przechylił się do mnie mocno, wypływa cieniutką strużką zapach czosnku, taki sam jak ze słoja kiszonych ogórków, choć tego lata było ich mało, podobnie jak kopru i czosnku, w ogrodzie przylegającym do naszej kamienicy.

– Nie, bo Weiser zakazał nam chodzić tam bez niego i powiedział, że cała dolina jest zaminowana.

– I uwierzyliście mu?

– On nigdy, proszę pana, nie kłamał, a zresztą każdy wybuch był w innej części doliny i baliśmy się, żeby na taką minę nie stanąć.

Dyrektor gwałtownym ruchem ręki, zamiast poluźnić swój krawat, zacisnął go wokół szyi.

– Poznajesz to? – mundurowy pokazał mi fotografię czarnej skrzynki z korbką i przyciskiem, który wyglądał na źle przypasowany do całości uchwyt korkociągu.

– Tak, poznaję, to jest ta prądnica, którą Weiser zawsze gdzieś chował po wybuchu.

– A skąd ją miał? – szybko wtrącił M-ski.

– Nie wiem, może znalazł ją razem z tym wszystkim w cegielni.

– No właśnie, a co on miał w tej cegielni, co pokazywał wam, kiedy tam chodziliście?

– My tam, proszę pana, nie chodziliśmy, bo w cegielni Weisera spotkaliśmy tylko raz.

– Jak to było? – podchwycił mundurowy.

– Gdzieś po drugim albo po trzecim wybuchu Elka przyszła do nas i powiedziała, że jak chcemy mieć prawdziwy automat, to znaczy prawdziwy automat do zabawy, to możemy z nią iść. Nie powiedziała dokąd i zaprowadziła nas do starej cegielni, gdzie czekał Weiser, i dał nam wtedy zardzewiały automat i hełm niemiecki, bo my przez cały czas bawiliśmy się w partyzantów, więc Weiser powiedział, że to dla nas. I nic więcej nam nie pokazał.

– Zaraz... to w jakiej części cegielni byliście wtedy?

– Koło pieców, proszę pana, tam gdzie są te wózki i szyny.

– A nie wiedzieliście nic o piwnicy i arsenale, jaki tam zgromadził?

– Nie, proszę pana, dopiero jak zaczęły się poszukiwania i jak milicja znalazła tę zawaloną piwnicę, dopiero wtedy usłyszeliśmy, co Weiser tam trzymał.

– A nie domyślaliście się niczego? Skąd na przykład wziął prądnicę albo miał proch do ładunków? Nie pytaliście go? Ani razu?

– Pytaliśmy, ale Weiser powiedział, że hełm i automat to jest nagroda za to, że umiemy trzymać język za zębami, a jak się do nas przekona – tak właśnie powiedział: „jak się do nas przekona", to dostaniemy coś ekstra, ale tylko wtedy. Więc nie pytaliśmy.

– No, dobrze – mundurowy był wyraźnie rozczarowany. – A Weiser nie bawił się z wami w partyzantów?

– Nie, proszę pana, jak się nie było gdzie kąpać, chodziliśmy na cmentarz w Brętowie i on przychodził czasami, ale w wojnę nigdy się z nami nie bawił.

– Wojnę to on sobie robił, ale gdzie indziej – powiedział M-ski, a dyrektor pokiwał głową i nic już nie powiedział.

– A nie przyszło wam na myśl, że o tym wszystkim trzeba powiadomić kogoś z dorosłych? – kontynuował mundurowy. – Że to się może źle skończyć dla was wszystkich?

Milczałem przez chwilę, bo co na takie pytanie mogłem odpowiedzieć, zwłaszcza temu mundurowemu w podkoszulku z siatki, mężczyźnie owłosionemu jak Tarzan? W końcu wykrztusiłem to, czego oczekiwał:

– Tak, teraz myślę, że powinniśmy to zrobić.

– Właśnie, dopiero teraz – dodał M-ski, ale mundurowy przerwał mu:

– Co wam przyszło do głowy, żeby ten stary automat i hełm dawać do ręki zbiegłemu pacjentowi szpitala? Czy nie wiedzieliście, że to psychicznie chory człowiek? Biegał z tym po okolicy i straszył ludzi. No, czyja to była sprawka?

– To nie było tak, proszę pana. Hełm i automat po zabawie, jak już mieliśmy wracać do domu, chowaliśmy za każdym razem w pustej krypcie, w samym rogu cmentarza. Aż raz przyszliśmy, no i nie było hełmu ani automatu. I dopiero później ktoś nam powiedział, że ten wariat lata po Brętowie w naszym hełmie i z naszym automatem, ale jego samego nie widzieliśmy.

– Żeby tylko o to chodziło – westchnął dyrektor, poluźniając krawat, który teraz przypominał kolorową chustkę pani Korotkowej. – Żeby tylko o to chodziło, chłopcy. Mój Boże, co ja z wami mam – ale nie dokończył, bo M-ski spojrzał na niego groźnie i dyrektor umilkł jak za dotknięciem różdżki, a mundurowy pytał dalej:

– Powiedz nam teraz, ile było tych wybuchów i czym różniły się od siebie.

– Zaraz... – liczyłem w pamięci. – Wybuchów było razem sześć, za każdym razem po jednym. Były do siebie podobne i tylko ten ostatni, o którym mówiłem już poprzednim razem, tylko ten ostatni był bardzo silny, to znaczy silniejszy niż wszystkie tamte.

– Taaak – mruknął mundurowy. – No, dobrze, a teraz, kolego, jeszcze raz opisz dokładnie, co wydarzyło się w dolinie tym ostatnim razem.

Mówiłem więc tak jak poprzednio, gdy M-ski zrobił mi wyciskanie słonia; mówiłem wolno, żeby niczego nie zmienić, a tamci słuchali uważnie, jakby słowa wybiegające z moich ust były robaczkami i jakby każde z tych stworzeń brali pod lupę, oglądając je na wszystkie strony. A kiedy skończyłem na tym, jak Elka i Weiser znikli na wzgórzu, co było zgodne z prawdą, więc kiedy skończyłem na tym, jak znikli na wzgórzu, M-ski nie wytrzymał i wrzasnął:

– Jak mogliście ich widzieć, przecież oni już wtedy nie żyli?! Czy chcesz nam wmówić, że widzieliście dwa duchy zmierzające do nieba, co?!

I zbliżył się do mnie niebezpiecznie blisko, ale mundurowy powstrzymał go i kazał mi podejść do biurka, gdzie rozłożył wojskową mapę, na której dolina zaznaczona była czarnymi poziomicami.

– Wy staliście tutaj, obok wyrwy, tak?

– Tak, proszę pana – potwierdziłem.

– A góra, o której mówisz, to ta ściana doliny, tak?

– Tak – skinąłem głową.

– No, to dzieliło was od podnóża wzniesienia dokładnie sto metrów, jak więc możesz twierdzić z całą pewnością, że to był Weiser i Wiśniewska? A może wam tylko zdawało się, że ich widzicie, co? Może baliście się pomyśleć, że oni wylecieli w powietrze? Ktoś, zdaje się Korolewski, powiedział:

„o, idą tam pod górę", i z tego strachu zobaczyliście ich, bo bardzo chcieliście zobaczyć, czy nie tak było? No, przyznaj się wreszcie!

Milczałem zaskoczony mapą i jego dokładnością. Musiało to wyglądać tak, jakbym przyznawał mu rację, bo zaraz dokończył:

– Z tego, co mówiłeś, wynika, że nie wiesz dokładnie, gdzie znajdował się Weiser i wasza koleżanka w momencie wybuchu. Powiedziałeś: „Weiser kazał nam czekać obok modrzewiowego zagajnika, a kiedy zobaczył, że jesteśmy, przeszedł przez dolinę i pomachał ręką na znak, że mamy się już położyć, zaraz potem ziemia zadrżała od eksplozji, a na głowy posypał nam się piasek", tak powiedziałeś, tak?

Skinąłem głową. Zapach czosnku był teraz wyraźniejszy i przyszła mi ochota na kiszone ogórki.

– No, to popatrz tu – mundurowy ołówkiem stuknął w mapę. – Popatrz uważnie. Najpierw stoicie obok modrzewiowego zagajnika, o tutaj. Weiser widzi was i stoi jakieś dwadzieścia metrów dalej, o tu. Potem rusza w kierunku miny – „przeszedł przez dolinę" – powiedziałeś, więc oddala się od was w stronę ładunku. Wiśniewskiej w tym czasie nie widzicie, bo ona idzie, o stąd, za krzakami leszczyny. A teraz patrz uważnie, bo to najważniejsze, Weiser, o stąd, daje wam znak ręką i leżycie, nie podnosząc głów, więc nie możecie widzieć, że w tej samej chwili podchodzi do niego wasza koleżanka. I co się dzieje? Zaraz po znaku ręką następuje wybuch. A skąd Weiser kiwał ręką? Tak, to czerwone kółko oznacza miejsce eksplozji, tam gdzie jest wyrwa. Weiser machał do was właśnie stąd, z miejsca, gdzie założona była mina. Bo było tak: Weiser najpierw pomachał ręką i kiedy już leżeliście twarzami do ziemi, nachylił się nad ładunkiem, żeby sprawdzić przewody. Potem chciał iść już razem z Wiśniewską do prądnicy, która była... o tu, tu właśnie ją znaleźliśmy, tylko że tym razem ładunek eksplodował sam, bez pokręcenia korbką i wciśnięcia detonatora. Przypuszczalnie był to niewypał, a nie mina skonstruowana przez waszego kolegę. Przy poprzednich wybuchach – sami to potwierdziliście – od znaku Weisera do detonacji upływały zazwyczaj dwie minuty. Mniej więcej tyle czasu potrzebował, żeby od ładunku przejść w bezpieczne miejsce, gdzie schowana była prądnica. Bo Weiser za każdym razem, choć ładunki położone były w różnych miejscach, robił tak samo. Najpierw dawał znak, żebyście się położyli... o tu albo tu, albo tu, następnie sprawdzał po raz ostatni podłączenie przewodów do zapalnika bomby, czy wszystko jest w porządku, a potem szedł do prądnicy... tu albo tu, albo tu, i dopiero wtedy kręcił korbką i wciskał przycisk. Tym razem sprawdził przewody – od znaku ręką mogło upłynąć najwyżej piętnaście sekund – i zaczął iść w kierunku prądnicy... o tu, ale nie doszedł, bo ładunek eksplodował sam. Wyleciał w powietrze razem z Wiśniewską, a wy chcieliście ich bardzo zobaczyć, no i zobaczyliście, ale tylko na niby. Uwierzyliście, że idą tu, pod górę, kiedy już staliście obok wyrwy, choć to jest sto metrów od tego miejsca. Czy nie tak było?

Stałem przy biurku i podziwiałem, że wszystko w jego opowiadaniu pasuje do siebie tak dobrze. Zbyt dobrze, aby było prawdziwe. Ale nie powiedziałem nic, bo przecież mundurowy nie wiedział, że następnego dnia nad Strzyżą spotkaliśmy się znów, tym razem rzeczywiście po raz ostatni. Nie wiedział nic o czarnej panterze, naszym meczu z wojskowymi na murawie obok pruskich koszar, nie widział Weisera w piwnicy starej cegielni i włosy nie stawały mu dęba na głowie, a przynajmniej nie od tego.

Odetchnął i znów poczułem strużkę czosnkowego zapachu, a M-ski wyjaśnił:

– To się zgadza i nawet nie wiesz, kto potwierdził, że nad Strzyżą widziano was dzień wcześniej! No?

Milczałem, a M-ski dokończył:

– Widział was kościelny brętowskiego kościoła – i M-ski po raz pierwszy tego dnia uśmiechnął się tryumfująco, a odetchnąłem tym razem ja, bo alibi było poważne. Widocznie, kiedy pytano kościelnego, pomylił daty. „Tym lepiej", pomyślałem, „jeśli im wszystko zaczyna się układać w taki sposób". Ale to nie był koniec przesłuchania. Mundurowy usiadł z powrotem w fotelu, a M-ski podszedł do mnie.

– Jedno jeszcze musimy wyjaśnić. Gdzie ukryliście szczątki Weisera i Wiśniewskiej? Mów!

Milczałem.

– To jest kryminalna sprawa – dodał dyrektor. – Nie zgłosiliście ani wypadku, ani tego koszmarnego pogrzebu – głos był coraz groźniejszy. – Jak mogliście zrobić coś tak obrzydliwego?! To jest... to jest... gorsze niż kanibalizm – wyrzucił z siebie. – Nie macie chyba sumienia! Czego was w końcu uczą na religii?

– Powiedz natychmiast, jak było z tymi... z tymi... szczątkami – wpadł w słowo mundurowy. – Musieliście przecież znaleźć kawałek ciała albo ubrania, tak?

Stałem z pochyloną głową i wyobraziłem sobie, jak trzymam w dłoni oko Weisera, a Szymek ma w ręku strzępek sukienki i składamy to do naszego dołka, Piotr zaś intonuje: „Dobry Jezu, a nasz Panie, daj im wieczne spoczywanie", następnie zasypujemy dołek, ubijamy go obcasami, ale oko Weisera mruga na nas spod ziemi i będzie mrugać do końca świata, i ujarzmiać nas jak czarną panterę za kratami oliwskiego zoo. To było straszne. Drżałem na całym ciele. M-ski chwycił mnie za włosy tuż przy uchu, w tym miejscu, gdzie dzisiaj zaczyna mi się zarost, i pociągnął lekko w górę, ale krótkie włoski wymknęły się z jego palców, więc chwycił ponownie, tym razem nieco wyżej, i zaczęło się skubanie gęsi.

– Gdzie-ście to za-ko-pa-li? – skandował i przy każdej sylabie pociągał coraz mocniej do góry, a ja unosiłem się coraz wyżej, aż wreszcie, stając na samych czubkach palców, kiwałem się jak pingwin, gdy tymczasem M-ski ciągnął jeszcze mocniej, właściwie wyrywał mi już włosy. – No, gdzie-ście to za-ko-pa-li, po-wiesz wre-szcie, czy mam ci ur-wać gło-wę, co?

I byłbym pewnie za moment krzyczał wniebogłosy i może nawet w tym krzyku wykrzyczałbym, jak było naprawdę, gdyby nie zadzwonił telefon na biurku dyrektora. M-ski puścił moje baczki i spojrzał w tamtą stronę, a dyrektor, który podniósł słuchawkę, powiedział do mundurowego:

– Do was.

Przez chwilę zapanowało milczenie, czułem, jak płonie mi głowa, bo od skubania gęsi bolała cała głowa, policzek i skronie. Mundurowy kiwał głową i mówił tylko:

– Tak, tak, dobrze, tak, tak, oczywiście, tak, dobrze, naturalnie, ależ tak, dobrze, dobrze.

I chociaż do dzisiaj nie wiem, kto wówczas, o godzinie dziewiątej, rozmawiał z mężczyzną w mundurze, to czuję do tego kogoś ogromną wdzięczność. W końcu dzięki niemu M-ski przestał mnie ciągnąć. Bo kiedy mundurowy odłożył słuchawkę, wyszło na to, że muszą się naradzić, i odesłano mnie z powrotem do sekretariatu na składane krzesło, którego listewki okropnie gniotły w siedzenie.

Znów więc siedzieliśmy we trójkę, pilnowani przez woźnego, a ja patrzyłem na zegar i wydawało mi się, że mosiężny krążek, kończący wahadło, jest takiego samego koloru jak puszka proboszcza Dudaka, z której wypuszczał na Boże Ciało obłoki siwego dymu, kiedy śpiewaliśmy „Bądź-że poz-dro-wio-na, Ho-sty-jo ży-wa".

Taki sam zegar, z prętem wahadła zakończonym mosiężną tarczą, widziałem w Mannheim, w mieszkaniu Elki, gdy wiele lat później pojechałem do Niemiec, żeby się z nią zobaczyć. Oczywiście, nigdy jej nie wyznałem, jaki jest cel mojej podróży.

Kiedy usłyszała mój głos w słuchawce telefonu, a raczej kiedy usłyszała moje nazwisko, nie odpowiedziała nic. Może stanęły jej przed oczami wszystkie listy, które wysyłałem do Mannheim, a które ona wyrzucała do kosza. Tego nie wiem, ale milczała dobrą chwilę, zanim usłyszałem całkiem przytomne pytanie:

– A skąd dzwonisz?

– Z dworca – krzyczałem do słuchawki. – Z dworca, i chciałbym się z tobą zobaczyć!

Pomilczała znów chwilę.

– No, dobrze, jestem w domu przez cały dzień – odpowiedziała, jakbyśmy widzieli się ledwie wczoraj. – Wiesz, jak dojechać?

Naturalnie, wiedziałem, jak dojechać, bo wszystko na to spotkanie miałem przygotowane, wszystko zaplanowane i zapięte na ostatni guzik – kolejne pytania, tematy rozmowy, zdjęcie grobu Piotra, wszystko to podstępnie zmierzało, a raczej miało zmierzać nieuchronnie do osoby Weisera. Taksówkę, którą jechałem przez śródmieście, prowadził wąsaty Turek. Palił się do rozmowy, gdy wyczuł, że nie jestem Niemcem, ale ja myślami byłem już przy Elce i przypominałem sobie wrześniowy poranek siedemdziesiątego piątego roku, kiedy odprowadzałem ją na Dworzec Morski w Gdyni, skąd odpływała do Hamburga.

– Elka – zapytałem ją po raz ostatni – więc ty naprawdę nie pamiętasz, co się wtedy stało? Naprawdę nie wiesz, jak to było? Przecież Weiser prowadził cię za rękę. Ty coś ukrywasz, cały czas ukrywałaś. Powiedz przynajmniej teraz, ja cię bardzo proszę! Powiedz, skoro wyjeżdżasz stąd na stałe, co właściwie wydarzyło się tamtego dnia nad Strzyżą. – I mój głos podnosił się aż do krzyku, w miarę jak Elka podchodziła coraz bliżej do celnej barierki. Wreszcie powiedziała:

– Nie krzycz tak, ludzie patrzą.

To były jej ostatnie słowa; żadne tam „do widzenia", żadne „trzymajcie się", tylko właśnie to: „nie krzycz tak, ludzie patrzą". A później nie odpowiadała na moje listy, tak samo jak nie chciała rozmawiać na temat Weisera przed wyjazdem.

Więc teraz, kiedy jechałem taksówką przez śródmieście Mannheim, pomyślałem, że drugi raz nie popełnię takiego błędu, i gdy samochód stanął na światłach, wiedziałem, że zacznę zupełnie inaczej i długo będę krążyć, długo czekać na właściwy moment, żeby ją wreszcie przyprzeć do muru, zmuszając do wyznań.

Elka przez pierwsze półtora roku nie miała tu łatwego życia. Pracowała jako służąca u dalekiej ciotki, potwornie złośliwej starej kobiety. Ta ciotka nazywała Elkę komunistką i upokarzała na każdym kroku, ale Elka zaciskała zęby, bo ciotka była bogata i miała jej zapisać trochę grosza. Kiedy otworzono testament, Elka musiała harować jeszcze bardziej, bo ciotka nie zostawiła jej nic. Harowała na dwie zmiany, rano sprzątała prywatne mieszkania, a wieczorem zmywała podłogi w restauracji, której właściciel był znajomym ciotki. I tu poznała Horsta, bo Horst stracił żonę w wypadku samochodowym gdzieś w Hesji i teraz zamiast pilnować swojej firmy, popijał aż do zamknięcia lokalu, późno w nocy. Wyszła za niego bez większych wahań. Nie był stary ani brzydki, a przede wszystkim handlował końmi, miał własną firmę i Elka nie musiała już zmywać podłóg w restauracji ani w prywatnych mieszkaniach. Horst często wyjeżdża i Elka siedzi wtedy całymi dniami sama, bo Horst nie ma oprócz niej żadnej rodziny, a ona sama nie lubi składać wizyt i przyjmować gości. Czasami wyjeżdżają razem, kiedy Horst nie spieszy się za bardzo, urlopy spędzają na południu w górach.

Ale o tym wszystkim dowiedziałem się w kilkanaście minut później, gdy taksówka wyjechała już ze śródmieścia, gdy minęliśmy z wąsatym Turkiem parę przecznic i gdy siedziałem naprzeciw Elki, pijąc kawę, a ona pokazywała mi zdjęcie Horsta z ostatniego urlopu, jaki spędzili w Bawarii. Na ścianach dużego pokoju wisiały akwarele przedstawiające jeźdźców i konie, pośrodku zaś zegar, taki sam jak w sekretariacie naszej szkoły, z długim prętem wahadła zakończonym mosiężną tarczą. Tego naturalnie Elka nie mogła pamiętać. Pokazałem jej zdjęcie nagrobka Piotra. Elka była tam kilka razy, ale płyty oczywiście nie widziała, a ja opowiadałem jej, jakie z tym były kłopoty, bo żaden kamieniarz nie chciał wykuć napisu „zamordowany" i w końcu zostało: „zginął tragicznie". Wszyscy znajomi składali się na tę płytę i to był właściwie nasz wspólny pomnik dla Piotra, choć Piotr nie brał udziału w demonstracji i walkach, wyszedł tylko na ulicę zobaczyć, co się dzieje. Ale to wspominaliśmy już przy grzankach, które Elka przyrządzała wspaniale – z keczupem, listkami sałaty, szczypiorkiem, plastrami pomidora, kminkiem, pieprzem, papryką i nie wiem już czym jeszcze, na gorąco, wprost z piekarnika. Grzanki zmieszały mi wprawdzie szyki, ale do dzisiaj pamiętam ich smak.

W pewnym momencie bowiem Elka powiedziała niespodziewanie:

– Nie odpowiadałam na twoje listy, tak jak na żadne inne. Bo jak się jest tu – dodała – to nie można być tam, i na odwrót. Ja nie potrafię być tu i tam.

Już chciałem wtrącić coś, niby od niechcenia, żeby mówiła dalej, ale szybko zmieniła temat, w dodatku tak zręcznie, że musiałem opowiedzieć o sobie, a raczej o swoim obecnym życiu, w którym nie było zresztą rzeczy interesujących ani pięknych. Była to więc opowieść szara i nużąca, lecz Elka nie dawała poznać, co o tym myśli, przerywała nawet czasami, wypytując o jakiś szczegół, osobę, zdarzenie. Czułem, że robi to z grzeczności. Dowiedziała się na koniec, co porabiam w Niemczech, i zapytała, czy już dzisiaj muszę wracać do Monachium, skąd przyjechałem, żeby ją odwiedzić. Rzeczywiście, przez dwa tygodnie mieszkałem w Monachium i miałem tam jeszcze wrócić na kilka dni, do domu stryja, który z obozu jenieckiego nigdy do Polski nie wrócił, bo to nie była, jego zdaniem, Polska, tylko atrapa, jaką się pokazuje w nie najlepszym teatrze. Ale nie wyjaśniałem Elce tych zawiłości, powiedziałem tylko, że nie muszę, bo rzeczywiście nie musiałem, a przede wszystkim nasza rozmowa o Weiserze nie weszła nawet w fazę początkowej konwersacji o pogodzie.

– To wspaniale – tym razem ucieszyła się szczerze. – Gdybyś zechciał zostać kilka dni, nie będzie żadnych kłopotów i Horst się ucieszy, jak wróci – mówiła dalej – bo teraz wyjechał.

I chociaż nie bardzo rozumiałem, z czego miałby cieszyć się jej mąż, zgodziłem się zostać do następnego dnia. Na szczęście miałem pieniądze i kiedy pojechaliśmy do miasta, nie musiałem liczyć każdej marki.

Zanim jednak Elka wyprowadziła z garażu samochód, obejrzałem ich dom. Tak samo jak wszystkie domy w tej dzielnicy – prostokątny, z małym ogródkiem, trzema pokojami na górze, jadalnią i kuchnią na parterze. Pomyślałem sobie, że jak na dwa lata zmywania podłóg to jest bardzo dużo, ale na całe życie chyba trochę mało, choć trawnik przed wejściem był puszysty jak dywan, a meble, tapety i boazerie w dobrym, jak mi się zdaje, guście i gatunku.

Więc kiedy właściwie zaczęła się gra pomiędzy mną a Elką, gra o Weisera, w której oboje podchodziliśmy do siebie na palcach, ze wstrzymanym oddechem, zawsze pod wiatr, a nigdy z wiatrem? Kiedy zaczęła się nasza gra, która w pewnym sensie trwa do dziś? Dzisiaj wiem, że Elka grała od samego początku, od momentu gdy zadzwoniłem z dworca, już wtedy musiała zrozumieć, o co mi chodzi, i już wtedy zapewne ułożyła swój plan lub jego ogólny zarys. Tylko że wtedy, w Mannheim, dałem się zwieść pozorom, nie zastanowiłem się nawet, dlaczego chce mnie zatrzymać, nie zorientowałem się też od razu, że Elka przejrzała mnie na wylot, i chociaż myślałem, że łapię ją w sieć aluzji, pytań, nic z pozoru nieznaczących twierdzeń, w istocie to ona chwytała mnie podstępnie w jeszcze misterniej zastawioną pułapkę. Graliśmy zatem od początku. Bo kiedy już zakończyłem oględziny domu i ogródka, Elka powiedziała:

– Poczekaj, na taką okazję muszę włożyć coś specjalnego – i w chwilę później zobaczyłem ją w czerwonej sukience, naturalnie nie kretonowej jak tamta, dobrze skrojonej i z drogiego materiału, nie mogłem jednak oprzeć się wrażeniu, że chodzi o sukienkę, w której widziałem ją wtedy nad Strzyżą, gdzie potok przepływa wąskim tunelem pod nasypem nieistniejącej od czasów wojny linii kolejowej. Tak, wsiadając do samochodu, Elka wiedziała, co czuję, a kiedy mijaliśmy już za miastem składy fabryczne Deimler-Benz Werke, zapytała, czy nie mam ochoty pojechać nad Ren, bo ona chciałaby popatrzeć, jak płynie woda. Staliśmy potem na jednym z betonowych występów tamy i Elka rzucała w dół patyki, a ja myślałem przez cały czas, czy amnezja, o której mówili lekarze, była od początku do końca pomysłem Weisera, czy Elka wpadła na to sama. Na obiad zawiozła mnie do restauracji, z której okien widzieliśmy mury Friedrichsburgu, i do deseru zdążyła mi opowiedzieć historię miasta, wyczytaną kiedyś z przewodnika, czego nie ukrywała. Przy lodach rozmowa zeszła nie wiedzieć czemu na zwierzęta.

– Nie mogę znieść jednego – mówiła, oblizując łyżeczkę. – W tutejszych ogrodach zoologicznych panuje okropny zwyczaj, to się nazywa karmienie lwów. W każdym mieście, gdzie tylko jest zoo, ludzie pędzą na określoną godzinę i patrzą, jak dozorcy rzucają zwierzętom ociekające krwią kawały mięsa, a największa uciecha jest wtedy, gdy lwy wyrywają sobie te ochłapy. – I zaraz dodała: – U was tego się nie praktykuje, prawda?

– U nas się tego nie praktykuje – powiedziałem. – A pamiętasz naszą wyprawę do zoo w Oliwie?

Elka skinęła głową.

– Tak, oczywiście, ogród jest położony w lesie i wracaliśmy wtedy jakoś przez las.

– A pamiętasz klatkę z panterą? – nie dawałem za wygraną.

– Tak – odpowiedziała prędko – pantera była rozdrażniona, to sobie przypominam, dozorca podszedł wtedy do nas i powiedział, żeby odejść od klatki.

– Nie, to nie było tak, nie było przecież żadnego dozorcy – odłożyłem swoją łyżeczkę. – To nie było tak, przecież Weiser, ten Weiser, z którym było tyle hałasu...

Przerwała mi:

– Ciągle o niego pytasz, och, jakie to męczące. W końcu nie będziemy się spierać o szczegóły, prawda?

– Ale to nie jest szczegół! – zaprotestowałem. – Bo ty się znalazłaś, nie wiem jak, ale się znalazłaś, a on?

Elka uśmiechnęła się melancholijnie.

– Ja spadłam z nasypu i miałam rozbitą głowę. Skoro tak wszystko pamiętasz, to wiesz, że dwa miesiące leżałam w szpitalu, czy nie tak?

– Tak, tak, wiem, ale ty nie spadłaś przecież z nasypu – mówiłem rozgorączkowany.

Na co Elka, przywołując kelnera, wyjaśniła, a właściwie nie wyjaśniła, tylko zamotała jeszcze bardziej:

– No tak, ty, zdaje się, jesteś z gatunku ludzi, którzy wiedzą lepiej, ale co mogę na to poradzić?

I tak było do wieczora, zawsze tak samo – kiedy próbowałem mówić o lotnisku, Elka odpowiadała, że owszem, puszczała tam latawce, być może z Weiserem, skoro ja tak twierdzę, ale także z innymi chłopakami, co do tego nie ma wątpliwości. Gdy zaś wspomniałem o meczu z wojskowymi, mówiła, że przecież w piłkę graliśmy bez przerwy, jak wszyscy chłopcy na świecie, więc czy ona może pamiętać akurat jeden mecz? I tylko na wspomnienie starej cegielni nie powiedziała nic, bo w sprawie wybuchów zgodziła się, że były wspaniałe.

Zdaniem Elki, Weiser musiał wylecieć w powietrze, a ona spadła następnego dnia z nasypu, kiedy bawiliśmy się nad Strzyżą. Ale to powiedziała już później, nie w restauracji, tylko w domu, kiedy zrobiliśmy razem kolację i piliśmy drugą butelkę wina, najpierw czerwonego, a ta druga to był biały wermut. Poczułem wówczas, jak wzbiera we mnie gniew i agresja, bo przecież wiedziałem, że ona bawi się ze mną w ciuciubabkę, a mój przyjazd do Mannheim był bezcelowy, podobnie jak listy, które wysyłam jeszcze dzisiaj, z uporem godnym spraw ostatecznych. Poszedłem na górę, gdzie Elka przygotowała mi spanie, położyłem się w niebieskiej pościeli. Po chwili usłyszałem, jak woła do mnie coś z dołu, przepraszając – bo zdaje się – o czymś zapomniała. I dopiero kiedy stanąłem na szczycie schodów, patrząc w dół, ogarnęło mnie przerażenie.

Elka zakpiła ze mnie okrutnie. Kanapa stojąca w jadalni pod oknem ustawiona teraz była na środku pokoju i wyglądała jak przedłużenie schodów. A ona leżała na kanapie z dwiema poduszkami, jedną pod głową, drugą na wysokości krzyża, rozchylała lekko nogi i czerwona sukienka falowała na nich z rytmem całego ciała. Żadna moc nie mogła mnie powstrzymać przed krokiem do przodu, a właściwie krokiem w dół, bo stałem przecież na szczycie schodów. I na tym polegał szatański pomysł Elki. Z każdym bowiem krokiem moje nogi stawiały coraz mniejszy opór, jakby odrywały się od ziemi. Gdzieś w połowie drogi zrozumiałem wreszcie, że moje ciało płynie w dół i nie jest już moim ciałem, tylko lśniącym w promieniach słońca kadłubem samolotu, a moje ramiona nie są już ramionami, lecz każde z nich jest srebrzystym skrzydłem, i nie widziałem już kanapy, tylko początek startowego pasa. Mijałem wzgórza na południowym krańcu miasta, przelatywałem nisko nad czerwonymi dachami domów, mignąłem nad torami obok wiaduktu i teraz widziałem już tylko rozchylone uda Elki, jej unoszącą się sukienkę i w falującym podmuchu powietrza obnażoną czarność i miękkość, do której zbliżałem się z hukiem i drżeniem. Srebrzysty kadłub nie lądował tym razem na betonowych płytach pasa, lecz wchodził w kępę silnym uderzeniem masy i pędu, z gwizdem tnąc powietrze, wchodził w jej miękkość niepokalaną, a ona przyjmowała jego chłód sprężystym falowaniem i krzykiem, który ginął w łoskocie maszyny i powietrza. Tak, Elka doprowadziła do lotniczej katastrofy i opętana szaleństwem destrukcji, zmusiła mnie, kiedy wracałem już na górę, bym znów przemieniwszy ciało w lśniący kadłub, powtórzył lądowanie jeszcze kilkakroć, aż wreszcie konstrukcja stalowego ptaka zaczęła nie wytrzymywać ciągłego wznoszenia i opadania między niebem a ziemią i legła zdruzgotana, z połamanymi skrzydłami, w kępie żarnowca, która pachniała migdałami. Elka wczepiła palce w moje włosy, a mnie zdawało się, że słyszę głos Żółtoskrzydłego o spaleniu ziemi i obywateli jej, a zaraz potem poczułem kwaśny oddech proboszcza Dudaka zza kratek konfesjonału, kiedy nie daje mi rozgrzeszenia. Ale to strach z imaginacją prześcigały się nawzajem, bo jedynym głosem był głos Elki, szepczącej nie moje imię, a jedynym zapachem był zapach jej ciała, w którym wiatr, sól i krem migdałowy zmieszały się równocześnie. Gra o Weisera była skończona, nie wyszedłem z niej czysto ani zwycięsko.

Następnego dnia pojechałem do Monachium, gdzie również prowadziłem grę, tym razem z moim stryjem, ale była to gra *stricte* polityczna. Bo stryj, kiedy już umyłem jego samochód i wystrzygłem trawnik przed jego domem, siadał naprzeciw mnie i mówił:

– Jak wy możecie tam żyć?

A ja odpowiadałem:

– Stryju, uszczypnij mnie w ucho – i stryj szczypał rozbawiony. A ja mówiłem: – No i widzisz, niby masz rację, a jednak zupełnie jej nie masz.

– Jak to, dlaczego? – pytał zaciekawiony, na co odpowiadałem, że jeśli istnieję naprawdę, o czym mógł się przekonać, szczypiąc mnie przed chwilą, to nie mogę być atrapą czy rekwizytem. A skoro jestem częścią całości, to tamto wszystko też nie jest atrapą, Polska nie jest atrapą i chociaż świat bardziej przypomina burdel niż teatr, to stryj nie ma racji. Tak, drogi stryju, dzisiaj spoczywasz już pod ziemią i nie wiesz, że wtedy nie przyjechałem do Niemiec i do ciebie w celach zarobkowych, jak tysiące Turków, Jugosłowian, Polaków. Nie przyjechałem zarobić na samochód ani inne cudowności, bo jedynym moim celem było spotkać się z Elką i wypytać ją o Weisera. A jeśli przy okazji – w pewnym sensie cię okłamując – zarobiłem trochę marek, wybaczysz to chyba swojemu bratankowi.

Co było dalej? M-ski wyszedł z gabinetu, niosąc duże arkusze papieru kancelaryjnego. Dał nam podwójne kartki i powiedział, że teraz musimy opisać to wszystko, co mówiliśmy, w prostych słowach i dokładnie. Mamy opowiedzieć o kolejnych wybuchach Weisera, włącznie z ostatnim, niczego nie pomijając, bez żadnych fantazji i upiększeń. Woźny zapalił dodatkowe światło i rozsadzono nas, każdego z osobna, zupełnie jakbyśmy pisali klasówkę. Żałowałem tylko, że naszych wypracowań nie będzie czytać pani Regina, jedyna nauczycielka w szkole, którą kochaliśmy bezinteresownie. Bo pani Regina uczyła nas języka polskiego, nigdy nie mówiła o wyzysku, nie krzyczała i czytała wiersze tak pięknie, że słuchaliśmy zawsze z zapartym tchem, kiedy Ordon wysadzał redutę w powietrze, razem ze sobą i szturmującymi Moskalami, albo kiedy generał Sowiński zginął, broniąc się szpadą przed wrogami ojczyzny. Tak, pani Regina niezbyt, zdaje się, dbała o program nauczania i dzisiaj jestem jej za to wdzięczny.

Ale to inna historia. Wtedy, w sekretariacie szkoły nie bardzo wiedziałem, jak mam to napisać. Parę razy zaczynałem zdanie, po czym skreślałem je w poczuciu zupełnej bezsilności i braku inwencji. Każdy, kto choć raz w życiu był w śledztwie, rozumie taki stan ducha. Bo co innego zeznawać ustnie, a co innego pisać własnoręcznie to, czego oni pragną się dowiedzieć. Jak pisać, żeby nic nie powiedzieć? Albo: jak pisać, żeby powiedzieć tylko to, co można? Trzeba uważać na każde słowo, na każdy przecinek i kropkę, bo oni wezmą to pod lupę i będą czytać każde zdanie dwa albo trzy razy.

Kiedy odpowiadając na pytanie M-skiego, mówiłem: „widziałem Weisera", mogłem zaraz dopowiedzieć: „ale właściwie niedokładnie". A gdy ten zmarszczył brwi, natychmiast można się było poprawić: „ale to innym razem widziałem go niedokładnie, bo wtedy, tego dnia, o który pan pyta, widziałem go jak pana, bardzo dokładnie". Tymczasem arkusz kancelaryjnego papieru w kratkę to jest zupełnie coś innego. Co mogłem wyznać w takiej sytuacji, a co miałem zataić? Niewiele było do powiedzenia. Niewiele – bo czy mogłem opisać im finezję wybuchów, z których każdy niepodobny był do poprzednich? Czy mogłem opowiedzieć, w jaki sposób Weiser zachwycał nas swoimi pomysłami? A nawet jeśli mogłem, to czy oni na to zasługiwali?

Dotknąłem spuchniętego nosa i miejsca na policzku, w którym dzisiaj zaczyna mi się zarost. Jedno i drugie bolało nieźle. Pomyślałem, że chociaż nie powiem, co wydarzyło się nad Strzyżą ostatniego dnia, to jednak coś powiedzieć muszę, coś muszę napisać na ogromnej kartce, żeby nie wywoływać ich gniewu i złości. Pamiętam pierwsze zdanie:

„Dawid nie bawił się z nami w wojnę, bo jego dziadek nie pozwalał mu na takie zabawy". Czy właśnie od takiego zdania nie powinna zaczynać się książka o Weiserze? Bo jego pierwszy wybuch, który oglądaliśmy w dolince za strzelnicą, to przecież nie była zabawa w wojnę. Nie wiem do dzisiaj, dlaczego Weiser robił te eksplozje, do czego mu były potrzebne, ale kiedy zobaczyłem tryskającą w niebo niebieską fontannę pyłu, już wtedy przeczuwałem, że tu nie chodzi o żadną wojnę. Weiser do każdego ładunku dodawał substancji zabarwiającej i kiedy detonacja rozrywała ziemię, w powietrze leciał kolorowy strumień. Za pierwszym razem był to wybuch niebieski. Gdy na ziemię opadły już ostatnie kawałki gliny i drewna, zobaczyliśmy, że ta niebieska mgiełka unosi się jeszcze w powietrzu, i wyglądało to tak, jakby błękitny obłok wirował ponad naszymi głowami, z wolna unosząc się coraz wyżej i zmieniając kształty, aż wreszcie zniknął z pola widzenia. Byliśmy absolutnie zachwyceni i tylko Weiser kręcił głową, jakby mu coś nie wyszło. Przypuszczam, że on przez cały czas eksperymentował na naszych oczach, a my byliśmy jak garstka profanów wpuszczona do pełnej retort, tygli i płonących palników pracowni alchemika. Nie twierdzę, że Weiser interesował się alchemią, tego nie wiem, ale tak właśnie to wyglądało.

Zanim zdążyliśmy ochłonąć z pierwszego wrażenia, kazał nam czekać w tym samym miejscu, założył nowy ładunek, połączył go drutami z czarną skrzynką i znów powietrze rozdarł huk eksplozji. Efekt zdumiał nas jeszcze bardziej. Obłok utrzymujący się w powietrzu po wybuchu był wyraźnie dwukolorowy, jego dolna część mieniła się w słońcu wszystkimi odcieniami fioletu, a zwieńczenie wirującej kolumny stanowił czerwony pompon. Tym razem Weiser wydawał się zadowolony. Obłok dosyć długo unosił się nad dolinką i dopiero po dwóch, może trzech minutach rozpłynął się w nicość, przechodząc przedtem w zgniłozieloną kulę. Było to bardziej podniecające niż szare obłoki dymu wypuszczane przez proboszcza Dudaka ze złotej puszki kadzielnicy, czuliśmy to doskonale, ale na tym Weiser zakończył pracę, schował gdzieś czarną skrzynkę prądnicy i powiedział, że możemy iść do domu.

Dzisiaj wiem, że takie sztuczki to nic skomplikowanego, stosowali je nawet Tatarzy, wypuszczając na rycerstwo chrześcijańskie barwne obłoki, od czego płoszyły się konie, a ludzie truchleli ze zgrozy – ale wtedy uważaliśmy Weisera za cudotwórcę. Było to po naszej wizycie w nieczynnej cegielni, do której dotarliśmy, tropiąc Elkę, i nic nie zmieniłoby naszego przekonania, że Weiser, jeśliby tylko chciał, mógłby zrobić wszystko.

Ale o tym, co widzieliśmy w wilgotnej piwnicy, jeszcze powiem. Bo muszę się do tego przygotować lepiej niż do spowiedzi wielkanocnej, kiedy w obawie przed gniewem Boga i samego proboszcza Dudaka zapisywałem grzechy i uczyłem się ich na pamięć jak aktor przed próbą generalną.

Następny wybuch albo raczej następny występ Weisera odbył się gdzieś w tydzień później i był całkiem różny od pierwszego. W powietrze wzbił się słup błyszczących blaszek, które opadały na ziemię bardzo wolno. Najpiękniejsze było tym razem samo opadanie. Obłok nie rozpłynął się bowiem w górze, jak poprzednim razem, tylko spływał powoli w dół, osiadając na kępach trawy i paproci, które rosły w dolince bardzo gęsto. Na ich liściach pozostał szary pył i nie mogłem zrozumieć, dlaczego w górze wyglądało to tak imponująco, a tu, nisko, lśniące przed chwilą drobiny przypominały zwyczajny kurz lipca, który tego lata pokrywał wszystko lepką warstwą brudu.

Weisera nie bawiły układy proste i nieskomplikowane, za każdym razem dążył do coraz subtelniejszych efektów i chociaż to spostrzeżenie nasuwa się teraz dopiero, po tylu latach, uważam je za oczywiste. Bo następnym razem, kiedy ziemia zadrżała od eksplozji, ujrzeliśmy obraz, który przewyższył najśmielsze oczekiwania. Co to było? Jeżeli powiem, że francuski sztandar, nie skłamię, ale nie powiem też prawdy. Jeśli napiszę, że przypominało to trzy wirujące obok siebie słupy, każdy innego koloru, to też nie będzie to ścisłe ani w pełni oddające istotę rzeczy. Czy zresztą w ogóle można oddać istotę rzeczy? Obawiam się, że nie można, i dlatego nie piszę książki, która moim zdaniem, powinna zostać napisana dawno. Tak samo jak książka o Piotrze i tamtym grudniu, kiedy nad miastem latały helikoptery, albo o naszych ojcach, którzy w znakomitej większości upijali się w dzień wypłaty i jak pan Korotek złorzeczyli Panu Bogu, że na to wszystko pozwala.

Wtedy, w dolince, Szymek trącił mnie w bok i powiedział:

– Jezu, jakie to piękne! – i zaraz dodał: – jak on to robi, Żydek jeden.

Ale tym razem to nie był obraźliwy epitet, tylko coś w rodzaju gruboskórnego komplementu, równie dobrze Szymek mógł powiedzieć „skurczybyk jeden" i to byłoby to samo, tak czułem to wtedy, zapatrzony w niebo, na którego tle wirowały trzy słupy dymu albo raczej trzy wydłużone pionowo obłoki. Jeden biały jak płótno, drugi granatowy, a trzeci czerwony jak płachta matadora, która zwabia oszalałe zwierzę prosto na śmiertelny sztych szpady. Kolorowe płaszczyzny tym razem nie mieszały się ze sobą, tylko unosiły coraz wyżej i wyżej, aż znikły ponad czubami sosen.

Tego dnia, gdy wracaliśmy w stronę Brętowa głębokim jarem i Szymek kłócił się z Piotrem, co to było: wstęgi od kapelusza czy sztandar francuski – spotkaliśmy M-skiego. Najpierw u wylotu gliniastego wąwozu zamajaczyła znajoma siatka na motyle, a potem ujrzeliśmy pana od przyrody, jak biegiem forsował stromą w tym miejscu skarpę, czepiając się rękami widłaków. Motyl, którego gonił M-ski, frunął tuż nad ziemią, toteż nauczyciel z całych sił wyciągał szyję do przodu i prawie zahaczał nosem o widłaki. Gdy był już w połowie góry, motyl zmienił zamiary, wykonał nad jego głową chybotliwe salto i frunął teraz w dół, migając kolorowymi skrzydełkami. M-ski rzucił się za nim, jednakże biegnąc po stromiźnie, nie mógł wyhamować pędu i runął nam prawie pod nogi, a my usłyszeliśmy trzask kija, na którym zamocowana była siatka. Lecz M-ski nie zauważył nawet ani nas, ani złamanego kija, bo w siatce trzepotał się ogromny motyl.

– Powoli, malutki, powoli – szeptał M-ski i cały czas leżąc, wyjmował z chlebaka szklane puzderko, po czym umiejętnym ruchem schwytał w nim motyla. – Nareszcie cię mam – przemawiał doń pieszczotliwie. – Dostaniesz najładniejszą szpileczkę, kochasiu. – A gdy już nas zobaczył, podnosząc się z kolan, nie był wcale zmieszany, tylko uśmiechnął się tryumfująco. – No i co, chłopcy – powiedział – czy wiecie, co to jest? Nie, niestety, to nie jest *Parnassius mnemosyne*, to by graniczyło z cudem, ale i tak będzie co opisać. Nie wiecie, co to za okaz? To jest, moi drodzy, *Parnassius apollo*, sam *Parnassius apollo*, tutaj, na północy, w morenie polodowcowej! Zaginął zupełnie w Sudetach, żyje w Pieninach i Tatrach. Tak, tak, chłopcy, żaden uczony nie dałby wiary, że niepylak apollo występuje także tutaj! A ja go znalazłem. I opiszę to we „Wszechświecie"! Gąsienice niepylaka żerują na rozchodniku. A wiecie wy przynajmniej, jak nazywa się po łacinie rozchodnik? Rząd *Succulentae*, a nazywa się *Sedum acre*, zapamiętajcie chłopcy: *Sedum acre*, co tłumaczy się rozchodnik ostry!

Staliśmy z rozdziawionymi ustami wpatrzeni w szklane puzderko, które przypominało maleńki cylinder, i widzieliśmy, jak motyl próbuje machać skrzydłami, lecz ma za mało miejsca w szklanej pułapce i tłucze się zupełnie jak ryba w akwarium, bez zrozumienia własnej sytuacji.

Oczywiście M-ski, który poszedł zaraz własną drogą, nie miał nic wspólnego z trójkolorowym wybuchem Weisera. Lecz pisząc kolejne zdanie mojego wypracowania na kancelaryjnym papierze w kratkę, pisząc je wolno i z namysłem, pomyślałem sobie, że Weiser czasami przypominał takiego motyla, zwłaszcza gdy mu coś nie wychodziło i denerwował się, pokrywając zmieszanie nadmierną gestykulacją. Tak, czwarty wybuch nie należał do udanych, to było jasne, bo kiedy usłyszeliśmy eksplozję, naszym oczom ukazała się zwyczajna, szara chmura kurzu, która opadła prędko, i to było wszystko. Weiser pobiegł do miejsca, gdzie założony był ładunek, i podrygując jak *Parnassius apollo*, wrócił do nas wyraźnie zniechęcony.

– Jeszcze raz – powiedział do Elki i znów usłyszeliśmy kręcenie korbką, suchy trzask przycisku, ale tym razem eksplozja nie nastąpiła w ogóle.

– Może przewody są przerwane? – zapytał nieśmiało Piotr, ale Weiser rozmachał się jeszcze bardziej.

– To niemożliwe – powiedział, patrząc w niebo. – To zupełnie niemożliwe, spróbujemy jeszcze raz – i znów pobiegł do ładunku, a jego ręce nie ustawały w ciągłym trzepotaniu.

Tym razem wybuch nastąpił, ale oprócz żółtawego obłoczku, który unosił się przez krótką chwilę nad fontanną piachu, nie było nic. Tego dnia Weiser wracał do domu z nami i pamiętam, że nie odezwał się ani słowem nawet do Elki.

Nie twierdzę, że miał coś wspólnego z jakimkolwiek motylem, ale porównanie to, gdy zegar w sekretariacie wybił godzinę dziesiątą, a ja pisałem właśnie ostatnią linijkę pierwszej strony – porównanie to wydało mi się szczególnie trafne, bardziej niż dzisiaj, gdy moja wyobraźnia nie przypomina w niczym tamtej sprzed wielu lat. Ale motyla i trójkolorowy obłok zatrzymałem wtedy dla siebie, podobnie jak Szymek i Piotr. Nie napisałem ani słowa o eksperymentach Weisera ani o tym, jak wyglądał naprawdę ostatni wybuch. Pisałem zwyczajnie, według pomysłu tamtych trzech, zamkniętych teraz za drzwiami z pikowaną ceratą. Pisałem, że Weiser za każdym razem szedł do prądnicy na drugą stronę dolinki, że w czasie wybuchów głowy trzymaliśmy nisko, przy samej ziemi i że właściwie eksplozje nie różniły się niczym poza siłą detonacji. A kiedy woźny wyszedł na chwilę, Szymek podniósł głowę znad swojej kartki i szepnął:

– Ja to napiszę – i wiedzieliśmy już z Piotrem co, zanim Szymek dodał jeszcze ciszej: – napiszę, że znaleźliśmy kawałek czerwonej sukienki i że go wyrzuciłem na śmietnik, nic więcej. Albo... – poprawił się zaraz – że go spaliliśmy w ognisku.

Wiedziałem, tak samo jak Szymek i Piotr, że to ich zadowoli, bo oni mieli swój obraz wydarzeń i od nas domagali się jedynie jego wypełnienia. Woźny powrócił z ubikacji, a ja myślałem, jak opisać ostatni wybuch, na dzień przed tym, co wydarzyło się nad Strzyżą – wybuch, który dla Weisera musiał mieć szczególne znaczenie, o czym przekonany jestem także dzisiaj. Tym razem nie chodziło o efekt kolorystyczny, ale o coś bardziej wymyślnego.

Jak zwykle w takich wypadkach brak mi skali porównawczej. Do czego to było podobne? Gdybym miał określić to wówczas, powiedziałbym, że do lejka, jakim moja matka wlewała do butelki sok malinowy – chmura pyłu powstała po wybuchu była zupełnie czarna, wąska u dołu, rozszerzająca się ku górze, i obracała się wokół własnej osi. Ale to, zdaje się, nie był żaden lejek, a jeżeli już – to raczej potężny, wirujący jak trąba powietrzna lej czarnych drobin. Ukazał się naszym oczom zaraz po wybuchu i unosił się w ruchu okrężnym ponad doliną dobrą minutę, zanim nie zniknął, rozpływając się w powietrzu. Dopiero po latach uderzyło mnie podobieństwo Weiserowego leja do Archanioła walczącego ze smokiem. Nie miałem wątpliwości, że fantastycznie ułożone szaty świętego, jego rozłożone skrzydła i cały zastęp niebieskich wojowników – że wszystko to zawierało się w czarnej, wirującej chmurze, choć naturalnie Weiser mógł nigdy drzeworytu nie widzieć, podobnie jak my wówczas nie wiedzieliśmy jasno, co to takiego sztuka.

– Taka trąba może wszystko wessać – powiedział z przekonaniem Szymek. – Całego człowieka.

A Elka jak zwykle skłonna do przesady dodała:

– Coś ty, nie tylko człowieka. To może wessać cały dom i przenieść go gdzieś dalej.

I kiedy kończyłem już ostatnie zdanie w moim pisemnym zeznaniu, pomyślałem sobie, że Weiser mógłby przecież zesłać nagle taką trąbę, żeby porwała budynek naszej szkoły i przeniosła go gdzieś za Bukową Górkę, w okolice starego cmentarza albo jeszcze lepiej w dolinkę za strzelnicą, i wtedy dopiero M-ski, dyrektor i mundurowy zrozumieliby, że tu zaszło coś innego niż zwykły wypadek z niewypałem. Ale Weiser z sobie wiadomego miejsca nie kwapił się z pomocą, więc postawiłem kropkę i czekałem, co będzie dalej.

Woźny zbierał nasze wypracowania. A ja znów pomyślałem o pani Reginie, która uczyła nas języka polskiego i pięknie czytała wiersze. W pamięci utkwił mi szczególnie ten o zbrodniczej kobiecie, która zamordowała swego męża. Gdy pani Regina doszła już do momentu walki dwóch braci, kiedy w kościele pojawia się duch w zbroi i woła głosem jak z podziemi i kiedy kościół zapada się z hukiem, to w klasie była cisza jak nigdy, nikt nie rozmawiał, nikt nie rozlewał atramentu. Było jeszcze bardziej odświętnie niż w czasie Podniesienia, gdy proboszcz Dudak unosił do góry okrągły jak słońce opłatek i śpiewał po łacinie. Gdyby pani Regina kazała nam napisać wypracowanie o Weiserze, byłoby ono zupełnie inne niż to, które oddałem woźnemu. Być może nie napisałbym wszystkiego, ale na pewno obok czarnej pantery znalazłby się wspaniały mecz, a nad zupą rybną w zatoce zawirowałaby trąba powietrzna, wsysając całe świństwo do potężnego leja, i następnego dnia moglibyśmy się kąpać jak każdego roku.

Tymczasem siedzieliśmy dalej na składanych krzesłach, których listewki gniotły w siedzenie, a woźny, nie zamykając za sobą drzwi, zniknął w czeluściach gabinetu.

– Teraz musicie poczekać – oznajmił nam, wracając po chwili. – Jak wszystko będzie w porządku, podpiszecie zeznania i pójdziecie do domów. Ale rozmawiać jeszcze nie wolno – dodał groźnie, spoglądając na Piotra, który przechylił się w moją stronę. Więc nie rozmawialiśmy, jak przez wszystkie godziny, które minęły od wprowadzenia nas tutaj, i słyszałem, że w żołądku Szymka, tak samo jak w moim i Piotra, burczy coraz bardziej, bo oni rzeczywiście nie dali nam nic do jedzenia. Woźny włączył radio i z drewnianej skrzynki cichutko dobiegała muzyka ludowa.

– Zaraz będą wiadomości – powiedział do siebie i zabrał się do pałaszowania kolejnej kanapki.

Istotnie, muzyka ucichła, a spiker zapowiedział, że teraz będą fragmenty przemówienia Władysława Gomułki, którego łysina widniała od niedawna na portretach we wszystkich klasach. Śmieszny, piskliwy trochę głos mówił coś o porządkach w naszym wspólnym domu, a ja dziwiłem się, dlaczego dorośli wymawiali nazwisko tego pana z takim nabożeństwem, skoro on mówił nudnie, jeszcze gorzej od proboszcza Dudaka na niedzielnej sumie. Któż jednak zgłębi tajniki politycznych meandrów? Dzisiaj, kiedy wiem już, dlaczego ludzie zachłystywali się Władysławem Gomułką, a przynajmniej mogę to zrozumieć, przypominam sobie tych samych dorosłych, którzy entuzjazmowali się słowami jego następcy, zwłaszcza tym, co powiedział w stoczni, kiedy nie obeschła jeszcze mogiła Piotra, bo też mówił o porządkach i o wspólnym domu. Tak, dzisiaj uchodzę za dorosłego, lecz nadal nie interesuję się polityką, nigdy też nie popadam w entuzjazm dla przywódcy, który rozpoczyna od wspólnego domu i porządków.

Kończę już, bo przecież nie o tym chciałem opowiadać. Chodzi o Weisera. Tylko o niego. I pozostało jeszcze bardzo dużo do wyjaśnienia. Gra nie została skończona. Gra? Nie mogę określić tego inaczej. Przypuszczam, że tak samo jak wtedy, gdy siedzieliśmy w trójkę, oczekując na podpisanie zeznań i zakończenie śledztwa, tak samo teraz Weiser bawi się ze mną i obserwuje moje poczynania ciemnymi oczami. Ale o tym przyjdzie mi jeszcze opowiedzieć.

Co się zdarzyło po pamiętnym meczu z wojskowymi? Najważniejsza była pogoda. Słońce wściekle paliło miasto i zatokę, liście na drzewach pożółkły jak na początku jesieni, a ptaki wcale już prawie nie śpiewały, umęczone żarem lejącym się z nieba. Któregoś dnia pojechaliśmy do Jelitkowa zbadać stan rybnej zupy i to, co ujrzeliśmy, przeszło wszelkie najczarniejsze oczekiwania. Bo oprócz kolek w stojącej bez ruchu wodzie zalegały setki śniętych węgorzy, flądér, śledzi i innych ryb, których nazw nie znam do dzisiaj. Wszystko to, na pół przegniłe i strasznie cuchnące, ruszało się w drgawkach. Szczególnie węgorze, najsilniejsze ze wszystkich ryb, umierały długo. Ich wijące się ciała pamiętam do dzisiaj, niczym symbol tamtego lata. Rybacy wylegli przed swoje chałupy i całymi dniami przesiadywali na ławkach, ćmiąc papierosy i złorzecząc na swój los. Jeden z nich zaczepił nas, kiedy przechodziliśmy między pustymi skrzynkami:

– Co tu robicie, chłopcy? – powiedział melancholijnie. – Nic tu po was. – I zaraz potem, wcale niepytany rozgadał się trochę. – To iperyt, wszystko przez ten cholerny iperyt, mówię wam, chłopcy, świńskie pruskie nasienie. – A kiedy zorientował się, że nie bardzo pojmujemy, o co mu idzie, tłumaczył dalej: – No, nie wiecie, że iperyt to z niemieckiego U-Boota? Ten U-Boot zatonął w ostatnie dni wojny niedaleko Helu i cały był załadowany iperytem, jak beczka śledziami. No i zrobiło się, teraz mamy szambo, a nie zatokę!

– Jo, jo, Ignac – usłyszeliśmy przez okno. – Nie zawracaj dzieciakom głowy, wszyscy wiedzą, że to nie U-Boot, tylko ruskie manewry tu były na świętego Jana i puścili do wody coś takiego, że wszyscy pozdychamy jak te ryby!

Rybak rozeźlił się na dobre:

– Idź stara, nie pleszcz tyle – warknął do żony i zwracając się w naszym kierunku, jeszcze raz powiedział: – U-Boot i tyle, przerdzewiał i puszki puściły to świństwo. Przeklęte hitlersyny, mało nam biedy narobiły, to jeszcze teraz!

A my podzieliliśmy się zaraz na dwie frakcje: zwolenników U-Boota i radzieckich manewrów, i kłóciliśmy się głośno, oczekując na tramwaj obok pętli przy krzyżu. Ja zaś patrzyłem w niebo, rozgrzane do białości, patrzyłem na kulę słońca i wiedziałem, że to nie U-Boot ani radzieckie manewry w zatoce są przyczyną tego wszystkiego. Gdyby jednakże spytał mnie ktoś wówczas, albo i teraz, co było przyczyną zupy rybnej, nie umiałbym udzielić jasnej odpowiedzi. Bo na pewno nie grzechy ludzkie ani gniew boży, jak sądził proboszcz Dudak, a za nim wielu mieszkańców naszej kamienicy, którzy zbierali się wieczorami na podwórku i rozmawiali ściszonymi głosami, jakby się bali straszniejszych nieszczęść. I coraz dziwniejsze rzeczy można było usłyszeć w rozmowach: a to, że nad wodami zatoki rybacy z Helu widzieli pomarańczową kulę, która wyglądała jak piorun kulisty, a to, że Matka Boska z Matemblewa ukazała się jednej kobiecie, idącej przez las do Brętowa, a to, że marynarze widzieli na własne oczy żaglowiec bez załogi, przemykający nocą między statkami na redzie. Byli też tacy, którzy widzieli kometę w kształcie końskiej głowy, jak krążyła nad miastem, i ci, którzy ją widzieli, zaklinali się, że kometa powróci po okrążeniu Ziemi i spadnie ze straszliwą siłą.

Tymczasem każdy dzień wydawał się gorętszy od poprzedniego, a my nie graliśmy nawet w piłkę obok pruskich koszar ze względu na upał i tumany gryzącego kurzu, jaki wzbijał się ze spalonej trawy. Co było robić? Mimo groźby M-skiego chodziliśmy na brętowski cmentarz. W cieniu starych buków było chłodniej. Tylko że nie mieliśmy już hełmu ani zardzewiałego schmeisera, a po Żółtoskrzydłym ślad wszelki zaginął. Przypuszczaliśmy, że złapano go gdzieś w okolicy, nasza broń zaś uległa konfiskacie. Zabawa w Niemców i partyzantów bez tych rekwizytów wydała nam się pozbawiona blasku i nuda coraz większa ogarniała nasze serca.

Gdyby Weiser zechciał przybyć tutaj tak jak wtedy – myśleliśmy – może miałby ze sobą coś interesującego, coś, co pozwoliłoby nam na prowadzenie wojen z jeszcze większym zapałem. Ale Weiser ani myślał przychodzić. Jego występ w meczu był ostatnim znakiem, jaki nam dał, i czekał teraz, aż sami przyjdziemy do niego. Powoli dojrzewaliśmy do tej myśli, ale nie poszło to znów tak prędko. Któregoś razu Piotr, leżąc w cieniu leszczynowych krzaków, powiedział:

– Plaża zamknięta, boisko do chrzanu, co właściwie mamy tutaj robić?

Nie wiadomo, co miał na myśli: cmentarz czy w ogóle miasto wydające ostatnie tchnienia pod rozżarzoną kulą słońca – ale właśnie od tego zdania, powiedzianego od niechcenia, zdania, które nie było skierowane do żadnego z nas i które poleciało w powietrze, od tego właśnie zdania zaczęła się nasza przygoda z Weiserem. Po chwili milczenia, jak to zwykle, Szymek wypluł przeżuwaną trawę i powiedział:

– Weiser by coś wymyślił.

I wszyscy mu przytaknęli: o tak! Weiser na pewno by coś wymyślił, bo Weiser to nie byle kto. O tym byliśmy już przekonani, tylko jakby do niego podejść, żeby nie wyjść na durniów, co to sami niczego już nie potrafią wymyślić. Z drugiej strony Weiser jest wymyślaczem i mógłby się z nami czymś podzielić, jasne, że nie grą w ciuciubabkę albo palanta, bo to były rzeczy zwykłe i codzienne, a upał spotęgował naszą naturalną niechęć do rzeczy zwykłych i codziennych. Tak, pragnęliśmy odmiany i kto wie, czy nie była to nieuświadomiona chęć wyzwania losu, która najczęściej odzywa się w chłopcach oglądających mapę lub czytających *Hrabiego de Monte Christo*. Pragnienie odmiany paliło nasze dusze, zabijane śmiertelną nudą. Nagle zrozumieliśmy, że odmianę może nam dać tylko Weiser.

– Trzeba za nimi pójść parę razy – zadecydował Szymek.

A Piotr poinformował, że Elka z Weiserem nie chodzą teraz na lotnisko, tylko gdzieś za Brętowo i tam znikają nieraz na pół dnia. Stanęło więc na tym, że jutro od samego rana przyczaimy się za rogiem kamienicy i wybadamy dokładnie, co oni robią, dokąd chodzą, a także dlaczego unikają naszego towarzystwa.

Nie było to jednak takie proste, jak myśleliśmy. Już od samego początku trudności mnożyły się niczym grzyby po deszczu. Po pierwsze, Szymek zapomniał swojej francuskiej lornetki i musiał wracać po nią w momencie, gdy Weiser wychodził już z Elką z klatki schodowej. Po drugie, tych dwoje jakby celowo zmieniło tego dnia zamiary i zamiast pójść – jak myśleliśmy – ulicą prosto w kierunku Bukowej Górki, skręcili alejką między ogródkami i szli w kierunku lotniska. Po trzecie, śledzenie całą grupą jest niewygodne, a tego dnia było nas pięciu czy sześciu. Co chwila trzeba było stawać i uciszać kogoś, a wtedy traciliśmy ich z oczu. Koło pętli dwunastki dogonił nas Szymek.

– A nie mówiłem – ucieszył się. – Idą na lotnisko. – I nikt jakoś nie zwrócił mu uwagi, że przecież nic takiego wcześniej nie powiedział.

Przez chwilę zadrżałem w nadziei ujrzenia raz jeszcze zabawy z samolotem, ale tylko przez chwilę, ponieważ Elka z Weiserem zeszli schodami w dół, na przystanek kolejki elektrycznej, który wówczas nazywał się Gdańsk Lotnisko. I zanim zdążyliśmy się zorientować, odjechali żółto-niebieskim wagonem w kierunku Sopotu i to było właściwie wszystko tego dnia.

– Wystrychnęli nas na dudka – skwitował Piotr. – Możemy iść do domu.

Staliśmy tak na moście, czekając na jakiś lepszy pomysł, nic nam nie przychodziło do głowy. W pewnej chwili zobaczyliśmy na niebie dwupłatowiec, który wzbijał się w górę z chrypliwym rzężeniem silnika.

– O, dwupłatowiec – powiedział Piotr.

– Żaden tam dwupłatowiec, tylko kukuruźnik – sprostował Szymek i wyjął z futerału swoją francuską lornetkę. – Popatrzymy trochę!

Ustawiliśmy się w kolejce do lornetki wzdłuż żelaznej barierki mostu, samolot tymczasem, osiągając coraz wyższy pułap, oddalał się od nas w kierunku zatoki. Szymek, aczkolwiek niechętnie, puścił lornetkę w obieg. Kukuruźnik, nabrawszy już odpowiedniej wysokości, zawrócił w stronę miasta i lecąc z wyłączonym silnikiem, strzelał co chwila wolnym śmigłem: „trach", „trach-trach", „trach-trrrach", „trach-trach". Nagle, gdy zgniłozielony kadłub minął cmentarz na Zaspie, widoczny stąd jedynie pod postacią kępy drzew, z samolotu wykwitła purchawka spadochronu. Jedna, a w kilka sekund później jeszcze jedna i jeszcze jedna, a za nimi jeszcze dwie – w sumie pięciu spadochroniarzy szybowało teraz w dół, prosto na murawę lotniska. Samolot przeleciał nad naszymi głowami, zawrócił, wyrównał kurs i wylądował obok hangarów.

Nie było w tym nic nadzwyczajnego, każdej wiosny i lata, raz albo dwa razy w tygodniu ćwiczyli tu spadochroniarze i terkot dwupłatowca nad naszą dzielnicą pamiętam z tamtych czasów jak filmowy refren. Tylko że wtedy nic lepszego nie mieliśmy do roboty i spadochroniarze podobali nam się bardzo. Staliśmy więc na moście, dwupłatowiec startował i lądował, białe kopuły wykwitały na niebie, a za naszymi plecami co sześć minut przejeżdżał niebiesko-żółty wąż kolejki, której wagony nasze miasto odziedziczyło po berlińskim metrze.

Napisałem „odziedziczyło" – czy to źle? Nie napisałbym tak, gdyby to wszystko składało się na książkę o Weiserze; a skoro na książkę, to znaczy do wydawnictwa, gdzie zaraz podkreślają takie wyrazy i pytają: jak to „odziedziczyło"?! Hans Jürgen Hupka, Gonschorek, Czaja, oni czekają na takie sformułowania i zacierają ręce. „To nasze", powiadają, „to wszystko nasze, niemieckie" – i zaraz odpowiedzialny redaktor wykreśla takie słowo, bo po cóż lać odwetowcom wodę na ich młyn? I widzę już, jak na moim manuskrypcie ręka redaktora pisze uwagę: „Zastąpić innym sformułowaniem", na przykład: „A za naszymi plecami co sześć minut przejeżdżał niebiesko-żółty wąż kolejki, której wagony w naszym pięknym piastowskim mieście znalazły się dzięki braterstwu broni bohaterskiej Armii Polskiej i niezwyciężonej Armii Radzieckiej, które we wspólnym szturmie zgniotły berlińską bestię".

No tak, przeholowałem trochę, dzisiaj żaden redaktor tak by już nie napisał, a zamiast skreślonego „odziedziczyło" znalazłbym: „otrzymało jako reparacje wojenne".

Tylko że nie składam książki o Weiserze. „Żyję po to, żeby pisać, i uważam, że bez względu na okoliczności, trzeba poświęcić życie wyjaśnianiu zarówno chaosu, jak i ładu". Nie pamiętam już, kto to powiedział. I chociaż pierwsza część tego zdania trąci szmirą, a ja wcale nie żyję dla pisania, to druga część jest jakby ważniejsza, teraz kiedy zapełniam kartki w nadziei, że wreszcie zrozumiem, czego zrozumieć nie mogę, że wreszcie ujrzę, czego wcześniej nie zauważyłem. Że oddzielę ład od chaosu albo w chaosie objawi się jakiś inny, zupełnie nieznany ład. Tak, o to właśnie chodzi. Dlatego tyle jest w tym poplątanych nitek. Dlatego też nie zmienię napisanego już wyrazu na żaden inny, nawet lepiej brzmiący.

Czy nasze wystawanie na moście i skoki spadochroniarzy miały jakiś związek z Weiserem? I tak, i nie. Jeśli wspominam tę chwilę gorącego lata, to przede wszystkim dlatego, że powróciłem do niej kiedyś w mojej rozmowie z Piotrem. Co roku przychodzę do niego na cmentarz i kiedy odejdą już wszyscy ludzie, wszyscy dorośli ludzie, którzy wierzą w Boga, ale nie wierzą w duchy; kiedy pozostawią na mogiłach kwiaty, wieńce, czarne chorągiewki i zapalone świece, wtedy ja siadam na kamiennej płycie i rozmawiam z Piotrem. Czasem nawet kłócimy się o mało istotne szczegóły, zupełnie tak jakbyśmy chodzili jeszcze do tej samej szkoły w Górnym Wrzeszczu. Któregoś roku przysiadłem na samym rogu płyty, odgarnąłem zeschnięte liście, a Piotr pyta mnie od razu:

– No i co nowego w mieście?

A ja odpowiadam mu, że właściwie to nic szczególnego, tylko z komunikacją duże kłopoty.

– Jakie kłopoty?

– Kolejkę wymieniają.

– Jak to wymieniają?

– Ano wymieniają – odpowiadam. – Stary tabor, ten z berlińskiego metra, na złom pójdzie, a w jego miejsce kursować będzie nowy, taki jak w całej Polsce, pod Warszawą,

Łodzią czy Krakowem, też elektryczna kolejka, tylko że na trzy tysiące woltów, a tamta była na dziewięćset.

– Dziewięćset? – dziwi się Piotr. – Ta kolejka nie była na dziewięćset woltów, tylko na osiemset.

– Nie – mówię Piotrowi – źle pamiętasz. Na pewno nie na osiemset, tylko na dziewięćset woltów!

– Na osiemset – Piotr.

– Na dziewięćset – ja.

– Na pewno na osiemset – znów Piotr.

– Nie, na pewno na dziewięćset – znowu ja. – Przecież wymieniają całą trakcję, żeby połączyć ten odcinek bezpośrednio do Bydgoszczy.

Na co Piotr:

– To nie jest argument, tak czy tak muszą przerobić trakcję, ale mówię ci, że ta stara była na osiemset!

I tak kłócimy się jak dwójka dobrych przyjaciół, a ostatnie składy starej kolejki elektrycznej kursują jeszcze pomiędzy Gdańskiem i Wejherowem w nieregularnych odstępach czasu, bo roboty trwają bez przerwy, nawet w święta. A gdy schodziłem już krętą alejką cmentarza w dół w coraz większej powodzi świateł, w zapachu tysięcy świec, przypominałem sobie ten dzień, kiedy staliśmy oparci o żelazną poręcz mostu, śledząc ćwiczenia spadochroniarzy, gdy już prawie zapomnieliśmy o Weiserze, a za naszymi plecami przemykały żółto-niebieskie wagony kolejki elektrycznej berlińskiego metra. Pamięć Piotra okazała się lepsza: tamta kolejka rzeczywiście miała trakcję ośmiuset woltów.

Tymczasem kukuruźnik wylądował na murawie po raz ostatni, spadochroniarze zniknęli w czeluściach hangaru, a lornetka spod Verdun powędrowała z rąk Piotra prosto do skórzanego futerału. Szymek strzyknął fontanną śliny w dół.

– Nic tu po nas – powiedział zdecydowanie. – Wracamy.

I znów rozmowa zeszła na Weisera. Tylko o czym i jak rozmawialiśmy? Nie pamiętam już. Ale na pewno o nim, już tylko o nim. Namiętnie i gorąco toczyliśmy spory o to, w jaki sposób go podejść, jak go zaskoczyć, jak mu zaproponować, żeby coś z nami zrobił.

Minęły jeszcze dwa dni, straszliwie nudne i bezowocne. Weiser za każdym razem wymykał się naszej czujności. Raz zniknął gdzieś w okolicy kościoła Zmartwychwstańców, a drugim razem straciliśmy go z oczu na wysokości Bukowej Górki. Wówczas postanowiliśmy czatować na niego przy starym nasypie, bo jeśli prawdą było, że chodzi z Elką aż za Brętowo, to musiał spory kawałek drogi przejść właśnie tędy. Od rana siedzieliśmy na cmentarzu, w miejscu gdzie przylega on jednym rogiem do dawnej linii kolejowej.

Dzisiaj, gdy usiłuję odtworzyć przebieg tamtego dnia, wiele pozostaje białych plam, z kartograficzną jednak dokładnością wypływa z mgły ta kolej, której przecież nie było. Jej trasa biegła łukiem w kierunku południowo-wschodnim. Odchodząc na wysokości przystanku Gdańsk Lotnisko od głównej arterii miasta, przecinała przyczółkami zerwanych mostów ulicę Grunwaldzką, Wita Stwosza, Polanki, biegła następnie pod lasem obok kościoła Zmartwychwstańców, przechodząc w głębi jar przekopu, dalej mijała cmentarz brętowski, przeskakiwała znów zerwanymi filarami wiaduktu szosę wiodącą do Rębiechowa i niespełna pół kilometra dalej, na wysokości szpitala czubków, wchodziła w jeszcze głębszy jar, zaraz za miejscem, w którym Strzyża przepływała pod nasypem wąsko sklepionym tunelem. Tam uciekała dalej w nieznane nam terytorium. Wiedzieliśmy tylko, że tak samo jak tu zerwane mosty towarzyszą jej dalej, nieodmiennie, z uporem niezrozumiałej logiki. Trudno zresztą było zrozumieć, dlaczego pośród tylu zerwanych mostów ocalały tylko te, które dzisiaj były zupełnie nieużyteczne, jak ten pomiędzy kościołem proboszcza Dudaka a brętowskim cmentarzem, fantastycznie wysoki, łączący nad przekopem brzegi skarpy porośniętej trawą, żarnowcem i dzikimi malinami.

Ale wtedy nie był to najważniejszy problem. Czekaliśmy na Weisera usadowieni w pustej krypcie, która ukryta w zaroślach pokrzyw i paproci stanowiła świetną kryjówkę. Szymek nie odrywał oczu od okularów lornetki, a my leżeliśmy na brzuchach, przeżuwaliśmy źdźbła trawy i od czasu do czasu ktoś odzywał się leniwie pośród brzęczenia os i trzmieli. Upał z wolna przedostawał się również tutaj, do wnętrza krypty, tak że zapach zbutwiałej wilgoci i chłodnego cementu mieszał się coraz bardziej z duszną wonią kwiatów. Słońce było coraz wyżej i gdzieś koło południa Szymek, odkładając lornetkę, powiedział, że leżymy tutaj właściwie nie wiadomo po co, bo skoro Weiser nie pojawił się do tej pory, pewnie już nie przyjdzie. A może w ogóle poszedł inną drogą. Może ominął to miejsce, idąc przez kamieniołomy i górę, którą nazywaliśmy wulkanem ze względu na jej stożkowaty kształt i wklęsły szczyt? A może siedzi teraz w krzakach żarnowca na lotnisku i czeka z Elką na lądujący samolot? Wszystko przecież było możliwe. Nic nie było nieprawdopodobne.

Pewnie dlatego pomyślałem wówczas, że za chwilę usłyszymy zza wzgórza stukot żelaznych kół, przeciągły świst gwizdka i w kłębach pary, pośród syku i zgrzytu ukaże się naszym oczom lokomotywa prowadzona przez Weisera w kolejarskiej czapce. Zatrzyma maszynę, zeskoczy po stromych szczeblach żelaznej drabinki i pokiwa na nas ręką, żebyśmy wsiadali, bo zaraz odjeżdża dalej. Tłoki zadudnią w przyspieszonym rytmie, para zahuczy w zaworach i ruszymy przed siebie, aż za Strzyżę i ostatni zerwany most z czerwonej cegły, tam gdzie muszą być w końcu prawdziwe tory i zwrotnice. Wierzyłem wtedy, że nasyp prowadzi do takiego miejsca, i wyobrażałem sobie, jak jedziemy z Weiserem, napotykając nieczynne stacyjki, zardzewiałe semafory i zarośnięte zielskiem budki dróżników, a Weiser, jak kapitan statku, posyła mnie na oko, żebym uważał na podstępne i niewidoczne wśród kęp wybujałej trawy rozjazdy, od których rozgałęziają się zdradziecko ślepe tory.

Wszystko opowiedziałem na głos, nie wiem właściwie dlaczego, a jednak nikt się nie roześmiał ani nie uważał, że jest to głupie. Cóż w końcu znaczyły zerwane mosty i nieistniejące szyny wobec możliwości Weisera? Jego lokomotywa mogłaby z powodzeniem zajechać tutaj w kłębach pary i zabrać nas w podróż w nieznane. Lecz on sam nie nadchodził i czas zaczynał dłużyć się okropnie.

Nie pamiętam już, kogo wysłaliśmy po oranżadę do sklepu Cyrsona, a kogo do domu, by wyniósł po cichu bułki albo cokolwiek do jedzenia. Nie mogę sobie również przypomnieć, ile było butelek oranżady i czy ze wszystkich zdążył uciec gaz drobnymi pęcherzykami. Mój pomysł z Weiserem, a właściwie z lokomotywą i Weiserem podobał się bardzo, musiałem jeszcze raz powtórzyć wszystko od początku, a każdy ze słuchaczy dodawał coś od siebie i tak powstała nasza opowieść o niezwykłej lokomotywie umarłej linii kolejowej. Gdy ostatnie krople oranżady zasychały na oblepionych butelkach z zielonego szkła, a czerwone mrówki przetaczały na naszych oczach okruchy bułek, wymyślaliśmy dodatkowe szczegóły tej historii, piękne w naszym mniemaniu i wyjątkowo wzniosłe. Otóż lokomotywa z dziwnym maszynistą pokazywała się zawsze przy pełni księżyca. Z zapalonymi światłami, buchając strumieniem iskier, jechała wolno od strony Wrzeszcza, przeskakując zerwane mosty lekko i swobodnie. Na małym mostku obok kościoła Zmartwychwstańców zatrzymywała się na chwilę i wtedy można było zobaczyć, jak z zakrystii wybiega chyłkiem człowieczek w kusym fraku. Człowieczek podchodził do sapiącej maszyny i przekazywał maszyniście sakiewkę z brzęczącymi monetami. Lokomotywa ruszała, żegnając człowieczka krótkim gwizdkiem, a ten biegł truchtem w ciemny jodłowy las po drugiej stronie nasypu. Za co płacono maszyniście? Wszystko ma swoje przyczyny – lokomotywa, wjeżdżając teraz w głęboki jar, rozpędzała się znacznie, szybko przemykała pod łukiem kamiennego mostu i już zgrzytała, hamując u skraju cmentarza, na którym teraz siedzieliśmy, wymyślając to wszystko. Weiser ciągnął za dźwignię i gwizdał przejmująco trzy razy. I nagle w świetle księżyca otwierały się zarośnięte krypty, odsuwały popękane tablice i rój nieboszczyków klekoczących piszczelami wyłaził z grobów, udając się pod lokomotywę. Kiedy już wszyscy byli gotowi do drogi, maszynista wpuszczał ich do węglarki i ruszał dalej, przez następne zerwane mosty i niewidzialne zwrotnice. Tak działo się co miesiąc, w każdą pełnię księżyca, niezależnie od pory roku. Maszynista wracał nad ranem, zmęczeni podróżni udawali się do krypt, a lokomotywa znikała w okolicach przystanku Lotniska, gdzie stary nasyp dochodził do prawdziwej linii kolejowej. Niektórzy mieszkańcy oddalonych przedmieść widzieli te rzeczy i truchlejąc ze zgrozy, opowiadali o tym zaufanym osobom. Oczywiście, znalazło się też kilku śmiałków, pragnących zgłębić tajemnicę, ale za ciekawość trzeba było słono płacić. Pewnego razu brat kościelnego wskoczył na węglarkę i razem z nieboszczykami pojechał w kierunku Strzyży. O tym, co zobaczył, nikomu już nie opowiedział, bo kiedy lokomotywa wróciła i zatrzymała się obok cmentarza, szkielety chwyciły go pod ręce i zabrały ze sobą, do jednej z krypt. Odtąd słychać w bezwietrzne noce, jak na wpół żywy, na wpół umarły – brat kościelnego woła: „Wypuśćcie mnie stąd! Wypuśćcie mnie stąd!" – ale nie wiadomo, gdzie skryły go trupy, a zresztą krzyk jest tak straszny, że nikt nie odważyłby się poszukiwać zaginionego.

Może nie wszystkie szczegóły tej historii powtarzam dokładnie, ale teraz, podobnie jak w sekretariacie szkoły, gdy oczekiwaliśmy na rezultat naszych pisemnych zeznań, myślę, że nie jest to wcale opowieść gorsza od tej, którą czytała nam pani Regina na lekcji polskiego. Ostatecznie, tamta też dzieje się nocą, a nieboszczyk wstaje z grobu i przemawia do żywych.

Chociaż nie bardzo baliśmy się cmentarza i było wczesne popołudnie, to kiedy już wszystko zostało wymyślone, opowiedziane i wygłoszone chórem mieszających się głosów, kiedy cała ta historia wybrzmiała w ciszy opuszczonej krypty, nagle zrobiło się nieswojo. Jakby prawdą było to, że powiedziane może zaistnieć realnie, wbrew zdrowemu rozsądkowi i mądrym umysłom.

Tymczasem Weiser wciąż nie pojawiał się w polu naszej obserwacji. W dolince naprzeciw cmentarza, po drugiej stronie nasypu brętowski gospodarz kosił trawę. Wyprzęgnięty z dyszla koń szczypał koniczynę, a pracujący mężczyzna przerywał co jakiś czas zajęcie, prostował plecy i wyjętą z kieszeni osełką klepał ostrze. Metaliczny dźwięk leniwie rozpływał się w rozżarzonym powietrzu, a nas było coraz mniej, bo wielu zwątpiło w sens oczekiwania i co chwilę ktoś wracał do domu drogą przez Bukową Górkę, porzucając miejsce w krypcie i nadzieję.

– Proście, a będzie wam dane – sentencjonalnie powiedział Szymek, naśladując przy tym głos proboszcza Dudaka.

– Jak to? – zdziwił się Piotr. – Czy Pan Bóg zajmuje się w ogóle takimi sprawami?

– Jakimi sprawami? – zapytałem.

– No, choćby taką prośbą, żeby Weiser pojawił się tutaj, jakbyśmy bardzo prosili – wyjaśnił Piotr, ale Szymek zaraz rozwiał jego wątpliwości:

– Czy ty myślisz, że Pan Bóg nie ma ważniejszych spraw? I w ogóle, po co się nad tym zastanawiać, Weiser jest Żydem, a to zupełnie co innego!

– Pan Jezus też był Żydem – nie dawał za wygraną Piotr. – A skoro był synem Pana Boga, to znaczy, że Pan Bóg też jest Żydem, czy nie tak? Jak twój ojciec jest Polakiem – zwrócił się do Szymka – to ty się rodzisz też Polakiem, a gdyby był Niemcem, to byś się urodził jako Niemiec, tak?

– Gdyby babcia miała wąsy... – odburknął Szymek niechętnie i dalej nie rozmawiał już na ten temat.

Gdzieś daleko, za wzgórzami Niedźwiednika zabuczał samolot. Milczeliśmy długo, już tylko we trzech, bo żadnemu z nas nie chciało się mleć niepotrzebnie ozorem. Pomyślałem, podobnie jak oni, że Weiser nie przejdzie tędy dzisiaj i właściwie możemy iść do domu, a gdybyśmy się pospieszyli, zdążylibyśmy jeszcze oddać butelki po oranżadzie przed zamknięciem sklepu Cyrsona. Słońce było już niżej i długie cienie sosen przecinały teraz nasyp jak belki przerzucone nad strumieniem. Podświetlone pnie drzew wyglądały nienaturalnie czerwono, jak u jarmarcznego malarza. Po drugiej stronie mężczyzna kończył grabienie skoszonej trawy w małe kupki, po czym zaprzągł konia i pojechał w stronę zabudowań. Poczuliśmy zapach siana zmieszany z wonią zwierzęcego potu. Powietrze stało nieruchome jak przez wszystkie te dni, odkąd zupa rybna zaległa zatokę.

– A może przyjdziemy tu nocą? – przerwał ciszę Piotr.

– Niby po co? – zapytał Szymek.

A wtedy Piotr powiedział, że warto by sprawdzić, czy rzeczywiście o dwunastej w nocy nieboszczycy wstają z grobów, a przynajmniej rozmawiają ze sobą. Ludzie tak mówią i nie wiadomo, ile w tym prawdy. Może mówią, bo wiedzą, a może dlatego, że się po prostu boją i sami nigdy nie sprawdzili. Więc my moglibyśmy sprawdzić.

– No dobrze – zgodził się Szymek. – Ale kto pójdzie? Bo na cmentarz nocą trzeba iść samemu, nieboszczyki wyczuwają większą ilość ludzi, zupełnie jak zwierzęta, i wtedy cała zabawa na nic.

Postanowiliśmy ciągnąć losy – przed cmentarzem ten, na kogo wypadnie, przeżegna się i dalej pójdzie sam. I będzie co najmniej piętnaście minut czekać w samym środku cmentarza, obok kamiennych aniołów ze strzaskanymi skrzydłami.

Ale losowania nie było.

– Popatrzcie – szepnął Szymek, wypełzając z krypty – idą, o tam!

Rzeczywiście, nasypem szedł Weiser, a pół kroku za nim, trzymając jakieś zawiniątko, maszerowała Elka, podrygując jak mała dziewczynka. Szybko opuściliśmy kryptę, kryjąc się za gęstym krzakiem głogu, który od nasypu oddalony był nie więcej niż pięć metrów. Minęli nas i skręcili w polną drogę, idąc w kierunku strzelnicy. Gdy znikli w wylocie gliniastego wąwozu, ruszyliśmy za nimi. To był ten sam wąwóz, w którym dużo później spotkaliśmy M-skiego z siatką na motyle, kiedy ścigał niepylaka apollo. Byliśmy jak psy spuszczone po długim oczekiwaniu ze smyczy, psy, które zwietrzyły zwierzynę i które wyrywają przed siebie, aby nie zgubić tropu. Tam gdzie kończy się wąwóz, droga biegnie lekko do góry. Przywarliśmy do tego wzniesienia, patrząc, jak tamci wspinają się teraz skrajem moreny na płaskowyż. Podchodziliśmy ich z zachowaniem wszelkich reguł sztuki wojennej i nie było to łatwe zadanie, zważywszy przewagę wysokości, jaką mieli nad nami. Leżąc za rozrośniętą kępą żarnowca, obserwowaliśmy każdy ich ruch i gest. Ale oni zachowywali się nadzwyczaj spokojnie. Siedzieli w najwyższym punkcie płaskowyżu zwróceni w stronę morza i rozmawiali o czymś, chyba mało ważnym, jak można było sądzić po wyrazie twarzy Elki. Wtedy myśleliśmy, że Elka czeka z Weiserem na jakiś znak, na coś ważnego, co wyrwie ich i nas z drętwego oczekiwania, ale dzisiaj wiem, że oni czekali po prostu na zachód słońca. Bo to, co wydarzyło się później, mogło wydarzyć się tylko po zachodzie słońca.

Pomarańczowa kula znikła wreszcie za lasem, na niebie rozlała się czerwieniejąca łuna, na której tle migały z zawrotną szybkością czarne punkciki owadów, i wtedy Weiser wstał, podając rękę Elce, i poszli dalej w kierunku strzelnicy. Sunęliśmy za nimi jak duchy – szybko i bezszelestnie. Przechodziliśmy przez starodrzew, dalej wzdłuż dolinki za strzelnicą, skąd wąską ścieżką kluczyliśmy do góry pośród ponurych buków i leszczyny, następnie nasza droga przecięła rębiechowską szosę i dalej już bez przerwy lasem wiodła nas w nieznanym kierunku, coraz dalej od zabudowań Brętowa. W rozgrzanym powietrzu można było wyczuć zapach żywicy i wysuszonej kory, którego nie rozwiewał żaden, najmniejszy nawet podmuch wiatru. W ciemną bezksiężycową noc, kiedy jedynie gwiazdy spoglądały na nas milcząco, budynek nieczynnej cegielni, który wyrósł niespodzianie przed naszymi oczami, wydał się wielkim gmaszyskiem ze strzelistą wieżą komina, czarnymi jamami okien i spadzistym dachem, w którym straszyły odsłonięte krokwie, jak żebra wielkiego zwierzęcia.

Staliśmy nieśmiało na skraju lasu i dopiero dudniący głos Weisera przywrócił nas rzeczywistości. Mówił coś do Elki, a ona mu odpowiadała urywanymi zdaniami. Słowa dobiegały gdzieś z głębi, zwielokrotnione echem pustych ścian. Było jasne, że oni są gdzieś na dole, prawdopodobnie w piwnicy. Na palcach przemknęliśmy obok żeliwnych wózków i otworu pieca do wypalania cegły. W części hali, skąd dobiegały głosy, podłoga była drewniana i w dodatku spróchniała. Trzymając buty w dłoniach, jak najciszej podeszliśmy do uniesionej klapy. Prowadziła na schody biegnące w dół. Nagle pod nami rozbłysło światło zapałki, a zaraz potem świecy, którą Elka postawiła przy ścianie. Przywarliśmy twarzami do desek, na szczęście szpary były tu na tyle szerokie, że wszystko widzieliśmy jak na dłoni. Elka usiadła po turecku obok ściany w pobliżu świecy. Na środku piwnicy, również na podłodze, siedział skulony Weiser i wyglądał, jakby się modlił. Milczeli, a ja przełykałem ślinę i czułem, że zaraz wydarzy się coś strasznego. Słyszałem własną krew rwącą jak wodospad Niagara w każdej żyłce i naczyniu.

Elka rozwinęła zawiniątko. W migotliwym blasku świecy ujrzałem w jej dłoniach dziwny instrument muzyczny. Przypominał on połączone piszczałki nierównej długości, które przytknęła do ust, czekając znaku od Weisera. Wreszcie, gdy uniósł głowę, usłyszeliśmy pierwsze dźwięki, dziwnie od nas dalekie, zupełnie jakby ktoś na szczycie góry grał powolną i pełną tęsknoty melodię. Tembr instrumentu był miękki i falujący. Weiser wstał. Uniósł ramiona, przez chwilę pozostając w tej pozycji. Melodia stawała się coraz żywsza, frazy rwały się jedna po drugiej, powracając jednak stale do tego samego tematu. A Weiser, ten sam, którego ujrzeliśmy w Boże Ciało pośród obłoku kadzidlanego dymu, ten sam Weiser z lotniska i ogrodu zoologicznego w Oliwie, Weiser, który wygrał mecz z wojskowymi, tańczył teraz przy świeczce i melodii wygrywanej na śmiesznych piszczałkach. Tańczył w piwnicy zrujnowanej cegielni, wzbijając tumany kurzu, wyrzucając ręce do góry i na boki, przechylając głowę we wszystkich kierunkach. Tańczył coraz szybciej i gwałtowniej, jakby melodia, przyspieszająca z każdym taktem aż do niemożliwości, trzymała go w swojej władzy. Tańczył, jakby go opętały demony drgawek i skoków, tańczył z przymrużonymi oczami niczym upojony trunkiem gość weselny, tańczył jak nawiedzony szaleniec, nieznający umiaru ani granicy zmęczenia, tańczył, a nasze źrenice rozszerzały się coraz bardziej i bardziej, bo przecież zobaczyliśmy nagle kogoś zupełnie obcego. To nie był już Weiser, nasz szkolny kolega spod trzynastki na pierwszym piętrze, wnuk pana Abrahama Weisera, krawca. Był to raczej ktoś przerażająco nieznany, niepokojąco obcy, ktoś, kto przez zbieg okoliczności występował teraz w ludzkiej postaci, która najwyraźniej krępowała jego ruchy zmierzające do uwolnienia się z niewidzialnych pęt ciała.

Nagle muzyka ucichła. Było to bardziej niesamowite, niż gdyby wśród dźwięków piszczałek zahuczały organy albo rogi myśliwskie. Weiser upadł na podłogę. Czerwonawy pył unosił się wokół jego postaci, a w świetle świecy ujrzałem wirujące smugi kurzu tej samej barwy. Nie zdążyłem pomyśleć, że to właśnie cisza brzmi tak okropnie i złowrogo, gdy Weiser otworzył usta, jakby chciał złapać oddech, i usłyszeliśmy niski głos mężczyzny, mówiący w niezrozumiałym języku jakieś urwane wyrazy. Wydawało mi się, że czyjaś ręka dotyka moich pleców, i wiem, że to złudzenie zawdzięczam przerażeniu, bo głos, najzupełniej obcy i surowy, wydobywał się z gardła Weisera, jakby on mówił, sam o tym nie wiedząc. Oczy miał zamknięte. Jego zaciśnięte pięści kurczyły się i rozluźniały przy każdym wyrazie. Wyglądał na zmęczonego człowieka, który cedzi głoski przez spuchnięte gardło z największą męką i wbrew sobie.

Dopiero gdy przerwał, a wyglądał teraz jak martwy, spojrzałem na Elkę. Siedziała nieruchomo pod ścianą i właściwie nie była już Elką, tylko drewnianą kukłą. Jej oczy wpatrzone w Weisera przypominały szklane paciorki lalek z dziecięcego teatru. Nie poruszyły się nawet i nie drgnęły, gdy wreszcie Weiser uniósł ciało do pozycji klęczącej i przesunął świecę bardziej na środek.

Wtedy to nastąpiło. Weiser stanął na obu stopach, rozłożył ręce jak do lotu i stał wpatrzony w płomień świecy bardzo długo. Nie wiem, w którym momencie, po jakim czasie, zauważyłem, że jego nogi nie dotykają już klepiska. Z początku wziąłem to za przywidzenie, ale stopy Weisera coraz wyraźniej unosiły się nad podłogą. Tak, całe jego ciało wisiało teraz w powietrzu, najpierw trzydzieści, może czterdzieści centymetrów nad ziemią, i powoli unosiło się jeszcze wyżej, kołysane niewidzialnym ramieniem.

– Chryste! – usłyszałem szept Szymka. – Chryste, co on robi?

Weiser lewitował nad brudną podłogą i jego ciało nie było już naprężone. Palce Piotra zacisnęły się na moim ramieniu.

Więc jak to było naprawdę? Czy to, co widzieliśmy w piwnicy nieczynnej cegielni, mogło być tylko przywidzeniem? Czy mogło nam się tylko zdawać, że Weiser unosi się ponad podłogą, czy też rzeczywiście lewitował przy świetle migotającej świecy?

Dwadzieścia trzy lata później to samo pytanie zadawałem Szymkowi, kiedy siedzieliśmy naprzeciw siebie w jego słonecznym mieszkaniu, w zupełnie innym mieście i – co także należy podkreślić – w zupełnie innej epoce. Pod oknami domu przeciągał pochód. Na transparentach widniały nowe hasła, albo prawie zupełnie nowe. „Żądamy rejestracji" – przeczytałem na jednym z nich, „Prasa kłamie" – widniało na drugim, „Niech żyje Gdańsk" – zauważyłem także gdzieś w środku masy ludzi, tuż obok dużego portretu papieża, niesionego przez młodą dziewczynę. Szymek nie był już tamtym Szymkiem z francuską lornetką spod Verdun, to jasne, ale mimo to nie spodziewałem się aż takiej zmiany, większej niż odległość dwudziestu trzech lat i dzielących nasze miasta kilometrów. Interesował się wypadkami bieżącymi i ciągle wypytywał mnie o szczegóły z Gdańska. Długo tłumaczyłem mu, jak to wszystko wyglądało u nas, a jeszcze dłużej musiałem opowiadać, jak wyglądała przez wszystkie dni brama stoczni i drewniany krzyż, do którego ludzie przypinali wizerunki Czarnej Madonny i pod którym składali kwiaty.

– Tym razem nie strzelali! – cieszył się jak dziecko. – Ale co będzie dalej?

Nie wiedziałem, co będzie dalej, i nikt zresztą nie mógł tego przewidzieć od Tatr do plaży w Jelitkowie. Złościłem się tylko, że tak jak kwestie wielkiej polityki, nad którymi łamali sobie głowy korespondenci wszystkich gazet świata – bez odpowiedzi pozostają również moje pytania o Weisera.

– Ostatecznie, czy teraz jest to aż takie ważne – mówił Szymek. – Po tylu latach? I to akurat teraz, kiedy dzieją się takie rzeczy?

Nie mogłem go jakoś przekonać, że owszem, dla mnie jest to najważniejsza sprawa.

– Więc jak to było naprawdę? – nie dawałem za wygraną. – Weiser lewitował czy ulegliśmy zbiorowej psychozie?

Szymek otwierał butelki piwa, które na południu jest smaczniejsze, i kręcił głową z powątpiewaniem. Mówił jak zawsze spokojnie.

– Jeśli przeczytasz w książce, że jej autorowi objawił się Bóg w postaci słupa ognia i szumu skrzydeł, to przecież nie wiesz, czy było tak w istocie, czy też autorowi wydawało się tylko, że tak było. Oczywiście – dodał, przechylając szklankę – pominąć musimy przypadek celowej mistyfikacji.

– A tam, w piwnicy? – pytałem. – Czy tam Weiser unosił się w powietrzu, czy tylko wydawało się, że to robi?

Szymek zapalił papierosa.

– Nie wiem – odpowiedział po chwili. – Może rzeczywiście lewitował, a może tylko ulegliśmy zbiorowej psychozie, to ostatecznie zdarza się częściej niż fruwanie nad ziemią, nie uważasz?

I tak już było przez cały czas mojej wizyty w jego domu, jedynej zresztą przez wszystkie te lata. Szymek nie miał określonego zdania co do Weisera i wszystkie kwestie przeze mnie postawione rozstrzygał podobnie: „mogło być tak, ale mogło być też inaczej" – odpowiadał za każdym razem. – „Tyle lat upłynęło, a nasza pamięć jest przecież zawodna". A kiedy dowiedział się, że trzy lata temu byłem w Mannheim u Elki, zapytał, jaki ma samochód i jak się jej powodzi. Nie, nie domyślił się nawet, po co do niej jeździłem, i nie był też ciekaw, czy Elka powiedziała mi coś na temat Weisera. Szymek jedno pamiętał bardzo dobrze, a mianowicie instrument, na którym grała Weiserowi do tańca w piwnicy starej cegielni.

– Fletnia Pana to rzeczywiście niezwykły dźwięk, dziwna muzyka – mówił do mnie z ożywieniem. – Skąd ona mogła mieć taki instrument?

Wiedziałem naturalnie, jak to było, sprawę zbadałem bardzo dokładnie tego samego roku, kiedy przeglądałem szkolne papiery Weisera i rozmawiałem nawet z niezmordowaną nauczycielką muzyki. Potwierdziła, że z kolekcji instrumentów ludowych zginęła jej tamtego roku fletnia Pana, i nigdy nie mogła sobie wytłumaczyć, jak to się stało, że ze szkolnej gabloty, dumy jej gabinetu, w której obok ksylofonu można było oglądać ukulele, bałałajkę, skandynawskie skrzypce i kupę innych eksponatów, zginęła właśnie fletnia Pana. „Komu to było potrzebne?", rozkładała ramiona, przygarbione już od ciągłego wymachiwania na próbach chóru. „Kto na tym umiałby grać?" Ale o tym wszystkim nie powiedziałem Szymkowi. Kiedy zaś piliśmy ostatnie butelki piwa, a przez otwarte okno słychać było znowu zwyczajny gwar ulicy i śpiew ptaków, i kiedy żona Szymka wniosła wielki jak obrus półmisek kanapek, zapytałem wreszcie, co sądzi o tamtym dniu nad Strzyżą, gdy Weiser po raz ostatni rozmawiał z nami, i dlaczego Elka znalazła się w kilka dni później, a Weiser nie? I co właściwie mogła znaczyć jej amnezja, która nigdy nie ustąpiła we wszystkim, co dotyczyło jego osoby? Szymek zmienił najpierw szklanki, bo w miejsce piwa pojawiło się na stole wino domowej roboty.

Tak, on też zastanawiał się nad tym, już wiele lat później, nikomu się do tego nie przyznając. Wszystko wskazywało na to, że Weiser posiadał jakieś ukryte zdolności hipnotyczne, o których możemy mieć jedynie mgliste pojęcie. Potwierdza to przypuszczenie jego popis z panterą, bez wątpienia potrafił robić z nich użytek również w swoich kontaktach z ludźmi. Do czego była mu potrzebna Elka? To jasne – wykorzystywał ją i przeprowadzał na niej eksperymenty, ponieważ sam był wtedy na etapie odkrywania swoich nie do końca uświadomionych możliwości. Tam, w piwnicy cegielni, poddawał ją rozmaitym próbom i nawet my ulegliśmy nadzwyczajnej sile jego sugestii. Więc jednak raczej nie lewitował. Udawał, że lewituje, a Elce i nam kazał wierzyć, że unosi się w powietrzu. Psychologia zna takie wypadki i tłumaczy to dosyć prostymi mechanizmami oddziaływania sugestywnego. Wybuchy? Tak, to trudno wytłumaczyć, ale Weiser, który wychowywał się praktycznie sam pod okiem zdziwaczałego starca, mógł mieć inne jeszcze, stokroć gorsze manie prześladowcze. Weiser był piromanem, nie ulega wątpliwości. A te efekty wizualne? Przeczytał parę książek – oto cały sekret jego wiedzy. Dlaczego kładli się z Elką tuż przy pasie startowym lotniska? To było ćwiczenie jej wytrzymałości na strach: ostatecznie ktoś, kto chociaż raz przeleży pod brzuchem lądującego samolotu, nie będzie czuł strachu przed hipnozą i wprawianiem go w stany transu. Nad Strzyżą, ostatniego dnia wakacji, Elkę po prostu zabrała woda, co musiało ujść naszej uwadze. Gdy Weiser zorientował się, co się stało, ukrył się gdzieś z boku i czekał, aż pójdziemy, a potem rozpoczął poszukiwania na własną rękę. Tylko przecenił swoje możliwości i kiedy szukał jej ciała w pobliskim stawie, przez który przepływa Strzyża, utopił się najzwyczajniej w świecie, a jego zwłoki woda uniosła do podziemnego kanału, którym rzeczka płynie dalej pod miejskimi zabudowaniami.

Innej możliwości nie ma. Tylko że Elka cudem nie utonęła, prąd zniósł ją w przybrzeżne szuwary i przeleżała tam półprzytomna, aż odnaleźli ją milicjanci z psami. Weiser zapłacił za swoją nieuwagę. Przecież nie umiał pływać, nigdy nie kąpał się z nami w Jelitkowie. W jaki sposób Elka przeżyła trzy dni, leżąc w szuwarach? To istotnie zagadkowa sprawa, ale raczej z dziedziny biologii. W każdym razie jest to w pełni prawdopodobne, takie wypadki odnotowano już niejednokrotnie. Tak, gdyby nie opieka tego zdziwaczałego krawca, a raczej zupełny brak opieki z jego strony, Weiser byłby dzisiaj kimś w rodzaju artysty estrady, może nawet występowałby w cyrku, gdzie jego talent zyskiwałby poklask i uznanie. Tak czy inaczej, był w jakimś sensie ofiarą wojny, jego sieroctwo musiało spowodować poważne zmiany w psychice. Czy myślał kiedyś o swoich rodzicach? Bez wątpienia, ale co mógł myśleć? Kto wie, co opowiadał mu na ten temat stary Weiser. Wyglądał na ponurego dziwaka, który spojrzeniem oskarża ludzi o to tylko, że żyją. Taki wzrok nie oznacza nic dobrego. Dawid miał wyraźną obsesję na punkcie wszystkiego co niemieckie i cały arsenał, jaki znalazł, a następnie przechowywał w cegielni, jest tego najlepszym przykładem. On pragnął ich zabijać i to, co robił z bronią, było prawdopodobnie tylko przygotowaniem. Ostatecznie, do kogo albo raczej do czego celował, kiedyśmy później przychodzili do cegielni? Makiety nie mogą pozostawiać żadnych, najmniejszych nawet wątpliwości. Wybujała fantazja, nieprawdopodobny spryt, dziecięca naiwność w połączeniu z hipnotycznymi zdolnościami, których zresztą musiał bać się bardziej niż Elka – to wszystko złożyło się na osobę Weisera.

Przy trzeciej szklaneczce wina Szymek urwał swój monolog. Miałem ochotę wypytać go o kilka szczegółów. Na przykład, skąd w nim ta pewność, że Weiser nie umiał pływać? Może było z tym tak samo jak z grą w piłkę? Albo skąd przekonanie, że Elkę uniosła woda i że uszło to jakoś naszej uwadze? Przecież oboje zniknęli równocześnie i to, co twierdził Szymek, nie trzymało się kupy. Poza tym ciało Weisera, nawet gdyby rzeczywiście utonął, nie mogło przedostać się do podziemnego kanału, gdyż wlot u końca stawu był zagrodzony żelazną kratą.

Ale oboje pytali mnie o nowiny z Gdańska. O pomnik, który miał teraz stanąć obok bramy stoczni, w miejscu, gdzie padły strzały – ten pomnik interesował ich najbardziej. Pytali, czy będzie tam nazwisko Piotra. Nie potrafiłem odpowiedzieć, chociaż po tym, co przeszli jego rodzice, po tym nocnym pogrzebie z ekipą uzbrojonych grabarzy i ciałem Piotra rzuconym w plastykowym worku w jamę ziemi, po tym wszystkim nie spodziewałem się, aby ten wielki i wspaniały monument mógł im w jakikolwiek sposób wynagrodzić tamtą zimę.

– Nie o to przecież chodzi – zniecierpliwił się Szymek.

– Tak, rzeczywiście nie o to chodzi – odpowiedziałem machinalnie i przypomniałem sobie, że Piotr, według relacji jego matki, nie mógł ścierpieć tego dnia widoku helikopterów krążących nad miastem i poszedł piechotą do Gdańska (nie jeździły już tramwaje), żeby zobaczyć, co się dzieje. „Zabili go z tego helikoptera", twierdziła uparcie matka, a gdy naoczni świadkowie opowiadali jej, że Piotr dostał się przez przypadek pomiędzy tłum a oddział wojska i że trafiła go ta kula prosto w głowę, z lewej strony, na wylot – wtedy machała ręką i mówiła, że to nieprawda, bo na pewno strzelali z helikoptera, i jeszcze złościła się, gdy wspominano o wojsku. Dla niej była to przebrana milicja. Mówiłem więc o pomniku, a Szymek i jego żona słuchali mnie z uwagą.

A Weiser? Weiser uleciał z naszej rozmowy, jakby go nigdy nie było, i kiedy siedziałem już w wagonie kołysanym równomiernym rytmem podkładów i zwrotnic, wydawało mi się, że jadę właśnie nieistniejącą linią kolejową przez dziesięć zerwanych mostów i mijam brętowski cmentarz z małym ceglanym kościółkiem, ukrytym w zaciszu drzew, a lokomotywę prowadzi Weiser w kolejarskiej czapce, spowity obłokiem kadzidlanego dymu, pachnącego jak wieczność.

Tymczasem do gabinetu dyrektora wezwano woźnego.

– Tak nie może być – usłyszałem głos M-skiego – żeby ci smarkacze wodzili nas za nos! Mówiłem dyrektorze, że tu trzeba od razu ostrych metod. O, ja ich znam, bez tego ani rusz! A pan – zwrócił się do woźnego – będzie tu musiał siedzieć z nami, bo to jeszcze trochę potrwa!

Woźny zamruczał coś pod nosem, coś, co z czeluści gabinetu zabrzmiało niewyraźnie, ale wówczas dałbym głowę, że to jego znane porzekadło „jak mus, to mus" – i wrócił do sekretariatu, wołając Piotra.

Coś nie zgadza się w naszych pisemnych zeznaniach i pewnie dlatego M-ski złości się tak bardzo – pomyślałem. – Ach tak, już wiem, chodzi o tę sukienkę, a raczej o strzęp sukienki, czerwonej sukienki Elki, o której Szymek dla świętego spokoju napisał, że spaliliśmy ją po ostatnim wybuchu. Tak, nie znaleźli tego w zeznaniu moim ani Piotra, a więc będą pytali, jak było z tą sukienką. Kto ją znalazł, gdzie, kiedy spaliliśmy ten strzęp materiału, który pozostał po naszej koleżance. Popełniliśmy błąd, powinniśmy ustalić szczegóły, gdy w sekretariacie nie było woźnego, i teraz każdy powiedziałby to samo, a oni zakończyliby śledztwo w przekonaniu, że jest, jak wymyślili. Ale woźny rozsiadł się wygodnie na swoim krześle i ani myślał pozostawić nas przez chwilę samych. W radiu już dawno skończyło się przemówienie Władysława Gomułki, nagrodzone hucznymi oklaskami i owacją. Z głośnika dobiegały teraz dźwięki muzyki operetkowej, nieznośnie cienki głos śpiewaczki wyciągał coraz dłuższe „och, och, ko-oo-oo-cha-aa-a-aa-m cię", a ja czułem drętwiejącą nogę i ból lewej stopy nie dawał mi spokoju. Ten ból zawdzięczałem i w pewnym sensie zawdzięczam do dzisiaj Weiserowi. Zawsze, kiedy zbiera się na deszcz, spoglądam na małą bliznę poniżej kostki i wiem, że w wilgotną pogodę będę utykać. Ale nie uprzedzając wydarzeń, wracam jeszcze do nieczynnej cegielni, ponieważ nie wszystko zostało wyjaśnione.

– Chryste! – powiedział szeptem Szymek. – Co on robi?
Palce Piotra zacisnęły się na moim ramieniu i w chwilę później usłyszeliśmy potworny trzask łamanych desek. Razem z podłogą i drewnianymi stemplami, z hukiem i łoskotem polecieliśmy w dół, prosto na Weisera i Elkę. Świeca zgasła, czułem tylko, że oni są gdzieś między nami, bardzo blisko, ale nie mówią nic i czekają, aż odezwiemy się pierwsi. Wreszcie Piotr, który najprędzej wygrzebał się ze sterty połamanych desek, powiedział nieśmiało:

– Elka, nie gniewaj się, my tylko tak – i głos uwiązł mu w gardle, bo między deskami coś poruszyło się nieznacznie.

– Czy macie jakieś światło? – głos Weisera nie zdradzał oznak gniewu ani zniecierpliwienia. – Jak macie, to poświećcie!

Szymek wydobył z kieszeni benzynową zapalniczkę, ukradzioną starszemu bratu jeszcze na początku wakacji, i nikły płomień rozświetlił wnętrze piwnicy. Drewniane schody były w połowie złamane i żeby się stąd wydostać, trzeba było przystawić do ściany prowizorycznie skleconą drabinę. Pracą komenderował Weiser, a kiedy wszyscy byliśmy już na górze, spojrzał na nas i spytał:

– A umiecie trzymać język za zębami?

Zamiast głosów odpowiedziały mu kiwnięcia głowy.

– No dobrze – powiedział po chwili wyczekiwania. – Skoro tak, to przyjdźcie tu jutro o szóstej, ale tylko we trzech, jasne?

I tak oto, w nieoczekiwany sposób, osiągnęliśmy swój cel: Weiser zaproponował nam spotkanie. Dziwne, ale gdy wracaliśmy tą samą drogą w kierunku Brętowa, żaden z nas nie chciał rozmawiać o tym, co zobaczyliśmy w nieczynnej cegielni. Dzisiaj wiem, że był to zwyczajny strach. Mniejsza już o kadzidlany obłok, zupę rybną, lądujący samolot, czarną panterę, wygrany mecz, mniejsza o moją wycieczkę, w czasie której po raz pierwszy w życiu usłyszałem o kimś takim jak Schopenhauer i zobaczyłem, gdzie stała niemiecka pancerka przed budynkiem Poczty Polskiej. Mniejsza o to wszystko, czego zresztą wtedy nie łączyliśmy ze sobą w jeden łańcuch, prowadzący do Weisera. Wystarczyło, że widzieliśmy go ponad podłogą piwnicy i nagle okazało się, iż Weiser, najpierw wyśmiewany Dawidek, później dziwny trochę zaklinacz zwierząt i genialny piłkarz, ten sam niby, nie był już tą samą osobą. Zastanawiam się, jak oddać uczucie, które wówczas opanowało nasze dusze. Bo raczej nie był to, jak napisałem przed chwilą, zwyczajny strach. Jednak nie.

Czasami, kiedy za dużo wypiję albo zanurzam się w niedobrą mgłę, męczy mnie dziwny sen. Jestem w kuchni mieszkania mojej matki. Stoję przy oknie, a za moimi plecami Piotr nastawia wodę w okopconym czajniku. Nagle odwracam głowę w stronę kuchenki i widzę, że stoi za mną ktoś zupełnie obcy, ktoś, kto nie jest Piotrem. Podchodzę do niego, żądając wyjaśnień, lecz nieznajomy mężczyzna zamiast się odezwać, uśmiecha się wyrozumiale. Najgorsze, że w jego uśmiechu poznaję coś z Piotra – ten sam grymas górnej wargi, i nie wiem, jak to wytłumaczyć.

Więc wtedy czuliśmy coś podobnego. Weiser stał się dla nas kimś jeszcze bardziej obcym niż przez wszystkie lata szkoły i wszystkie dni wakacji, odkąd zawarliśmy z nim dość szczególną znajomość w Boże Ciało, a właściwie w dzień rozdania świadectw z religii. Będąc Weiserem, nie był nim równocześnie. Ale kim się stawał, gdy przychodziła ta chwila, w której przestawał być sobą? A może ta szczególna chwila w ogóle nie istniała, może on przez cały czas udawał tylko, że jest zwyczajnym chłopcem? I niby skąd mieliśmy to wszystko wiedzieć, skoro nawet dzisiaj nie potrafię wyjaśnić tej kwestii?

Szliśmy w zupełnym milczeniu i obawa, aby nagle nie wyrósł przed nami w świetle gwiazd, na tle czarnej ściany lasu, nie wyrósł tak samo jak w piwnicy cegielni – metr albo i więcej ponad ziemią, ta obawa zamykała nam usta i odbierała chęć wszelkiej rozmowy. Ze skraju moreny weszliśmy w jar. Było tu jeszcze ciemniej niż w otwartej przestrzeni. Na tle czarnej wieży brętowskiego kościoła, widocznej już przy wylocie jaru, zamajaczyły złote punkciki.

– Chryste! – powiedział po raz drugi Szymek. – Gwiazdy spadają!

Ale to nie były gwiazdy. Chmara świętojańskich robaczków unosiła się ponad nami jak deszcz złotych drobin i było tak cicho, że słyszeliśmy własne oddechy.

– Myślałem – dodał Szymek – że one świecą tylko w czerwcu.

Rzeczywiście, było w tym coś dziwnego. Nigdy przedtem ani później nie widziałem już w naszej okolicy takiej masy świetlików w lipcową noc.

– To są dusze zmarłych – szepnął z absolutną powagą Piotr – i dlatego świecą.

– Dusze zmarłych w latających robakach?! – żachnął się Szymek. – Kto ci o tym mówił?

Lecz Piotr nie był skory do zwierzeń. Dopiero na kolejowym nasypie, bliżej kościoła, powiedział mniej więcej tyle, że pokutujące dusze, kiedy uda się im wejść w ciało owada, zaczynają świecić. Ale robaki nie wytrzymują czegoś takiego długo i umierają, dlatego też świetliki można zobaczyć tylko przez krótki czas, na początku lata.

– Te dusze – wyjaśnił Piotr – muszą być wielkich grzeszników i świecą dłużej niż zwykle.

Szymek był oburzony, jakby chodziło o jego lornetkę albo przepisy piłkarskie.

– Głupi jesteś! – protestował głośno. – Duszy nie można zobaczyć, bo jest niewidzialna! Co mówił ksiądz Dudak na religii? No co?

– Że dusza jest nieśmiertelna – bronił się Piotr – ale nie powiedział wcale, że nie można jej zobaczyć!

– Wcale nie, mówił, że jest nieśmiertelna i niewidzialna, jedno i drugie tak samo ważne, tak? – z tym pytaniem Szymek wyskoczył nagle do mnie, biorąc mnie na świadka.

Nie byłem pewien, jak z tym jest, tak samo zresztą jak dzisiaj – czy można zobaczyć duszę? Jeśli można, to kiedy ktoś umiera, powinno się ją widzieć, czy ja wiem zresztą, w jakiej postaci? Ważne, żeby ją można było ujrzeć, kiedy opuszcza śmiertelne ciało, które za dzień lub dwa złożą do grobu. Powinno się ją widzieć w postaci białego obłoku pary, a może w postaci łagodnego światła, które umyka do góry, nie rozpraszając się po drodze. Nie wiem. I wtedy też nie wiedziałem. Najgorsze, że to ja miałem rozstrzygnąć spór, jakbym był teologiem albo papieżem.

– Ksiądz proboszcz Dudak – powiedziałem – też tego nie wie, a mówi tak, bo...

– Bo co?

– No właśnie, dlaczego tak mówi? – przerywali mi niecierpliwie.

– Mówi tak – wyjaśniłem dalej – bo tak nauczyli go w seminarium i tak każe mówić ksiądz biskup, a proboszcz musi we wszystkim słuchać biskupa, zupełnie jak w wojsku.

– Jak to?! – zezłościli się obaj. – To ksiądz może tego nie wiedzieć?

– Tego się nigdy nie wie – stwierdziłem pewnym głosem. – Dopiero jak się umrze, można to sprawdzić.

Spojrzeliśmy na cmentarz mijany po prawej ręce. Kawałki figur i rozbite nagrobki wyglądały teraz jak pochyleni, modlący się ludzie.

– To okropne – westchnął Szymek. – Umierać, żeby się czegoś pewnego dowiedzieć, nie?

Pokiwaliśmy głowami ze zrozumieniem.

W tym samym momencie dzwony brętowskie rozkołysały się poruszone czyjąś ręką i przez las w środku nocy jak na trwogę przeleciał potężny głos.

– Chryste! – powiedział, a właściwie krzyknął trzeci raz Szymek. – Ktoś jest na cmentarzu!

Nie, nie napiszę teraz: „serca struchlały nam ze zgrozy", albo: „duszę mieliśmy na ramieniu", lub, jeszcze lepiej: „serce podeszło mi do gardła". Nie napiszę, ponieważ takie rzeczy daje się do książek, takie rzeczy i takie sceny, doskonale pasujące do edukacyjnej powieści.

W pierwszym momencie pomyślałem, że to Weiser bawi się z nami, chcąc wypróbować, czy nie czmychniemy przypadkiem przez Bukową Górkę do domu. Idąc na skróty, mógł tu być kwadrans wcześniej. Zaraz jednak przyszła mi myśl druga, zgoła trzeźwiejsza – to nie było w stylu Weisera: ten nocny alarm dzwonów, wciskający się między sosny, huczący pod roziskrzoną kopułą nieba, skandalicznie głośny i rozdzierający ciszę rozgrzanego powietrza. W istocie, nie był to pomysł Weisera i nie jego ręka ciągnęła wszystkie trzy sznury między spróchniałymi belkami dzwonnicy. Był to Żółtoskrzydły.

Skoro tylko poznaliśmy go, przycupnięci za krzakiem leszczyny, padła propozycja, by jak najszybciej wracać do domu.

– Już raz były z nim kłopoty – przypomniał Szymek. – Zaraz tu ktoś przyleci z plebanii i będzie na nas.

Nie byłem tego taki pewny:

– W środku nocy? Teraz?

Ale Piotr wskazał ręką na budynek przylegający do kościoła:

– Popatrzcie tylko!

Rzeczywiście, między gałęziami w oddali rozbłysło światło, najpierw w jednym, a później w drugim oknie. Tymczasem Żółtoskrzydły podskakiwał, kolebał się na boki, przysiadał w kucki, wszystko to w rytm coraz głośniejszego bicia dzwonów. Wyglądał jak uwiązany do sznurów manekin, trochę śmiesznie, trochę groźnie. Nie miał już na sobie szpitalnego szlafroka, jego odzienie stanowiły ukradzione gdzieś zapewne drelichowe spodnie i taka sama bluza. Nie mogliśmy oderwać od niego wzroku, przy każdym pociągnięciu powrozów mówił coś do siebie, ale ginęło to w metalicznym trójgłosie. Może właśnie przez te dzwony nie ruszyliśmy się z miejsca ani na krok, nawet wtedy gdy od strony plebanii zobaczyliśmy nadbiegających dwóch mężczyzn: kościelnego i proboszcza tutejszego kościoła, który w niczym nie przypominał naszego księdza Dudaka.

Być może właśnie o to chodziło Żółtoskrzydłemu: wywabić ich z domu i zwrócić na siebie uwagę – bo odczekał, aż tamci podbiegną bardzo blisko, po czym wypuścił z rąk sznury i dał susa w pobliskie chaszcze, umykając w stronę Brętowa.

– Niech ksiądz dobrodziej – wysapał kościelny – wraca na plebanię i po milicję dzwoni, a ja pobiegnę za nim!

Mężczyźni rozdzielili się. Kościelny, sapiąc jeszcze głośniej, ruszył za uciekinierem, ksiądz potruchtał na plebanię. Teraz, rzecz jasna, nie mogliśmy się wycofać. Trzeba było doczekać końca tej historii i chociaż Żółtoskrzydły był nam właściwie obojętny, ciekawiło nas, jak skończy się pogoń.

Ruszyliśmy śladem kościelnego ledwie widzialną ścieżką, która gubiła się wśród rozrośniętych pokrzyw i paproci. Żółtoskrzydły miał ze trzydzieści metrów przewagi i lepiej orientował się w terenie. Skakał od kępy do kępy, chował się między nagrobkami, a kiedy myśleliśmy, że zniknął w jednym z nich, wyskakiwał nagle jak spod ziemi i rwał do przodu. Wyraźnie bawił się z kościelnym. Wreszcie dotarł na skraj cmentarza, stanął na pękniętej płycie i krzyknął w stronę pościgu:

– Eeeee – eeee – echo – echo – eeeee!!

Kościelny przyśpieszył. Ale Żółtoskrzydły był już daleko. Biegł w stronę pierwszych zabudowań Brętowa, gdzie rozbudzeni ludzie przez otwarte okna wypatrywali przyczyny nocnego rontu.

– Ludzie! Ludzieee! – krzyczał kościelny. – Łapcie go, chwytajcie wariata, trzymajcie go!

I coraz więcej okien rozjaśniało się, jakby wybuchł pożar albo zaczynała się wojna.

Żółtoskrzydły dobiegł do pierwszego domu i po piorunochronie wdrapał się na spadzisty dach. Stał teraz na jego grani i szeroko rozłożył ramiona, jakby pozdrawiał wszystkich, którzy zaczęli gromadzić się przed budynkiem. Mężczyźni w piżamach, przydeptanych kapciach, albo i boso, niektórzy w krótkich kalesonach, pokazywali go sobie palcami.

– Ludzie! – dopadł ich wreszcie kościelny. – To ten sam człowiek, co straszy na cmentarzu wasze żony i dzieci! Uciekł od czubków i nie daje wam spokoju! Trzeba go złapać. Zaraz przyjedzie milicja. Weźcie drabinę i łapcie go, tylko szybko, bo znowu ucieknie. Łapcie go, na co czekacie!?

Mężczyźni jednak nie kwapili się do chwytania wariata, w dodatku na dachu. Stali niezdecydowani, przestępowali z nogi na nogę, spoglądając jeden na drugiego. Kilka żon przydreptało bliżej. Gwar rozmów, szeptów, urywanych prześmiewek rósł coraz bardziej, gdy nagle Żółtoskrzydły wydał z siebie głos.

Właściwie nie był to głos, tylko dźwięk, dźwięk muzyczny, bo wszystko, co teraz nastąpiło, to była muzyka, śpiewanie całych zdań, które wzrastały, wybuchały i cichły jedno za drugim w niewielkich po sobie odstępach czasu.

– Biada wam, mieszkańcy kraju nadmorskiego! Biada wam! Słowo Pańskie weszło do mego ucha i przemówiło ustami moimi! Bliski jest wielki dzień Pański, bliski i spieszny bardzo głos dnia Pańskiego, tam i mocarz gorzko wołać będzie!

Mówiąc to, Żółtoskrzydły wspinał się na palce i wznosił ręce, a jego długie kręcone włosy wyglądały jak broda Mojżesza, którą pamiętałem dobrze z obrazka proboszcza Dudaka, kiedy na lekcji religii pokazywał nam przejście przez Morze Czerwone.

– Spadnie... Nie spadnie... Chyba spadnie... – szeptano na dole, ale następne inkantacje Żółtoskrzydłego zamknęły usta ciekawym.

– Wtedy ześlę strach na ludzi, tak iż chodzić będą jak ślepi! – jego ręka wskazywała teraz głowy stłoczone jedna obok drugiej. – Ich krew będzie rozbryzgana niby proch, a ich wnętrzności rozrzucone niby błoto! Ani was srebro, ani złoto nie będzie mogło wyratować w dniu gniewu Pana, bo ogień gniewu Jego pochłonie całą ziemię! Doprawdy, koniec straszny zagładę zgotuje wszystkim mieszkańcom ziemi!

Ostatnie „ziemi" brzmiało szczególnie przenikliwie. Ujrzałem, jak niektóre kobiety żegnają się ze strachem, a mężczyźni stoją z głowami zadartymi w górę, jakby zobaczyli na niebie kometę.

– Sprowadziłem też posuchę na kraj i na góry, na wszystko, co ziemia wydaje, na wszelką pracę rąk – głos stawał się coraz mocniejszy i brzmiał głośniej niż wszystkie trzy bretowskie dzwony razem. – Biada wam, mieszkańcy kraju nadmorskiego! Przetoż niebo zatrzymało swoją rosę nad wami, ziemia także zawarła się, aby nie wydawała urodzaju swego!

Bezradny kościelny rozkładał ręce niczym Poncjusz Piłat, aż wreszcie, gdy tylko opadła fraza zawodzącej melodii, rozwścieczony do białości zawołał, jak mógł najgłośniej:

– Ludzie! Chrześcijanie! Nie słuchajcie go! To antychryst żywy, heretyk, wariat! Wariat, mówię wam! To grzech śmiertelny słuchać takich rzeczy! Łapcie go lepiej, no, dalej, żywo!

Lecz nikt nie uczynił nawet pół kroku do przodu. Żółtoskrzydły tryumfował.

– Czy już czas dla was? – zwrócił się do ludzi jeszcze głośniej. – Czy już czas, abyście mieszkali w domach wykładanych kafelkami, podczas gdy dom Pana leży w gruzach?

Liczyliście na wiele, lecz oto jest mało, a gdy to przynieśliście do domu, zdmuchnąłem to. Dlaczego? Mówi Pan Zastępów: Z powodu mojego domu, który leży w gruzach, podczas gdy każdy z was gorliwie krząta się koło własnego domu!

Nagle od strony miasta usłyszeliśmy słabe wycie syreny, a w chwilę później na rębiechowskiej szosie zamajaczyły światła samochodu.

– Milicja jedzie! – wykrzyknął uradowany kościelny. – Otoczcie dom, żeby nie uciekł!

Ale i tym razem nikt nie rwał się do czynu. Żółtoskrzydły wyciągnął rękę w stronę zbliżających się świateł.

– Biada temu – podniósł głos jeszcze groźniej niż przed chwilą – kto gromadzi mnóstwo tego, co do niego nie należy! Serce się rozpłynie, kolano o kolano tłuc się będzie i boleść na wszystkich biodrach będzie, a oblicza wszystkich poczernieją.

Z samochodu wyskoczyło czterech milicjantów, uzbrojonych w pałki i pistolety. Dowódcą patrolu był ciemnowłosy porucznik.

– Rozejść się – rzucił krótko i energicznie. – Nie przeszkadzajcie teraz, obywatele!

Żółtoskrzydły, który w tym momencie miał jeszcze szansę na ucieczkę, zważywszy ciemności i doskonałą znajomość terenu, poczuł przypływ nowego ducha. Pochylając się wyraźnie w kierunku porucznika, wykrzyknął śpiewnie:

– Biada temu, który krwią buduje miasto i utwierdza je nieprawością! W dzień ofiary Pańskiej nawiedzę wszystkich, którzy się obłóczą w szaty cudzoziemskie! Biada krwawemu miastu! Wszystko w nim jest oszustwem, pełno w nim łupu, nie masz końca grabieży!

Milicjanci zbili się w ciasną grupkę wokół porucznika, a ten dawał im rozkazy. Dowódca podniósł głowę w kierunku dachu, skąd Żółtoskrzydły rzucał coraz sroższe przekleństwa, tym razem specjalnie na ludzi w mundurach:

– Twoje szczenięta pożre miecz! Położę kres twojemu łupiestwu w kraju, już nie będzie słychać głosu twoich posłów! Sprowadzę najgorsze z narodów, aby opanowały wasze domy, i położę kres waszej dumnej potędze! Gdy nadejdzie zgryzota, będziecie szukać pokoju, ale go nie będzie! Postąpię z wami według waszego postępowania i osądzę was zgodnie z waszymi prawami!

– Złaź stamtąd natychmiast! – przerwał mu ostry głos porucznika. – Złaź, bo będę zmuszony użyć siły!

– Twoi urzędnicy są jak szarańcza – odpowiedział mu zaśpiew Żółtoskrzydłego. – Nieuleczalna jest rana twoja, wszyscy, którzy o tobie usłyszą, klaskać będą w dłonie, bo kogóż ustawicznie nie omijało okrucieństwo twoje?! Ponieważ złupiłeś wiele narodów, więc i ciebie złupią wszystkie inne ludy z powodu przelanej krwi ludzkiej i gwałtu dokonanego na kraju!

Zobaczyliśmy, jak dwaj milicjanci zachodzą teraz dom od tyłu, a porucznik wyjmuje z kabury pistolet.

– Złaź! – powtórzył rozkaz. – Złaź, bo będę strzelał!

– I wyrzucę na cię obrzydliwości – zabrzmiała odpowiedź Żółtoskrzydłego. – Zelżę cię i uczynię widowiskiem, tak że ktokolwiek cię ujrzy, oddali się od ciebie! Pożre cię ogień, wytnie cię miecz, pożre cię jak szarańcza!

Ostatni wyraz, a właściwie ostatnia samogłoska, wybrzmiewająca długo i dźwięcznie, zbiegła się z hukiem wystrzału. Porucznik dał ognia w powietrze na postrach. Ludzie zgromadzeni w bramie sąsiedniego domu i w oknach odruchowo wtulili głowy w ramiona, a dwaj milicjanci, którzy zaszli Żółtoskrzydłego od tyłu, wskoczyli na gzyms i wspinali się szybko. Sekundy jego wolności zdawały się policzone. Jeszcze raz podniósł dłonie do nieba, jakby brał gwiazdy na świadków swojej niewinności, i krzycząc: „Panujący Pan jest siłą moją", ruszył na spotkanie milicjantów, którzy byli już na dachu. Ich białe pałki wzniesione do uderzenia groźnie odcinały się od czarnego tła nieba. Żółtoskrzydły jednak nie miał w sobie ducha Chrystusowego, bo zamiast poddać się ludziom w mundurach i przyjąć spokojnie spadające nań razy, zepchnął obu milicjantów z dachu jednym zdecydowanym uderzeniem łokci. Dźwięk spadających dachówek, krzyki milicjantów i nocny śpiew Żółtoskrzydłego zlały się teraz w jedno.

– Panujący Pan jest siłą moją! – powtórzył radośnie. – Który czyni nogi moje jako nogi łani i po miejscach wysokich prowadzi mię!

To mówiąc, Żółtoskrzydły zeskoczył z dachu na miękką ziemię ogródka i szybko umykał w stronę cmentarza. Poturbowani milicjanci ruszyli za nim.

– Stój! – krzyczał porucznik. – Stój, bo strzelam!

Lecz Żółtoskrzydły ani myślał się zatrzymywać. Powietrze rozdarł huk kolejnych wystrzałów, oddanych tak samo jak pierwszy – w górę, dla postrachu.

I na tym by się właściwie skończyło, gdyby nie to, że wariat i ścigający go milicjanci biegli prosto na nas. Uciekaliśmy co sił w nogach, lecz Żółtoskrzydły był szybszy, po chwili czuliśmy już jego oddech na karkach. Nie zapytał o nic i widząc, że uciekamy tak jak on, pokazał ręką, żeby się rozdzielić. Nie było to jednak możliwe. Od strony Bukowej Górki, z przeciwległego krańca cmentarza nadbiegały ku nam postacie w białych powłóczystych szatach. Do dzisiaj nie wiem, kto wezwał pielęgniarzy ze szpitala, a przede wszystkim dlaczego pojawili się oni z tamtej strony, odcinając odwrót nam i Żółtoskrzydłemu. Być może proboszcz brętowskiego kościoła po zawiadomieniu milicji zadzwonił jeszcze na wszelki wypadek do szpitala i teraz mieliśmy na karku milicję, wariata i ludzi w białych fartuchach, którzy pomiędzy nagrobkami wyglądali jak duchy. Poczułem się jak zwierzyna osaczona w pułapce i przemyśliwałem w strzępkach zdań, pośpiesznie i chaotycznie, jak też będziemy się z tego tłumaczyć. Czy wezmą nas do aresztu? A jeśli tak, to czy potraktują nas jako wspólników Żółtoskrzydłego? Obława zacieśniała pierścień i już wydawało się, że nic nas nie uratuje, gdy Piotr chwycił mnie za rękę.

– Krypta! Tam nas nie znajdą!

Oczywiście, to był doskonały pomysł. Skoczyliśmy, a za nami Żółtoskrzydły, w stronę nasypu, gdzie znajdowała się nasza kryjówka. Właz, jak zwykle, był trochę odsunięty i teraz mogliśmy wpełznąć do wnętrza bez hałasu.

Tak, tego wieczoru, a właściwie tej nocy nie wszystko jeszcze zostało spełnione. Moja pamięć po tylu latach każe mi wspomnieć, że kiedy już obława się skończyła i kiedy spiesznie opuściłem kryptę wraz z Szymkiem i Piotrem, pozostawiając tam Żółtoskrzydłego, i kiedy minąłem już Bukową Górkę i ulicę Kmiecą, która wiodła od lasu do naszej kamienicy, i kiedy zastukałem w drzwi naszego mieszkania – otworzył mi ojciec w piżamie, z pasem w ręku i bez słowa przełożył mnie przez kolano, a liczba razów, które spadły na moje pośladki, urosła do zgoła astronomicznych rozmiarów. Kiedy ojcu zmęczyła się ręka, robił przerwę i wzdychał:

– Nie biję cię za to, żeś nie był w domu, ale za to, że matka od czterech godzin oczy wypłakuje za tobą, smarkaczu!

I było to chyba najtkliwsze zdanie mego ojca do mnie, bo właśnie ono utkwiło mi w pamięci najlepiej. Ale wtedy myślałem, że to nieważne, tak samo jak razy, od których spuchł mi tyłek, bo przecież mieliśmy Weisera, a raczej on miał nas od tej nocy w garści, choć nie wiedziałem wówczas, jak krótko będzie to trwało. Dlaczego napisałem o Żółtoskrzydłym?

Dlaczego nie zakończyłem na zawaleniu się spróchniałej podłogi albo na robaczkach świętojańskich? Napisałem o tym wszystkim, jakby zachodził tu jakiś związek z Weiserem. Bo w istocie tak było. Następnego dnia, kiedy wyszło na jaw, że nie tylko ja mam czerwieniejące pręgi na siedzeniu i nie tylko mój ojciec okazał się tak czułym pedagogiem, następnego więc dnia, skoro tylko spotkaliśmy się we trójkę, Piotr zaproponował, aby udać się do krypty i sprawdzić, czy nie ma tam Żółtoskrzydłego, a Szymek dodał zaraz, że o wszystkim trzeba opowiedzieć Weiserowi, a nawet zapytać go, co sądzi o wariatach, o tym zaś w szczególności.

Dziwne, ale kiedy Weiser wychodził z bramy, nikt z nas nie podszedł do niego, zupełnie jakby wyznaczona przezeń godzina szósta była terminem audiencji nie do przekroczenia. Nie śledziliśmy też Elki, która za nim wybiegła. Wczorajsze wydarzenia zawiązały pomiędzy nami nici porozumienia, ale wiedzieliśmy, że jest to porozumienie jednostronne, i na swój sposób czuliśmy tę specyfikę. Ostatecznie, to Weiser raczył umówić się z nami, a nie na odwrót. I trzeba to było uszanować. Tak samo jak to, co widzieliśmy w nieczynnej cegielni. Postanowiliśmy trzymać język za zębami.

Kiedy tylko Elka znikła za ogłoszeniowym słupem, podszedł do nas Janek Lipski, ten sam, który był z nami w zoo i grał w słynnym meczu z wojskowymi, i zapytał:

– No co, wyśledziliście ich w końcu czy nie? – Janek był ostatnim spoza naszej trójki, który opuścił kryptę, gdy czekaliśmy na Weisera.

– Iii tam... – odpowiedział wymijająco Szymek. – Bo co?

Krótkotrwałe milczenie wypełnione było spojrzeniami pełnymi nieufności.

– No to co zobaczyliście?

– Nic takiego, nie warto było czekać – kłamał jak z nut Szymek. – Oni łowili ryby w gliniankach.

– Bujasz.

– Iii tam, to leć teraz za nimi, Tomaszu jeden, nam się już nie chce.

Ten argument przeważył. I nawet nie spostrzegliśmy, jak zawiązało się pomiędzy nami – przez to pierwsze kłamstwo – tajne porozumienie w sprawie Weisera. Na razie jednak mieliśmy co innego do roboty.

Żółtoskrzydły, którego zastaliśmy w krypcie, nie opuszczał kryjówki od wczoraj. Można się było tego domyślić, widząc, jak łapczywie zajadał kawałek rogalika podany mu przez Piotra. Bohater zeszłej nocy drżał na całym ciele ze strachu i nie mogliśmy pojąć, jakim sposobem ten niezwykły człowiek, który wygłaszał wspaniałe przemówienia i zrzucał milicjantów z dachu – jak ten człowiek zmienił się w ciągu niespełna dwunastu godzin. Gdy zobaczył nasze głowy pochylające się nad jego niespokojnym snem, zasłonił twarz, jakby spodziewał się uderzenia. Porozumiewał się z nami za pomocą krótkich sylab: „ee", „aa", „uhm", i gdyby nie jego wczorajszy występ i ten poprzedni, kiedy spotkaliśmy M-skiego z *Arnica montana*, gdyby nie tamte podniosłe, wyśpiewywane pełną piersią zdania, można by sądzić, że ten nieogolony mężczyzna w dziurawych drelichach jest niemym włóczęgą, szukającym w naszej krypcie chwilowego schronienia. Dzisiaj przypuszczam, na czym polegała jego tajemnica. Żółtoskrzydły potrafił głosić tylko tamte straszne wersety, grożące klęskami, krwią i mordem. To była jego choroba i wielkość jednocześnie.

Piotr zapytał go, czy chce zostać tutaj. Skinął głową. Szymek zaproponował dostarczenie jedzenia. Żółtoskrzydły uśmiechnął się, a z jego gardła zamiast odpowiedzi czy podziękowania wylał się nieartykułowany dźwięk, oznaczający aprobatę. Zadania zostały więc podzielone. Piotr miał zorganizować jedzenie. Szymek jakieś ubranie, a ja papierosy, gdyż Żółtoskrzydły gestem ręki pokazał, że bardzo tego potrzebuje. Ruszyliśmy przez Bukową Górkę do swoich domów, a właściwie do tego samego domu, tylko do różnych mieszkań, i nawet przez myśl nam nie przeszło, że to, co robimy, że cały ten proceder jest czymś niezgodnym z prawem. Czymś, co obraża tak zwane prawo i domaga się kary. Nie chcę powiedzieć, że prawu przeciwstawiliśmy Chrystusowego ducha, o którym tyle razy przypominał proboszcz Dudak. Tego powiedzieć nie mogę, gdyż nie byłoby to zgodne z prawdą. Muszę jednak wyjaśnić, że gdyby w tamtej chwili przyszła na nas minuta zastanowienia i gdybyśmy doszli do wniosku, że pomagamy nie tylko niebezpiecznemu wariatowi, ale też komuś, kto czynnie zaatakował milicjantów, to nawet wtedy Piotr zwędziłby ze spiżarni bochenek chleba, żółty ser i kawał słoniny, Szymek przyniósłby przenicowane spodnie i flanelową koszulę w kratę, a ja skombinowałbym papierosy „Grunwald", takie same, jakie palił mój ojciec i jakie kupowałem posyłany przez niego w sklepie Cyrsona, bo wtedy o kiosku „Ruchu" w naszej dzielnicy nikomu się jeszcze nie śniło.

Był więc chleb, słonina, żółty ser, przenicowane spodnie, flanelowa koszula w kratę i były papierosy „Grunwald". Był także promienny uśmiech Żółtoskrzydłego, kiedy powróciliśmy do krypty z pełnymi rękami. Jadł i palił na wyścigi. A gdy na koniec Piotr wyciągnął z płóciennego worka po jednej butelce oranżady dla nas i dwie dla Żółtoskrzydłego i gdy piliśmy ten nektar z bąbelkami, nasza znajomość z odmieńcem wydawała się ugruntowana. Pamiętam, że tylko w mojej butelce była czerwona oranżada, i pamiętam też, że nie zapytałem Piotra, skąd wziął pieniądze na taki wydatek. Ostatecznie pięć oranżad to było pięć złotych, a pięć złotych to nie taka mała suma. Nigdy jednak nie zapytałem Piotra, skąd wziął tyle gotówki, nigdy, ani kiedy chodziliśmy do tej samej szkoły, ani też później, gdy nasze drogi rozeszły się, ani nawet wtedy gdy przychodziłem na jego grób gawędzić o różnych rzeczach. Bo przecież jeżeli ktoś jest z tamtej strony, to nie wypada go nagabywać o takie sprawy. Piliśmy więc słodkawy, musujący płyn, rozcierając z lubością jego krople na podniebieniu, a Żółtoskrzydły mlaskał z zadowoleniem i uśmiechał się do nas, jakbyśmy byli jego najlepszymi przyjaciółmi.

Która to mogła być godzina? Która godzina na zegarze i która godzina śledztwa? Kiedy Piotr ślęczał jeszcze za drzwiami dyrektorskiego gabinetu, a ja przypominałem sobie smak orzeźwiającej oranżady, którą piliśmy w krypcie niczym ambrozję, wtedy właśnie zaczął bić zegar ścienny, obwieszczając, że wszystko przemija, jak czas odmierzany blaszanym mechanizmem. Byłem jednak zbyt spragniony, głodny i wystraszony, by patrzeć, którą godzinę pokazują wskazówki. Ostatecznie, nie to było ważne. Mrok panujący za oknami mówił, że jest już bardzo późno. Tak właśnie pomyślałem: jest już bardzo późno, a tamci trzej muszą być zmęczeni. I choćby nie wiem co mówili, niedługo zakończą śledztwo. Nawet jeśli nie osiągną celu, jeśli obraz wydarzeń, jaki usiłowali skonstruować, nie będzie wystarczający, nawet wtedy przełożą przesłuchanie na dzień następny. A jutro jest przecież niedziela, więc właściwie nie na dzień następny, tylko na poniedziałek. Jasne, że nie zamkną nas tutaj, tylko wypuszczą do domu, a wtedy... Wtedy porozumiemy się co do ostatniego szczegółu, ustalimy dokładnie, gdzie spaliliśmy strzęp czerwonej sukienki, który pozostał po Elce. I chociaż ani Elka, ani Weiser nie zostali rozszarpani niewypałem, uczynimy tak dla świętego spokoju. Wszyscy będą zadowoleni – dyrektor, człowiek w mundurze, M-ski, zadowolony będzie prokurator, a przede wszystkim Weiser, który na pewno śledzi nasze wybiegi z uznaniem.

Nagle pod przymkniętymi powiekami zobaczyłem, jak mruga na mnie trójkątne oko Boga, majaczące w chmurach.

Było to jak na obrazku, który pokazywał proboszcz Dudak. „Pamiętajcie", mówił, unosząc palec do góry, „ono o wszystkim wie i wszystko widzi, gdy okłamujecie rodziców, gdy zabieracie koledze ołówek albo gdy nie przeżegnacie się, przechodząc obok krzyża czy kapliczki. Niczego nie zapomina, o wszystkim pamięta, o każdym grzechu i szlachetnym postępku. A gdy wasze dusze staną przed Jego obliczem, przypomni wam to, co robiliście na ziemi". Tak, proboszcz Dudak miał niewątpliwie talent pedagogiczny, bo często, kiedy w drobnej sprawie okłamałem matkę albo zatrzymałem sobie resztę z zakupów, trójkątne oko nie dawało mi spokoju. A teraz przypomniałem sobie o jego istnieniu jeszcze mocniej, bo to nie było małe kłamstewko, to był cały system, cały gmach kłamstwa zbudowany przez nas na użytek... no właśnie, na czyj użytek? – nie byłem pewien i nie dawało mi to spokoju. Dla kogo było to kłamstwo? Dla tamtych, siedzących za drzwiami z pikowaną ceratą? Dla nas samych? Czy dla Weisera, który kazał nam przysiąc, że nigdy o niczym i nikomu nie powiemy? Ale jeśli tak było, jeśli to kłamstwo powstało przede wszystkim dla Weisera, to co z trójkątnym okiem, patrzącym na każdy gest i słuchającym każdego słowa z niebieskiej wysokości? Po czyjej stronie jest w takim razie Pan Bóg? – myślałem. Jeśli po naszej, a przede wszystkim Weisera, to powinien nas z tego rozgrzeszyć. A jeśli jednak po tamtej? Jeśli Weiser związał nas przysięgą podstępnie? I przeraziłem się nie na żarty, bo po raz pierwszy wydało mi się, że Weiser mógłby być siłą nieczystą, która omotawszy nas siecią pokus, wystawiła na próbę.

Zaraz też przypomniałem sobie, co proboszcz Dudak opowiadał o szatanie: „O tak, nie zawsze wygląda groźnie. Czasem kolega powie ci, żebyś nie szedł do kościoła, i jest to podszept szatana, który odwodzi cię od obowiązku, łudząc obrazem fałszywych przyjemności. Czasami, zamiast pomagać rodzicom, idziesz na plażę, bo jakiś głos podpowiedział ci, że to jest ciekawsze. Tak..." – proboszcz dramatycznie zawieszał głos jak w czasie kazania, „w ten sposób diabeł kusi nawet dzieci, ale pamiętajcie, moi mili, że nic nie ukryje się przed obliczem Boga, a kara za grzechy może być straszna. Popatrzcie tylko", proboszcz zaczynał prawie krzyczeć, wyciągając następny obrazek, „jakie męki spotkać mogą grzeszników, którzy nie posłuchali głosu sprawiedliwości, którzy nie opamiętali się na czas! Popatrzcie tylko, jak będą cierpieć, i to nie przez sto, dwieście czy pięćset lat, ale przez całą wieczność!". I przed naszymi oczami ukazywał się stworzony ręką artysty obraz piekielnych czeluści, do których kosmate diabły wrzucały nagich potępieńców. Ich ciała, spadające w dół, poskręcane, kłute widłami, szarpane szponami, lizane były płomieniami ognia, który dochodził tutaj z samego dna piekieł. Gdy proboszcz schował reprodukcję, nie mieliśmy wątpliwości, że piekło wygląda tak naprawdę.

Dlatego siedząc obok Szymka na składanym krześle, wciąż nie byłem pewien, czy nasze kłamstwa nie zostaną nam wypomniane przez trójkątne oko, kiedy staniemy przed nim sam na sam i kiedy niczego już nie będzie można ukryć, tak jak przed M-skim lub człowiekiem w mundurze.

Dzisiaj wiem, że rozmyślania te miały wszelkie znamiona załamania, i od tej chwili śledztwo stało się dla mnie jeszcze większą udręką. Zastanawiałem się, czy nie wyjawić wydarzeń ostatniego dnia nad Strzyżą. Cóż z tego, że nie uwierzyliby, cóż stąd – myślałem – że nie daliby wiary? Ostatecznie była to sprawa Weisera i Elki, nikogo więcej. A prawda zostałaby ocalona, prawda, której i tak nikt nie chciałby przyjąć. Nie musiałem przecież wyjawiać wszystkich tajemnic Weisera, do których zostaliśmy dopuszczeni. Wystarczyło opowiedzieć po kolei, minuta po minucie, co robili Weiser i Elka, kiedy staliśmy w wodzie po kostki, w pełnym słońcu, i kiedy Weiser powiedział, żebyśmy teraz na nich poczekali. A może miał on na myśli jakieś inne czekanie, zupełnie różne od tego, gdy czeka się na przyjazd pociągu albo otwarcie sklepu lub rozpoczęcie wakacji? Tego wiedzieć nie mogłem.

Z gabinetu, mimo zamkniętych drzwi, doszedł nas krzyk M-skiego, a w chwilę później Piotra. Musieli zastosować wobec niego coś ekstra, może wyciskanie słonia połączone ze skubaniem gęsi, a może zrobili mu coś zupełnie innego, czego nawet nie można się było spodziewać? Szymek poruszył się na krześle, a ja poczułem, jak noga cierpnie mi jeszcze bardziej. Nie wiem dlaczego, przypomniałem sobie tę samą pieśń, którą śpiewaliśmy tego roku na Boże Ciało, postępując za proboszczem Dudakiem i monstrancją: „Witaj Je-e-zu, Sy-nu Ma-ry-i, Tyś jest Bóg praw-dzi-wy w Świę-tej Hos-ty-iii”. I nawet nie jej słowa, do których nie przywiązywałem wówczas szczególnej wagi, tylko melodia, powolna i dostojna, ciągnąca się wąską strużką pamięci niczym smuga kadzidlanego dymu, ta nostalgiczna melodia podziałała na mnie kojąco.

Co było dalej?

Do godziny szóstej mieliśmy jeszcze mnóstwo czasu. Żółtoskrzydły został zaopatrzony, a towarzystwo nie było mu potrzebne. Z nudów rodziły się w naszych głowach najdziwniejsze pomysły, wszystkie oczywiście dotyczące Weisera. Co nam pokaże? A może – co z nami zrobi? Może nauczy nas latać, a może zmieni motyla w żabę albo na odwrót? A gdyby tak zapytać go, po co tańczył w piwnicy nieczynnej cegielni? Piotr zgodził się, że byłoby to ciekawe, ale czy nie lepiej poprosić go o jeszcze jeden zardzewiały schmeiser? Jeśli zna cały las aż do Oliwy albo i dalej, niejedno mógł wygrzebać w poniemieckich okopach. A może Weiser zechce rozegrać z nami prawdziwą grę wojenną? Po co przypatrywałby się naszym zabawom – wtedy, na brętowskim cmentarzu?

Już po obiedzie, siedząc na spróchniałej ławce pomiędzy sznurami z bielizną, przypominaliśmy sobie każdy jego gest i każde słowo. Dlaczego nie chodził z nami na religię? Po co mu Elka? Kto go nauczył poskramiania zwierząt?

Nasze rozważania przerwała na chwilę pani Korotkowa, która przez okno wyrzucała jak popadnie rzeczy swojego męża.

– Draniu jeden, pijaku! – krzyczała. – Wynoś mi się zaraz i nie wracaj więcej! Żeby cię oczy moje nie widziały, żeby cię uszy moje nie słyszały!

Na ziemi wylądowała już koszula, para spodni, buty, gdy nagle z klatki schodowej wyszedł pan Korotek. Chwiejnym krokiem zbliżył się do kupki swoich rzeczy i jak gdyby nic zaczął się ubierać – gniew żony wyrzucił go z mieszkania w samych spodenkach i boso.

– Hej! – krzyknął w górę. – A skarpetki to pies?

Pani Korotkowa nie znała litości, bo zatrzasnęła okno, a my patrzyliśmy, jak pan Korotek, siedząc teraz na ziemi, wkłada buty na bose stopy i jak prawa noga myli mu się z lewym butem i odwrotnie. Wreszcie, gdy dopasował już obuwie, opuścił podwórko marynarskim krokiem, śpiewając wcale nieźle: „*Adieu*, moja droga kochanko, *adieu*, moja droga Mulatko!”. Pani Korotkowa nie była jednak Mulatką i widocznie jej mąż śpiewał tak sobie, dla podniesienia na duchu.

Dobrze, ale gdzie Weiser nauczył się grać w piłkę, i to aż tak? Nasza rozmowa biegła tym samym tropem. Skoro w meczu z wojskowymi pokazał taką klasę, to czemu nigdy wcześniej nie widzieliśmy w nim piłkarza, dlaczego stał zawsze na uboczu, gdy nauczyciel WF-u dzielił klasę na dwie drużyny i kazał nam grać? Jaki miał cel w ukrywaniu swoich umiejętności? A na dodatek, czy potrafił coś jeszcze, coś, o czym nawet nie mogliśmy mieć pojęcia? Takie pytania wywoływały ciarki, ale tym chętniej je zadawaliśmy.

Nad dachem kamienicy jaskółki śmigały z charakterystycznym dźwiękiem, ni to piskiem, ni to gwizdem, niebo jak przez wszystkie dni tego lata przypominało spłowiały szmat błękitu, pan Korotek zdążył już wrócić z baru „Liliput” pijany do granic możliwości ludzkich, a my nadal ciągnęliśmy rozmowę, w której tryb warunkowy i znak zapytania stanowiły element główny. Za kilka dni lipiec dobiegał końca i mijała połowa wakacji, jednakże ani to, ani zupa rybna w zatoce, ani nawet ekscesy pana Korotka nie mogły odwrócić naszej uwagi od sprawy zasadniczej.

Punktualnie o szóstej byliśmy na skraju lasu, tam gdzie kiedyś zaczynały się składy zrujnowanej cegielni. Jej budynek, który w nocy przypominał stare zamczysko, teraz wyglądał niewinnie, niczym rudera, jakich pełno było na przedmieściach Wrzeszcza i Oliwy. Do wejścia podchodziło się przez zarośnięty perzem, lebiodą i trawami plac, na którym od lat nie położono żadnej cegły. Wewnątrz panował miły chłód, ale ku naszemu zaskoczeniu nie było tam nikogo. Sterty przerdzewiałego żelastwa, powywracane wagoniki i rozebrany w trzech czwartych piec – to wszystko. Na podłodze walały się puszki po farbie, strzępy worków i kawałki tektury, przegniłej i cuchnącej pleśnią. Minęło pięć minut, długich jak pięć godzin, w czasie których Piotr kopał puszki, Szymek zaglądał do pieca, a ja usiłowałem przesunąć jeden z wagoników. Zaczynałem wątpić, czy spotka nas tu cokolwiek ciekawego, gdy w wejściu, za naszymi plecami usłyszałem głos Weisera: – Pierwszy warunek spełniliście, jesteście sami. Dobrze. A teraz drugi. Chodźcie za mną.

Bez słowa ruszyliśmy w dół, tymi samymi schodami, które zawaliły się razem z drewnianą podłogą wczorajszej nocy. Ale śladów katastrofy próżno byłoby szukać, wszystko było w porządku – klapa, schody i podłoga zostały naprawione. Ani jedna deska nie wyróżniała się świeżymi śladami hebla, ani jeden stopień nie został wprawiony z nowej belki. Stanęliśmy na klepisku piwnicy.

– Musicie złożyć przyrzeczenie. Czy jesteście gotowi?

Oczywiście, nie byliśmy gotowi, ale czy Weiserowi można się było sprzeciwić?

– A na co będziemy przysięgać? – zapytał Szymek. – Bo jak na krucyfiks, to musi być naprawdę ważna sprawa.

– Sądzisz, że nie jest ważna? – odparł Weiser i po jego pytaniu zapanowało nieznośne milczenie, bo przecież skoro nie wiedzieliśmy, co trzyma w zanadrzu, byliśmy zaszachowani.

– Więc na co będziemy przysięgać? – powtórzył Szymek.

– Dlaczego pytać „na co", nie lepiej spytać „po co"? – zagadnął Weiser.

– No, wiadomo – przerwał Piotr – żeby nie zdradzić tajemnicy. Przysięga się zawsze po to.

– Dobrze – odpowiedział Weiser – żeby nie zdradzić tajemnicy. No, to powiedzcie, czy wierzycie w życie pozagrobowe?

Staliśmy stropieni. Nikt jeszcze nie zapytał nas o coś takiego wprost. Oczywistość, kiedy przygwoździ się ją takim pytaniem, stać się może wątpliwa nawet dla doświadczonego człowieka, a cóż dopiero dla nas, wtedy, w piwnicy nieczynnej cegielni, gdy nasze oczekiwanie było niczym gorączka paląca serce i wyobraźnię.

– Właściwie to tak – odpowiedziałem za wszystkich. – Dlaczego mielibyśmy nie wierzyć?

– No dobrze – rzekł Weiser – to przysięgnijcie na życie pozagrobowe, że niczego, co wam pokażę tu albo gdzie indziej, nie wyjawicie nikomu i tylko to, o czym powiem, będziecie mogli opowiedzieć, gdyby was pytano. A gdybyście wyjawili, umrzecie bez przyszłego życia, to będzie kara za zdradzenie tajemnicy. Zrozumieliście?

Pokiwaliśmy głowami w skupieniu. Weiser kazał nam położyć prawe dłonie na swojej lewej ręce i gdyśmy to uczynili, każdemu z osobna polecił powiedzieć: „Przysięgam!".

Wtedy podszedł do jednej ze ścian i pchnął ją lekko, a naszym oczom ukazało się wąskie przejście, wiodące do obszernego pomieszczenia. Była to długa sala, powstała z połączenia trzech albo czterech komór piwnicznych, w których usunięto ściany działowe. Ich resztki zaznaczały się wystającymi ułamkami cegieł i kamieni. Zaraz obok wejścia, po lewej stronie, stały dwie skrzynie, obok których zobaczyliśmy Elkę. Pomieszczenie oświetlały dwie mocne żarówki, zwisające z sufitu wprost na izolowanych kablach. Wtedy nie zwróciłem na to najmniejszej uwagi, ale dziś przekonany jestem, że Weiser musiał podłączyć całą instalację sam, ciągnąc przewód od drogi do Matemblewa, co wymagało nie lada sprytu i umiejętności. Któż jednak zwracałby uwagę na takie błahostki, kiedy Elka otworzyła pierwszą skrzynię i zobaczyliśmy w jej wnętrzu prawdziwą broń. Tak, to była najprawdziwsza w świecie broń: trzy niemieckie schmeisery, rosyjska pepesza, dwa pistolety parabellum i dwa nagany, jakich używali radzieccy oficerowie obok częściej spotykanych pistoletów TT. Szymek gwizdnął z podziwem, a Piotr wziął do ręki parabellum, próbując wyjąć magazynek.

– Nie tak – Elka zabrała mu pistolet. – Tak – pokazała. – A tak się wkłada i odbezpiecza.

Staliśmy jak małe dzieci przed wystawą sklepu z zabawkami i chociaż byliśmy już dziećmi trochę większymi, to nasz podziw i pragnienie, żeby dotknąć tego wszystkiego własnymi rękami, były tak samo niecierpliwe i łakome. Gdy więc dotykaliśmy tych wszystkich cudowności, podziwiając wypolerowane lufy, lśniące oliwkowym blaskiem kolby, sprawdzając spusty i iglice, gdy utonęliśmy w tych czynnościach zupełnie, Weiser wydobył z drugiej skrzyni pudełka z amunicją, a z prawego kąta, na który nie zwróciliśmy do tej pory uwagi, przytargał tekturowe makiety.

Elka wskazała na mnie palcem:

– Będziesz strzelał pierwszy, zostawcie jedno parabellum, a resztę zawińcie w szmaty i włóżcie do skrzyni.

Wykonaliśmy rozkaz bez szemrania. Załadowała pistolet i kazała wszystkim stanąć za moimi plecami. Gdy Weiser wrócił od przeciwległej ściany, gdzie ustawił makietę, wręczyła mi odbezpieczone parabellum.

– Możesz strzelać – powiedziała i zabrzmiało to jak kolejny rozkaz.

Gdyby nie wszystkie filmy wojenne obejrzane w kinie „Tramwajarz", nie wiedziałbym, jaką przybrać postawę, co zrobić z lewą ręką i jak patrzeć przez szczerbinkę na wierzchołek muszki. Wiedziałem to wszystko, przynajmniej teoretycznie, i chciałem wykonać jak najlepiej, ale gdy skierowałem lufę w kierunku makiety, ręka i nogi zaczęły mi drżeć ze strachu, a na karku i skroniach poczułem krople potu. Na wszystkich filmach bowiem cel był jasno określony: konspirator strzelał do agenta gestapo, esesman do Żyda, partyzant do żandarma, żołnierz radziecki do niemieckiego i odwrotnie. A tu zobaczyłem coś, czego nie potrafiłem określić, coś, co przeraziło mnie nie na żarty, zupełnie jakbym miał strzelać do żywego człowieka. Makieta, którą ujrzałem przez szczerbinkę, przedstawiała popiersie M-skiego namalowane farbami wodnymi. Ale nie był to zwyczajny M-ski, to znaczy taki, jakim widzieliśmy go w szkole, na manifestacjach albo na jednej z polan oliwskiego lasu. Tekturowy M-ski miał domalowane wielkie sumiaste wąsy, a wyraziste łuki brwiowe i osadzenie oczu nie pozwalały żywić wątpliwości, do kogo miał być podobny. Tak, chociaż od pewnego czasu wielkie jak prześcieradła portrety zniknęły z ulic i wystaw naszego miasta, poczułem lęk i przerażenie. Na dodatek, jakby tego było mało, mężczyzna, do którego miałem strzelać, nosił czapkę oficera Wehrmachtu. Ten pomysł mógł przyjść do głowy jedynie Weiserowi.

– Strzelasz czy nie? – słowa Elki zabrzmiały jak szyderstwo.

Strzeliłem więc – raz, drugi, trzeci, czwarty – aż do wyczerpania magazynku i wszystkie kule trafiły w ścianę powyżej albo obok makiety. Jedna tylko, ostatnia, wywierciła dziurę dokładnie w miejscu, gdzie na czapce z wysokim denkiem widniał niemiecki orzeł ze swastyką.

– Gapa, gapa trafiona! – krzyczał Piotr, a Weiser, jakby z niedowierzaniem, podszedł do M-skiego i wsadził palec w dziurę po pocisku.

– Trafiłeś w samo kółko, orzeł jest nieruszony – powiedział, wracając do nas, gdy ja rozprostowywałem palce zaciskane przy kolejnych szarpnięciach kolby.

Parabellum, jak zresztą każdy prawdziwy pistolet, było za ciężkie dla naszych chłopięcych dłoni, toteż strzały Piotra i Szymka nie były wiele lepsze od moich. Pierwszy trafił tylko dwa razy w czoło, drugi odstrzelił kawałek lewego wąsa i pocałował M-skiego w prawy policzek.

Czy muszę dodawać, że dopiero Weiser pokazał klasę? Nie wiem, ile musiał ćwiczyć, tu albo gdzieś w lesie, nie wiem, ile łusek upadło na ziemię, zanim doszedł do takiej perfekcji. Weiser oddał sześć strzałów, jeden po drugim i ujrzeliśmy na twarzy M-skiego dwa równoboczne trójkąty, zwrócone ku sobie tak, że tworzyły rodzaj gwiazdy.

Elka zmieniła makietę. Tym razem był to również M-ski, ale w mundurze amerykańskiego generała z II wojny. Jeden tylko detal odpowiadał poprzedniej gapie z czapki. Pod kołnierzykiem koszuli, w miejscu gdzie każdy żołnierz nosi zawiązany krawat, M-ski-Amerykanin miał zawieszony żelazny krzyż, taki sam, jaki widzieliśmy na wielu filmach wojennych. Strzelaliśmy kolejno i znów nie najlepiej, a Weiser jak poprzednio zdystansował nas swoimi trafieniami. Tym razem wystrzelał na twarzy makiety dwie litery – US, oddzielone nosem M-skiego.

Kiedy wyławiam z pamięci tamten wieczór, czując na podniebieniu smak ceglanego pyłu i mając w uszach huk wystrzałów, kiedy słyszę plask upadających na klepisko łusek, nie wiem doprawdy, jaka była polityczna orientacja Weisera. Czy zresztą w ogóle interesował się polityką? Nic poza makietami na to nie wskazuje. Bo cóż może łączyć M-skiego, Stalina i generała Eisenhowera? Nie ma w tym żadnej konsekwencji. I najprawdopodobniej nigdy jej nie było. Poza gapą i żelaznym krzyżem oczywiście.

Ale to nie wszystko. Gdy Elka usunęła makietę, Weiser wyciągnął ze skrzyni na amunicję klaser. Tak, najprawdziwszy klaser, w sztywnych okładkach, z tekturowymi stronami, po których niczym smugi światła biegły paski celofanowych ochraniaczy. Każdy, kto jak Piotr był w tamtych latach zbieraczem znaczków, na widok takiego skarbu szerzej otwierał oczy. Wewnątrz, na wszystkich niemal stronach leżały poukładane w równe rzędy znaczki Generalgouvernement dwojakiego rodzaju: jedne przedstawiały Hitlera, drugie – dziedziniec wawelskiego zamku, gdzie w latach okupacji rezydował Hans Frank. Znaczki były bez stempli i Weiser ułożył je według kolorów – najpierw szły czerwonobrunatne, dalej zgniłozielone, następnie zielone i na końcu kolekcji stalowoniebieskie. Tych z Hitlerem było zdecydowanie więcej, prawie ze wszystkich stron, równymi szeregami jak na paradzie, patrzyła na nas ponura twarz z wąsem.

– Ale Adolfów! – wyszeptał Piotr. – W sklepie za sztukę dają dwa złote!

W istocie, znaczki te skupował sklep filatelistyczny na Starym Mieście, a w języku zbieraczy nazywało się je zwyczajnie Adolfami.

Tyle tylko że kolekcja Weisera nie była zwyczajną kolekcją znaczków, bo kiedy już obejrzeliśmy cały zbiór, Weiser wydobył pięć czerwonobrunatnych podobizn kanclerza, zamknął klaser i podszedł ze znaczkami do przeciwległej ściany, gdzie przykleił je do cegieł, śliniąc uprzednio każdą sztukę.

– Dobra robota – powiedziała Elka, gdy Weiser zbliżał się z powrotem. – Klej trzyma jak nowy!

On tymczasem sprawdził magazynek i stanął w rozkroku, zupełnie jak na zawodach. Do każdego strzału nie składał się dłużej niż trzy sekundy, razem więc cała operacja trwała nie więcej niż dwadzieścia sekund, licząc po jednym strzale na podobiznę. Pamiętam, że kiedy podeszliśmy do ściany, trzeba było nie lada wysiłku, by odnaleźć miejsca, w których przyklejony został kanclerz III Rzeszy. Kula trafiająca w znaczek rozszarpywała go w całości i tylko w niektórych punktach widać było pojedynczy ząbek albo kawałek kolorowego papieru, nie większy od zapałczanego łebka. Z pięciu Adolfów nie pozostał żaden.

– On mógłby już teraz występować na olimpiadzie – powiedziała z dumą Elka.

Weiser złożył parabellum do skrzyni i kazał nam wracać do domu.

– Za kilka dni dam wam znać i przyjdziecie tutaj, a na razie macie to – wręczył Szymkowi jakąś książeczkę – i to – podał mi inne parabellum.

Jeszcze przed wejściem do lasu obejrzeliśmy książeczkę i pistolet. Druk był przedwojenną instrukcją strzelecką dla broni krótkiej, a parabellum nie miało magazynka i pozbawione było iglicy. Tak, Weiser nie powiedział: „Nauczcie się strzelać i róbcie to tak, żeby nikt nie widział". Odebrał od nas przysięgę, dał instrukcję i rozbrojony pistolet. Kto zachowuje się w ten sposób? Nie mogłem tego wiedzieć w sekretariacie szkoły, dzisiaj natomiast myślę, że maskował w ten sposób swoją prawdziwą działalność. Bo tamtego dnia, gdy zobaczyliśmy, jak tańczy przy dźwiękach fletni Pana i jak unosi się w powietrze, gdy byliśmy świadkami jego transu – wtedy nie spodziewał się nas, nie chciał mieć żadnych świadków oprócz Elki. Co miał zrobić w tej sytuacji? Dał nam do ręki zabawkę, a potem następne zabawki i od czasu do czasu sprawdzał, jak potrafimy nakręcać ich mechanizmy.

Ale snułem przecież przypuszczenie, że przez cały czas czyhał na naszą obecność, więc jak właściwie miało być inaczej? Być może jednak nie spodziewał się, że tak prędko go wyśledzimy, może miało to nastąpić później, w całkiem innych okolicznościach? W taki sposób zatem rozbroił naszą ciekawość i skierował ją na całkiem inne tory. Faktycznie, nigdy nie zapytaliśmy go, ani tym bardziej Elki, o tamtą noc i szaleńczy taniec. Nie przyszło nam do głowy, że dając nam pistolet, pokazując swoją strzelnicę, odsuwa nas od najważniejszego. Bo czym wobec mówienia cudzym głosem w niezrozumiałym języku, czym wobec lewitacji były jego strzeleckie popisy? Tak, mogliśmy odtąd uważać Weisera za swojego dowódcę, mogliśmy myśleć, że będziemy jego partyzantami, mogliśmy nawet przypuszczać, że wszystko to skończy się powstaniem, lecz nie musieliśmy zastanawiać się, dlaczego człowiek może lewitować pół metra nad ziemią. Weiser – jeśli można użyć w tym miejscu porównania – wprowadził nas do przedsionka swojego sanktuarium i zasłonę pokazał jako ścianę końcową.

Tylko, co chciał nam przekazać albo o czym przekonać – nas, nieświadomych niczego? Nie był to temat na rozmowę z Szymkiem ani z Elką, pozostawał więc Piotr, z którym nie mówiliśmy nigdy o Weiserze. Dopiero dwa lata temu, a dokładniej dwa lata i jeden miesiąc (bo teraz, kiedy to piszę, dobiega końca październik), a więc dwadzieścia pięć miesięcy temu zdecydowałem się na tę rozmowę. Zawsze kiedy przychodzę do Piotra, siadam na skraju płyty i chwilę trwam w milczeniu. Każdy z nas przyzwyczaja się wtedy do obecności drugiego. Tak samo tego wrześniowego popołudnia – najpierw zgarnąłem z cementu liście, piasek i sosnowe igły i dopiero po chwili zagadnąłem:

– Jesteś tam?

– Tak, czy to już dzień Wszystkich Świętych?

– Nie.

– Czemu przyszedłeś? Nie mówisz nic?

– Szymka aresztowali!

– Co się stało?

– Drukował ulotki i siedzi... Dlaczego nic nie odpowiadasz? Nie obchodzi cię to?

– Jak ktoś zajmuje się polityką, musi brać pod uwagę takie sytuacje.

– Mówisz, Piotrze, jak ktoś obcy.

– Bo jestem obcy.

– Mówisz, jakby cię nic nie wzruszało.

– Tutaj niewiele może wzruszać.

– Nie wierzę.

– Sam się kiedyś przekonasz.

– Nie strasz mnie.

– Wcale nie straszę, to są oczywiste rzeczy.

– Dla mnie nie takie oczywiste.

Milczeliśmy. Nad cmentarzem, bardzo wysoko buczał samolot, gdzieś z oddali dobiegały nas dźwięki pogrzebowej pieśni, a wiatr niósł pomiędzy rzędami kamiennych nagrobków wyschnięte trawy i liście.

– Dlaczego milczymy, Piotrze?

– Może dlatego, że nie przyszedłeś wcale powiedzieć mi o Szymku.

– Zgadłeś. Nie tylko o nim.

– Więc co?

– Muszę zapytać o Weisera!

– Musisz, czemu?

– Nie daje mi spokoju, od kilku lat coraz bardziej. Do czego byliśmy mu potrzebni? Po co wciągał nas w swoje sprawy? Czy tylko po to, żeby zostawić kilka niedorzecznych przypuszczeń i pytań? Żeby nam zabić ćwieka na dobrych parę lat? Dlaczego nie odpowiadasz, Piotrze? Dlaczego udajesz teraz, że cię nie ma?

– Miałeś przychodzić tylko raz do roku i nie zadawać żadnych pytań, czyżbyś zapomniał?

– Nie zapomniałem, Piotrze, ale dla mnie...

– Nie ma wyjątków, a teraz już idź, jestem zmęczony.

Tak. Dwadzieścia pięć miesięcy temu usłyszałem od Piotra: „A teraz już idź, jestem zmęczony". I była to ostatnia rozmowa na temat Weisera, jaką prowadziłem lub raczej usiłowałem prowadzić. Później zacząłem pisać, gdyż nie było innego sposobu, aby to wszystko wyjaśnić.

Mieliśmy zatem instrukcję, parabellum bez magazynka oraz iglicy, a także wiele dobrych chęci i jeszcze lepszych domysłów. Weiser przestał być cudotwórcą. Z lekkomyślnością i swobodą typową dla młodego wieku nasze myśli o nim przesunęły się bardziej w kierunku Robin Hooda czy majora Hubala niż w stronę chaldejskiego maga lub jarmarcznego sztukmistrza. I nie było na to rady.

Ćwiczenia jednak zostały opóźnione. Następnego dnia rozpoczynał się bowiem tydzień modlitw w intencji rolników – tak nazywały się nabożeństwa o przywrócenie ładu w naturze, czyli o deszcz. Najpierw we wszystkich domach matki pilnowały mycia i ubrania swoich dzieci. Później mężowie zakładali białe koszule, a niektórzy, nie bacząc na upał, wiązali jeszcze krawaty i przywdziewali czarne odświętne garnitury. Na koniec, skropieni wodą kolońską, która przy trzydziestu dwóch stopniach i tak nie zabijała zapachu potu, wyprowadzili swoje rodziny na ulicę i pieszo albo tramwajem zmierzali w kierunku oliwskiej katedry. Obecność na pierwszym, uroczystym nabożeństwie zapowiedział biskup i wszyscy byli ciekawi, w jakich słowach zwróci się do umęczonego ludu. Następne nabożeństwa miały się odbywać w poszczególnych parafiach, codziennie o godzinie osiemnastej. Tyle dowiedziałem się od matki, przejętej tym od samego rana. Nie pozwoliła mi nawet oddalać się dłużej niż na pół godziny, pewnie w obawie, żebym się gdzieś nie zapodział.

Zanim weszliśmy do katedry, usłyszałem suplikacje śpiewane tysiącem głosów. A później, gdy byłem już w jej wnętrzu, długim i wąskim jak łódź wikingów, śpiewy, modlitwy, huk organów, zapach ludzkiego potu, wody kolońskiej i wypalonego kadzidła zmieszały się w jedno potężne błaganie o deszcz i odwrócenie nieurodzaju na polach i w zatoce. Delegacja rolników i rybaków klęczała w pierwszym rzędzie. Wszystkie oczy zwrócone były na nich, jakby to ich modlitwy miały największą moc.

– W czasach pogańskich – mówił biskup tonący gdzieś daleko w złotych girlandach ambony – gdy przychodziła susza, nasi przodkowie składali krwawą ofiarę w celu przebłagania swoich bóstw i wyproszenia deszczu! Ale my, na których Bóg przelał swą miłość i łaskę w osobie Maryi i Jej Syna, my, którzy wyznajemy Ewangelię, wolni jesteśmy od zabobonu i fałszywej wiary. Chrystus, który za nas przelał krew, złożył ofiarę największą i ostateczną, ten Chrystus wysłucha naszych pokornych próśb w intencji rolników, rybaków i nas wszystkich!

Zahuczały organy. „Święty Boże, święty, mocny, święty a nieśmiertelny, zmiłuj się nad nami" – wyrwało się z tysięcy gardeł. Śpiewali wszyscy i jestem pewien, że biskupi, prałaci i wielmoże z wielkich portretów, wiszących na ścianach, śpiewali razem z nami.

– Umiłowani w Chrystusie Panu – ciągnął biskup – grzech często sprowadza nas na złą drogę i odwodzi od Boga. A wtedy Bóg doświadcza nas, abyśmy opamiętali się, powrócili na drogę cnoty i łaski, abyśmy odrzucili fałszywych proroków i wszelkie pokusy!

„Od głodu, wojny i niespodziewanej śmierci wybaw nas, Panie" – zabrzmiało pod wysokimi jak niebo sklepieniami.

– Teraz – mówił biskup – zastanówmy się wspólnie, ile zła, grzechu i nieprawości gościło w naszych sercach i jak bardzo rozgniewało to Pana, który nas doświadcza! Ilu z was stało się wyznawcami mamony, rozpusty, fałszywych bożków, ilu z was w swej zatwardziałości i głupocie odrzuciło wiarę i Boga dla łatwiejszego – jak mniemali zapewne – życia? Ilu z was, pytam?!

W katedrze zaległa głucha cisza. Opuszczone głowy pokornie przyjmowały gorzkie słowa pasterza.

– Odpowiem. Wielu z was, moi mili, wielu z was zgrzeszyło przeciw przykazaniom Pańskim, wielu z was na złą zeszło drogę! Dlatego prośmy, ze skruchą w sercach, czyniąc pokutę, prośmy Maryję, aby wyjednała nam przebaczenie u Syna i Ojca, prośmy o zesłanie obfitych łask niebieskich, których, jeśli nie zabraknie, i ziemskich braknąć nie będzie, amen.

Po słowach pasterza jeszcze mocniej, ze zdwojoną siłą zabrzmiały organy, a świątynia wypełniła się po brzegi błagalnym: „Słuchaj, Je-zu, jak cię bła-ga lud! Słu-chaj, słu-chaj, u-czyń z nami cud!". Ludzie ukradkiem ocierali łzy, a ja patrzyłem do tyłu, gdzie stały anioły z krzywymi jak szable trąbami, gdzie obracały się wielkie gwiazdy, gdzie pucołowate jak amorki twarze dęły w piszczałki, dmuchały w dmuchawy, dzwoniły w dzwonki, uderzały w trójkąty i blachy, gdzie wszystko to złote, srebrne, marmurowe i drewniane brzmiało, ruszało się i grało na chwałę wieczną.

Wieczorem nad miastem przeciągnęła burza, pierwsza tego lata, i wszyscy ludzie upatrywali w tym znaku Bożego, jak też szczególnej świętości Jego Ekscelencji biskupa. „Gdyby nie on", mówiono, „nie spadłaby ani kropla deszczu". Ale ulewa nie trwała nawet pół godziny i zaraz po niej niebo wypogodziło się, i znów wszystko było jak poprzednio: cuchnąca zupa rybna w zatoce, duchota w powietrzu, a susza w ziemi.

Następnego dnia rano stałem w sklepie Cyrsona, dokąd matka posłała mnie po kartofle, i słuchałem, co mówią kobiety z kolejki.

– Tak, tak, moja złota – dowodziła jedna – gdyby tak wszyscy przystąpili do sakramentów, padałoby przez trzy dni i noce.

– A bo to można ludziom wierzyć? – zaperzyła się druga. – Do kościoła jeden z drugim chodzi, niby to nawet modli się do Najświętszej Panienki, a w domu i w pracy o wszystkim zapomina. Po wypłacie upije się jak świnia, a gdy sekretarz zapyta o przekonania, zaraz odpowie, że tylko w Marksa wierzy, bo to niby dla robotników pewniejsza wiara niż Ewangelia!

– I to ma być katolik? – wtrąciła się trzecia kobieta. – Gdybym z takim znalazła się w niebie... Niedoczekanie!

– Zobaczycie, że podrożeje mąka, jajka i kartofle – dowodziła pierwsza. – Na taką suszę nic nie poradzi!

– Jeszcze z tego wojna będzie – przestraszyła się druga. – Jak ceny idą w górę, to na pewno będzie wojna.

A ja nie słuchałem już dalej tych wynurzeń, bo pomyślałem zaraz, że w katedrze zamiast biskupa w złotych girlandach ambony powinien stać Żółtoskrzydły i że lepiej by było, gdyby wierni zamiast słów nadziei i miłości wysłuchali strasznych przepowiedni szaleńca. Gdyby biskup, jak Żółtoskrzydły, rozpostarł przed zgromadzonymi groźny obraz zniszczenia i gniewu Pańskiego, gdyby jak on mówił o krwi, trupach i karze za niewierność – myślałem – na pewno więcej ludzi padłoby na kolana i bijąc się w piersi, wyznałoby: „moja wina, moja wina, moja bardzo wielka wina!". Tylko w czyim imieniu mówił biskup, a w czyim Żółtoskrzydły? Zamiast odpowiadać, opowiem, co było dalej.

Poprzedniego dnia Piotr schował parabellum w swojej piwnicy, a klucz od kłódki położył na komodzie w przedpokoju mieszkania. Pech chciał, że jego ojciec, wychodząc do pracy, zabrał klucz ze sobą, najwyraźniej przez pomyłkę. I teraz musieliśmy czekać na jego powrót, nudząc się przeokropnie w wysuszonym na wiór ogródku koło domu.

Gdzieś koło drugiej zobaczyłem panią Korotkową z koszem pełnym bielizny.

– Ojej! – mówiła. – Co teraz będzie? Skaranie boskie z chłopami! – Tu postawiła kosz na ziemię, wydobyła zza pazuchy drewniane klamerki i wieszała majtki, koszule i ścierki na sznurze. – Skaranie boskie – powtarzała. – Znowu uchleje się jak wieprz i nie przyniesie wypłaty!

I nagle po raz pierwszy poczuliśmy solidarność z panią Korotkową i ze wszystkimi matkami i żonami naszej kamienicy, bo przecież to był dzień wypłaty!

– Nie wróci o czwartej – zauważył Piotr. – A jak zgubi klucz? Poprzednim razem – wyjaśnił – zgubił cały portfel i dokumenty!

– A drugiego nie macie? – zapytał Szymek.

– Jakbyśmy mieli drugi klucz do piwnicy, barania głowo – żachnął się Piotr – to siedziałbyś tutaj od rana?

Nie trzeba było nic mówić, wiedzieliśmy, że ojciec Piotra, podobnie jak mój czy pan Korotek, wrócić może do domu równie dobrze o szóstej, co o dwunastej w nocy.

– Cały dzień zmarnowany – powiedziałem. – To co robimy?

Z nieoczekiwaną pomocą przyszła nam pani Korotkowa. Wracając z pustym koszem, zatrzymała się obok nas i zagadnęła:

– Co tu robicie, chłopcy?

– E... nic, tak sobie siedzimy.

– A obiad jedliście już?

– Tak, proszę pani.

– I nic nie macie teraz do roboty?

– Nic, proszę pani!

– A trochę później?

– Później, to znaczy kiedy, proszę pani?

– No, tak o trzeciej, wpół do czwartej?

– Raczej nic, proszę pani!

– A pomożecie mi chłopcy, co?

– Dobrze, proszę pani, tylko co mamy zrobić?

– O, nic, taka drobnostka, pójdziecie, chłopcy, do „Liliputa", wiecie, tam gdzie piwo sprzedają, i zobaczycie mojego, zawsze tam siedzi. Wtedy podejdźcie do niego i, najlepiej na stronie, powiedzcie, że jestem chora i że przyjechało pogotowie, żeby mnie zabrać do szpitala, dobrze? Zrobicie to, urwisy?

– Zrobimy, proszę pani.

– To co macie powiedzieć mojemu?

– Że pani zachorowała i że jest pogotowie, i że panią zabiorą do szpitala, i żeby pan Korotek szybko do domu wracał.

– O tak, złote z was chłopaki – uśmiechnęła się szeroko. – To nie zapomnicie, tak?

– Nie zapomnimy, proszę pani, pójdziemy, proszę pani – i w myślach układaliśmy już plan, jak wyciągnąć od Piotrowego ojca klucz do piwnicy, żeby niczego nie podejrzewał. Bo że będzie razem z panem Korotkiem, nie było żadnych wątpliwości.

Bar „Liliput" mieścił się *vis-à-vis* pruskich koszar, tam gdzie przylegała do nich niegdyś garnizonowa, a po wojnie już tylko ewangelicka kaplica, którą tego lata zamknięto i przerabiano na nowe, duże kino. Codziennie od rana, zwłaszcza w gorące dni, w jego wnętrzu i maleńkim ogródku gromadziły się grupy pijących mężczyzn, a w taki dzień jak ten gwar rozmów słychać już było z daleka. Bar „Liliput" należał do kategorii lokali, do których zwyczajowo nie wchodzi żadna kobieta. W „Lilipucie" nie sprzedawano wódki, klienci przynosili ją sami w teczkach, w kieszeniach marynarek, za paskiem spodni, po to by zamówić parę kufli pienistego piwa i wzmocnić je odpowiednio przezroczystym płynem. Wszyscy mężczyźni mieszkający w naszej części Górnego Wrzeszcza zachodzili tu po pracy przynajmniej raz w miesiącu i w krótkim czasie uwalniali się od trosk codziennego bytowania, myśli o przyszłości i nieprzyjemnych wspomnień. Ci, którzy pracowali w stoczni, do „Liliputa" trafiali porządnie już wtrąbieni. Po drodze, zaraz przy drugiej bramie, czekał na nich bar „Pod Kasztanami" i dopiero stamtąd przyjeżdżali tutaj, tramwajem linii numer dwa albo kolejką elektryczną.

Kiedy dwadzieścia po trzeciej naszym oczom ukazał się wyblakły, żółty szyld baru, płot z drucianej siatki wygięty był jak ściana beczki za sprawą stłoczonych, hałasujących i gestykulujących ciał. W samym kącie, tuż obok krzaku bzu stał pan Korotek, a obok niego ojciec Piotra, mój i jeszcze jacyś dwaj mężczyźni, każdy z kuflem w dłoni.

– Gówno – krzyczał pan Korotek – gówno mi zrobią! Niech brygadzista zajmie się podziałem premii, a nie naradami!

– Pewnie – przytakiwał mu jeden z nieznajomych. – Co racja, to racja!

Wszyscy trącili się kuflami i wypili. Mój ojciec wydobył z teczki butelkę i dolał po kolei do każdego kufla trochę wódki.

– Zanim się upije – zaproponował Szymek – podsłuchajmy, o czym rozmawiają.

Podeszliśmy pod krzak bzu od strony ulicy i stojąc w cieniu liści, chwytaliśmy ich słowa. Lecz temat widocznie został wyczerpany, bo pan Korotek odwrócił się w naszą stronę, rozpiął rozporek i sikał na krzak bzu mocnym strumieniem o żółtym zabarwieniu. Potem odwrócił się znów do kompanów, ale nie zapiął rozporka. Nie widzieliśmy tego, ale to, co nastąpiło później, przekonało nas, jakie mogą być skutki zaniedbań w stroju i obyczaju. Któryś z murarzy, tych samych, którzy pracowali przy zamianie ewangelickiej kaplicy na kino, krzyknął do pana Korotka:

– Te, zapnij se pod szyją, bo ci kanarek wyleci – i kupa stojących wokół mężczyzn zarechotała z uciechy.

Pan Korotek wychylił zawartość kufla do końca, otarł usta rękawem koszuli i odpowiedział:

– A tobie, gówniarzu, ręka uschnie!

– Niby dlaczego?

– Bo jak się krzyż zdejmuje z poświęconego miejsca, ręka uschnie prędzej czy później!

Dalsza wymiana zdań, uzupełniana przez pozostałe głosy, postępowała coraz szybciej.

– To luterska kaplica, niemiecka!

– Luterska, nie luterska, krzyż zawsze ten sam.

– Ty też robisz, co ci każą!

– Patrzcie go, filozof!

– Jak płacą, to robisz!

– Ty za pieniądze własne gówno byś zjadł, a co dopiero krzyż zdejmować!

– No, no, ostrożniej trochę!

– Bo co?

– Bo ci, towarzyszu, twój kutas odpadnie!

– Proszę, to z towarzyszem mamy pogawędkę. Hej! słyszycie, jak się towarzysz wyraża?

– A nie podoba się?!

– W partii was uczą zwracać się do starszych?!

– Masz coś do partii?

– Mam czy nie mam, gówniarzu, grzeczności mogę cię nauczyć!

– Spróbuj tylko!

– Jak zechcę, to spróbuję!

– Znalazł się zaszczany obrońca wiary, cha, cha!

– Powtórz jeszcze raz!

– Bo co?

– Zapomnisz, kurwa, jak się mamuśka nazywała, i Matka Boska ci nie pomoże!

– Zaszczany obrońca Matki... – i tu murarz nie zdążył już dokończyć, bo pan Korotek cisnął w niego pustym kuflem, który przeleciał nad głową przeciwnika, trafiając w kogoś przypadkowego.

Na ułamek sekundy gwar rozmów przycichł. I nagle zawrzało. Kompani trafionego rzucili się na murarzy, ponieważ ci stali najbliżej. Murarze, broniąc kolegi, dołożyli nie temu, komu trzeba. Pierś dotykała piersi, pięść zderzała się z pięścią, kufel walił po głowie, noga kopała nogę. Żołnierze z pobliskich koszar zdjęli swoje ciężkie pasy i lali gdzie popadnie. Po chwili walka rozgorzała również wewnątrz baru, o czym świadczyły wylatujące razem z szybami i futryną kawałki potrzaskanego stolika. Zdezorientowani przechodnie zwalniali kroku, rzucając pytające spojrzenia, ale nawet walczący nie potrafiliby wyjaśnić, dlaczego się biją i po co. Ciżba parła teraz na płot i zardzewiała siatka pękła jak papierowy sznurek. Kilkunastu mężczyzn upadło na chodnik.

– Milicja! Milicja jedzie! – krzyknął ktoś ostrzegawczo. – Ratuj się, kto może!

I kiedy od strony Grunwaldzkiej coraz wyraźniej dochodziło wycie syreny, ujrzeliśmy, jak spod kupy pijanych ciał wypełzają kolejno pan Korotek, ojciec Piotra i mój i jak szybko umykają w stronę domu, żeby tylko nie zostać w kotle, który tu zaraz będzie.

Dzięki rozpiętemu rozporkowi pan Korotek – chociaż z podbitym okiem i zakrwawioną koszulą – był w domu przed szesnastą, a my pół godziny później mieliśmy parabellum i nasze ćwiczenia mogły się rozpocząć.

Więc co było na początku? Obłok kadzidlanego dymu, z którego wyłonił się nieoczekiwanie Weiser. Dlaczego zamiast opowiadać dalej, cofam się, wracam, powtarzam? Są takie zdania, zrozumiałe niby i oczywiste, które przy odrobinie uwagi stają się nagle pełne niejasności, diabelnie powikłane, a w końcu całkiem nie do pojęcia – zdania wypowiedziane przez różne osoby, które przypominamy sobie niespodziewanie i które nie dają nam wówczas spokoju.

Co znaczy, na przykład: „Królestwo moje nie jest z tego świata"? Proboszcz Dudak tłumaczył nam te słowa niejednokrotnie, niejeden raz słyszałem je później przytaczane przez mądrzejszych od niego. Cóż stąd, że opatrzono to zdanie tyloma mądrymi komentarzami, cóż stąd, że wyjaśniono właściwie wszystko, co zawiera? Kiedy czytam je głośno albo po cichu, otwierając bezszelestnie usta, kiedy myślę o nim raz jeszcze i nie ostatni, ogarnia mnie lęk, przerażenie, a na koniec rozpacz. Bo nie jest to zdanie oczywiste ani jasne, im więcej zaś o nim myśleć, tym więcej niepewności i czarna dziura bez dna staje przed oczami.

Tak samo było, a raczej jest z Weiserem: jego krótkie pojawienie się i odejście przyrównać mogę jedynie do takiego zdania – oczywistego na pozór i łatwego do zrozumienia. Naturalnie nie jest to żadna prosta analogia, Weiser nigdy nie wypowiadał się w naszej obecności na tematy religijne, a cóż dopiero mówić o jego życiu wewnętrznym, do którego nikt, jak się zdaje, nie miał dostępu. Jeśli jednak przyrównać jego życie do takiego zdania, trzeba powtarzać je bez ustanku, w nadziei, że to, co niezrozumiałe, za którymś razem okaże się w końcu zdumiewająco proste.

Na czym więc skończyłem? Tak, pół godziny później mieliśmy parabellum i nasze ćwiczenia mogły się rozpocząć. Ale, wbrew naszym intencjom, nie było nam dane tego dnia ani razu otworzyć instrukcji strzeleckiej, ani też ćwiczyć składania się do strzału czy zgrywania szczerbinki z muszką. Parę minut po piątej, kiedy zamierzaliśmy wyjść w stronę Bukowej Górki, z okna na drugim piętrze wstrzymał nas głos matki Piotra:

– A wy, chłopcy, dokąd? Wracać do domu, umyć się i przebrać! O szóstej jest nabożeństwo, zapomnieliście?

Nie było rady, musieliśmy posłuchać matki Piotra, bo wiadomo, że mówiła jako matka nas wszystkich. Tak, istniało przecież i nadal istnieje coś takiego jak międzynarodówka wszystkich matek pod słońcem, tak samo jak międzynarodówka ojców upijających się w dzień wypłaty.

Nie będę szczegółowo mówił o nabożeństwie proboszcza Dudaka. Wszystko na tym świecie wydaje się mieć swój pierwowzór i proboszcz wystąpił tego dnia jako lustrzane odbicie Jego Eminencji biskupa. Kiedy zakończyły się modlitwy i śpiewy i kiedy wybrzmiał już ostatni ton starej fisharmonii, zmieszany z ochrypłym falsetem organisty, wyszliśmy z kościoła, gromadząc się na piaszczystej drodze, wybiegającej tu prosto z lasu. Z tłumu podeszła do nas Elka.

– I co? – zapytała. – Jak się bawicie?

Nie wiedzieliśmy, co miała na myśli: nasze ćwiczenia z pistoletem, które nie odbyły się ani razu, czy nabożeństwo zakończone przed chwilą.

– A co chciałaś?

– Mam coś dla was – uśmiechnęła się przebiegle.

– Jak masz, to dawaj i ulatniaj się, nie mam czasu – z nonszalancją odpowiedział Piotr.

Elka zaśmiała się teraz, ukazując rzędy lśniąco białych wiewiórczych zębów.

– Ale z was gamonie! Mam wiadomość!

– Od Weisera?

Skinęła głową.

– Bądźcie jutro o piątej w dolince za strzelnicą, a to – i zrobiła z palców coś na kształt pistoletu – przynieście ze sobą. Jasne?

Wszystko było wtedy jasne, poza tym, co pokaże nam Weiser albo co każe nam robić. Wiedzieliśmy tylko, że pierwszy miesiąc wakacji mamy już za sobą, ale nikt nie przypuszczał, że do końca naszej znajomości z Weiserem pozostało już tak niewiele dni.

Następnego dnia na cmentarzu nie zastaliśmy Żółtoskrzydłego.

– Poszedł gdzieś... Albo go złapali... Ale nie tutaj, bo nie ma żadnych śladów – wymieniliśmy uwagi.

– No, to do roboty – zakomenderował Szymek.

I w chwilę później słyszeć można było ściśle fachowe uwagi: – Jak stoisz?! Nie tak! Wyżej ręka! Bez podpórki, mówię, bez podpórki! Teraz szczerbinka i muszka! Spust. Dobrze.

Jeszcze raz. Za długo celujesz! Trzeba naciskać od razu, jak się zobaczy cel na linii strzału. O tak. Dobrze. Teraz ja!

Słońce dawno minęło swój najwyższy punkt, a my bez ustanku powtarzaliśmy te same czynności, do znudzenia przybierając prawidłową postawę, składając się do strzału i naciskając nieruchomy spust zdezelowanej parabelki. Co pewien czas Szymek stawał na szczycie krypty i lustrował teren francuską lornetką, bo przecież wszystko, co robiliśmy, to była konspiracja i przygotowanie do prawdziwej walki. Później ćwiczyliśmy strzał z przyklęku, z biodra i na leżąco, dokładnie tak, jak pouczała przedwojenna instrukcja.

– Teraz moglibyśmy rabować bank – oświadczył Piotr. – Żeby tylko mieć prawdziwy pistolet.

Szymek był innego zdania.

– Partyzanci ani powstańcy nie rabują banków.

A ja przypomniałem im film, w którym konspiratorzy opróżniają pancerne kasy z bronią w ręku, zdobywając pieniądze dla organizacji.

– Tylko że wtedy była okupacja i wszystko zabierało się Niemcom, a teraz – nie dawał za wygraną Szymek – teraz co?

Jego pytanie pozostało bez odpowiedzi. Ostatecznie, decydować mógł Weiser i jemu pozostawiliśmy pomysły na przyszłość.

Po obiedzie znów przyszliśmy na cmentarz, bo do godziny piątej pozostawało jeszcze sporo czasu. Lecz niedługo ćwiczyliśmy. Nasypem kolejowym w stronę Brętowa szedł M-ski, bez siatki na motyle i bez pudła na rośliny i trawy. Gdyby nie brak jego stałych atrybutów, nie poszlibyśmy za nim, ale puste ręce i szybki krok zaintrygowały nas bardzo. M-ski szedł nasypem aż do zerwanego mostu, tam gdzie martwa linia kolejowa krzyżuje się z rębiechowską szosą. Kiedy przeciął asfaltową nawierzchnię, nie wszedł z powrotem na wysoki w tym miejscu nasyp, lecz posuwał się dalej ścieżką biegnącą w połowie jego wysokości. Doszedł wreszcie do miejsca, gdzie Strzyża przepływa pod kolejowym wałem wąskim tunelem, i ruszył w górę potoku, nie oglądając się za siebie.

– O! – wskazał ręką Szymek – ktoś na niego czeka!

W istocie, jakieś trzysta metrów dalej, na małej polance, wśród gęstwiny leszczyn i olch porastających brzegi potoku M-ski zatrzymał się obok jakiejś postaci. Podeszliśmy bliżej, czołgając się na brzuchach ostatnie dwadzieścia metrów. M-ski siedział już na trawie obok ciemnowłosej kobiety, która wyglądała na gospodynię, oderwaną przed chwilą od gotowania czy prasowania. Ręka nauczyciela wpełzła pod jej fartuch.

– Nie – mówiła kobieta – teraz nie, mówiłam ci, żebyś już więcej tu nie przychodził! Musimy spotykać się gdzie indziej!

– To czemu sama przyszłaś? – M-ski zdjął już fartuch, a jego ręka gładziła udo kobiety, poruszając się jak samochodowa wycieraczka na deszczu, tam i z powrotem. – Jeszcze raz – prosił ją – jeszcze jeden raz.

– Och, nie, nie – powiedziała pani, ale rozpięła M-skiemu spodnie. – Tak jak zawsze? – zapytała go nieco ciszej.

– Tak jak zawsze – odpowiedział M-ski.

I wtedy pani wstała i M-ski też wstał, pani zdjęła sukienkę, M-ski śmieszne białe kalesony, które miał pod spodniami, i pani uderzyła M-skiego z całej siły w twarz, raz i drugi, na odlew.

– Och! – usłyszeliśmy jęk. – Jeszcze!

Pani biła teraz M-skiego po twarzy bez ustanku, a my widzieliśmy, jak jego nakrapiane pieprzykami plecy wznosiły się i opadały przy następnych uderzeniach.

– Jeszcze, jeszcze trochę – wysapał M-ski, więc pani zmieniła rękę i dalej waliła nauczyciela po twarzy. Nagle M-ski zamarł wyprostowany jak struna, jego ciałem wstrząsnął dreszcz i zobaczyliśmy, jak zadrżały mu pośladki.

– Och! – westchnął nauczyciel.

– Już – powiedziała pani i założyła sukienkę, na nią fartuch. A M-ski zaś, nadal stojąc, wciągał opuszczone kalesony i spodnie, z których wyjął następnie zwinięty banknot i wręczył go pani, jak wręcza się kolejowy bilet konduktorowi.

– Następnym razem – powiedziała pani – nie szukaj mnie tu.

– A gdzie? – spytał łagodnie M-ski.

– Tam, gdzie poprzednim razem.

– Dobrze, ale przyjdziesz?

– Przyjdę, przyjdę – odpowiedziała pani i ruszyła w górę potoku, skąd widocznie nadeszła, M-ski zaś, poprawiwszy spodnie i koszulę, bez pożegnania udał się w powrotną drogę.

– To ci heca! – powiedział Szymek, gdy szybko zdążaliśmy w stronę Brętowa. – Czy on nie mógł macać jej normalnie? Coś mi się nie zgadza, przecież on nawet nie położył się na niej!

– Położył czy nie – oburzył się Piotr – to przecież świństwo!

– Gadanie! – ciągnął Szymek. – Jakbyście widzieli, co siostra Janka wyprawiała ze swoim chłopakiem u nas na strychu, dopiero mielibyście pojęcie, jak robi się to naprawdę!

– A dlaczego nie poszli do lasu – zapytałem – tylko robili to na strychu?

– Zima była, kapuściany głąbie! – Szymek trącił mnie w bok. – A teraz lećmy, bo niedługo piąta!

Biegliśmy w górę morenowego wzgórza na skos i tylko wysokie kępy trawy sięgającej do kolan hamowały nasz pęd. Po lewej stronie, daleko w dole majaczyły zarysy wojskowej strzelnicy, po prawej, za ścianą lasu widniało jeszcze dalsze i niebieskie jak na obrazku morze.

– Słychać was jak stado słoni! – złościła się Elka na przywitanie. – Czekamy już od kwadransa!

Nikt jednak nie wyjaśnił, co było przyczyną naszego spóźnienia.

– A teraz – powiedziała Elka – teraz zobaczycie coś, co powinno was nauczyć szacunku!

Dla kogo albo dla czego? Nie, tego Elka nie określiła, powiedziała tak właśnie: „nauczyć szacunku!", nie wyjaśniając niczego więcej.

Weiser pokręcił korbką prądnicy i wówczas, leżąc na skraju dolinki, zobaczyliśmy pierwszy wybuch, o którym napisałem już, że przypominał obłok w kształcie pionowo wirującego słupa w błękitnym kolorze. Tak, to była pierwsza eksplozja, jaką Weiser zaprezentował nam w dolince za strzelnicą. Gdy spieszyliśmy na spotkanie w umówionym miejscu, ani przez myśl nam nie przeszło przypuszczać coś takiego. Ostatecznie, byliśmy raczej przygotowani na egzamin strzelecki. Tymczasem Weiser zaskoczył nas znowu czymś olśniewająco nieoczekiwanym. Kiedy zaś założył następny ładunek i powietrze znów rozdarł huk eksplozji, a w górze zawirował dwukolorowy obłok, który po kilku chwilach zniknął, rozpływając się jak poranna mgła, gotowi byliśmy złożyć przed Weiserem nie jedną, ale dziesięć przysiąg – na cokolwiek by zażądał – i zrobić wszystko, czego by zechciał. Lecz on nie spieszył się wcale i nie żądał na razie niczego.

Elka zabrała nam instrukcję i zdezelowane parabellum i to było wszystko, oprócz terminu spotkania, które miało się odbyć w cegielni następnego dnia, wczesnym popołudniem. Staliśmy dosyć niepewnie, czekając, co będzie dalej.

– Możecie iść do domu – powiedział Weiser. – Na dzisiaj dosyć.

– A jutro będziemy strzelać, prawda? – zagadnął nieśmiało Szymek.

Weiser nie odpowiedział, wyskoczyła za to Elka:

– Nie zawracajcie mu głowy! – jakby Szymek zachował się niewłaściwie. – On ma ważniejsze sprawy od waszego strzelania! Macie słuchać i o nic nie pytać, jasne?

Czy można było coś dodać? Wieczorem z braku innego zajęcia strzelaliśmy z proc do puszek ustawionych na śmietniku i taka mniej więcej toczyła się między nami rozmowa:

– Mówię ci, on szykuje coś wielkiego.

– Niby co?

– Nie wiem, no, coś takiego, że całe miasto będzie o tym mówiło, a o nas napiszą w gazetach!

– Głupi! W gazetach nie piszą o takich jak my!

– To napiszą!

– Ale co on właściwie robi?

– Jakby nas złapali, to kryminał murowany!

– Za co?
– A broń to pies? A prądnica i wybuchy to pies?
– Nie nasze przecież!
– Nasze, nie nasze, byliśmy z nim!
– No, to co on właściwie takiego zrobi?
– Powstanie!
– Hę, powstanie?! Powstanie to się robi w mieście, muszą być barykady!
– No to zrobi partyzantkę!
– Tylko z nami? Pięć osób to za mało.
– A skąd wiesz, że tylko z nami? Może on ma takich jak my na pęczki i tylko dla lepszej tajemnicy jedni nie wiedzą o drugich?
– No!
– A może on wysadzi bramę zoo i wszystkie klatki i wypuści zwierzęta na wolność?
– Ale by było, lew idzie po Grunwaldzkiej!
– Nie idzie, tylko się rzuca na matkę z dzieckiem, a my wybiegamy... trach!, nie ma lwa... trach!, nie ma tygrysa... trach!, nie ma czarnej pantery!
– Czarna pantera będzie dla niego!
– No dobra, załatwiamy wszystkie dzikie zwierzęta, a potem nas sfotografują w gazecie, wyobrażacie sobie? Uczniowie szkoły sześćdziesiątej szóstej uratowali przechodniów przed dzikimi zwierzętami!
– Ja myślę, że tu chodzi o statek!
– Jaki statek?
– Jak nas wyszkoli, porwiemy statek z portu!
– Nie z portu, tylko z redy!

– Dobra, może być z redy i proszę bardzo: on pilnuje mostka, my kabiny i ładowni, i jazda – do Kanady!

– Do Afryki!

– Afryka nie, mówię ci, że do Kanady!

I tak pomiędzy partyzantką a porwaniem statku do Kanady upływał nam wieczór na strzelaniu do zardzewiałej puszki, coraz więcej kamieni zbierało się pod śmietnikiem, coraz mocniej naciągaliśmy rowerowe wentyle, aż zapadł zmierzch i trzeba było wracać do domu.

Tylko dlaczego nie rozmawialiśmy o M-skim? Dlaczego nie mówiliśmy o jego spotkaniu z czarnowłosą kobietą nad potokiem, dlaczego nie zastanawiał nas widok nauczyciela w opuszczonych spodniach i kalesonach, bitego po twarzy – tego samego M-skiego, przed którym drżeliśmy na lekcjach przyrody i w czasie przerw, gdy przechodził zatłoczonym korytarzem? Może Weiser bliższy nam był niż sekrety M-skiego? A może nie znaliśmy jeszcze występku?

Tej nocy miałem wszakże sen, który pamiętam do dzisiaj, kolorowy jak film Disneya i bardzo niepokojący. Stałem nad brzegiem morza, prawdopodobnie o świcie, a z wody jedno za drugim wychodziły zwierzęta. Bestii takich na próżno by szukać w ogrodzie zoologicznym lub jakiejkolwiek książce o faunie zamorskich krajów. Najpierw, ociekając wodą, ukazał się skrzydlaty lew, zaraz za nim na piasek wyszedł ryczący niedźwiedź, trzymając w zębach kości, a dalej z zielonej toni wyłoniła się czarna pantera o czterech głowach, z ptasimi skrzydłami na grzbiecie. Korowód zamykało najdziwaczniejsze monstrum – skrzyżowanie nosorożca z tygrysem, o wielkich stalowych zębiskach, mające niczym wynaturzony jeleń kilkanaście rogów. Nie pamiętam, ile ich wyrastało ze strasznego łba – może dziesięć, a może dwanaście, nie to zresztą było najważniejsze. Zwierzęta rzuciły się na pobliskie domy rybaków, wyłamywały uderzeniami łap drzwi i okiennice, rozszarpywały obudzonych ze snu mężczyzn, pazurami zrywały włosy kobiet, a dzieci, które nie zdołały umknąć, roztrzaskiwane były o bielone ściany. Trwało to długo, a strach, jaki czułem, nie pozwalał na przebudzenie i wyrwanie się z koszmaru. Nagle od wschodniej strony zobaczyłem w promieniach słonecznych małego chłopca ubranego na biało. Nie mogło być wątpliwości – to nadchodził Weiser i wyciągniętą dłonią pokazywał coś albo kogoś, czego nie mogłem dojrzeć w plątaninie drgających ciał i poskręcanych trupów. Weiser podszedł najpierw do lwa i wyrwał mu orle skrzydła. Zwierzę padło bez tchu na ziemię, bezładnie bijąc ogonem. Następnie przyparł dłonią niedźwiedzia – i to zwierzę przewróciło się na piasek bez mocy. Teraz przyszła kolej na monstrum z rogami. Weiser powyrywał je niczym badyle i potwór zwalił się na kolana, a następnie na brzuch; stalowe zębiska wypadały mu z paszczy i przemieniały się w okrągłe dziesięciozłotówki. Na koniec Weiser zmierzył się z czarną czterogłową panterą o ptasich skrzydłach na grzbiecie i to było najdziwniejsze i najstraszniejsze zarazem. Wszystkie cztery pary oczu i cztery nosy, i ośmioro uszu – wszystko to należało do M-skiego, bo cztery głowy bestii to były cztery twarze M-skiego. Nigdy nie zapomnę, jak okropnie wyglądały. Tak samo jak w zoo, Weiser przeszył panterę wzrokiem i w sobie tylko wiadomy sposób uczynił z niej przestraszonego kotka, który łasił się i lizał rękę poskramiacza. Nie słyszałem, co

Weiser powiedział do pozostałych przy życiu rybaków i ich rodzin, huk fal zagłuszył wszystko, także nadjeżdżający tramwaj linii numer cztery, zakręcający zazwyczaj z potwornym piskiem i zgrzytem na jelitkowskiej pętli. Weiser wskoczył do niego zwinnie i odjechał, jakby był turystą powracającym z plaży do miasta. Blask słoneczny, odbity w szybie drugiego wozu, oślepił mnie i nagle poczułem wilgotną od potu pościel, i zrozumiałem, że jestem w łóżku, a wszystko tamto to był najzwyczajniejszy w świecie sen. Najzwyczajniejszy?

Przez szczelinę w zasłonie wpadał, łaskocząc mnie, promień słońca. Za zamkniętymi drzwiami do kuchni usłyszałem ojca wychodzącego do pracy. Obok mnie chrapała jeszcze matka zmęczona wczorajszym całodziennym praniem. Nad łóżkiem wisiał oprawiony w biedermeierowskie ramy obraz Matki Boskiej Częstochowskiej, a z ulicy przez otwarte okno dobiegał turkot furmanki zdążającej na targowisko w Oliwie. Nie było morza, wychodzących zeń zwierząt, Weisera w białym ubraniu ani rozszarpywanych rybaków. Zamiast tego usłyszałem kroki na korytarzu i człapanie sąsiada do łazienki. W poniemieckim mieszkaniu, podzielonym na małe klitki cienkimi ściankami, słyszało się bardzo wiele – także to, że sąsiad goli się teraz równymi pociągnięciami brzytwy i po wczorajszym piciu ma rozwolnienie.

Więc jak było z tym snem? Niczego nie przeoczyłem ani też niczego nie dodałem. Może przyszedł na mnie zamiast naszej rozmowy o M-skim, której nigdy nie było? Bałem się tego snu tak bardzo, że nawet kiedy po raz ostatni klęczałem u kratek konfesjonału i proboszcz Dudak wydawał mi się ważny jak sam papież albo Święta Kongregacja do Spraw

Wiary, nawet wtedy nie mogłem opowiedzieć mu o tych obrazach, zapamiętanych na zawsze.

Było to w styczniu siedemdziesiątego pierwszego roku, kiedy wiedziałem dokładnie, co stało się z Piotrem i jak wyglądał jego pogrzeb. Nie przyszedłem wtedy spowiadać się z grzechów, klęczałem jednak jak zawsze pełen pokory i skruchy wobec majestatu.

– Nie gorączkuj się, synu. Wyroki opatrzności są niezbadane i nie nam, doprawdy, zgłębiać ich sens i znaczenie – mówił proboszcz, a ja czułem jego kwaśny starczy oddech i coraz bardziej wzrastał we mnie ślepy gniew i rozpacz.

– Czy oznacza to, ojcze – pytałem – że Bóg chciał jego śmierci?

– Nigdy nie można tak powiedzieć, nigdy! – wyrzucił z siebie jednym tchem, a ja pytałem dalej:

– Lecz przecież, ojcze, wszystko dzieje się z woli Boga, więc i ta śmierć jakoś była mu potrzebna, czy nie tak?

– Od miecza ginie, kto mieczem wojuje – dobiegł głos zza kratek.

I wtedy nie mogłem już powstrzymać żalu; krzycząc prawie na całe gardło, aż wypłoszyły się wszystkie podsłuchujące dewotki:

– To nie może być, ojcze! Piotr z nikim nie wojował i nie podniósł nawet kamienia! Sam ojciec wie, jak to się stało, właściwie przypadkiem.

– A czego ty właściwie chcesz? – przerwał mi proboszcz Dudak. – Nie ma przypadków, gdzie rządzi Bóg. Czego byś chciał? Żebym ja, jego sługa, wyjawiał tobie, który jesteś prochem, Jego tajemnice? Z jakich to powodów miałby On tobie wyjawiać swoje zamiary? Grzeszysz, mój synu, pychą, a ciężki to grzech, więksi od ciebie pytali, a im nie odpowiedział. Znasz Księgę Hioba? Ile ty przecierpiałeś w porównaniu z nim, że śmiesz tak pytać i jeszcze unosisz się gniewem? Tu trzeba ducha pokory, mój synu! Pokory i cierpliwości nam wszystkim trzeba! Ot co!

– Nie brak mi pokory, ojcze – odpowiedziałem już ciszej. – Dlaczego jednak niesprawiedliwy chodzi w chwale, szydząc z prawości bogobojnego?! I czy nie można tego zmienić?

– Zapłata wasza obfita będzie w niebiesiech, a do polityki nie mieszaj się!

– Piotr się nie mieszał!

– Nie tobie, synu, wyrokować o sądach Pańskich. Czy jeszcze masz jakieś grzechy?

– Nie mam żadnych, ojcze, przyszedłem zapytać tylko, dlaczego coraz mniej we mnie wiary.

– Zgrzeszyłeś zatem – przerwał mi znów, poruszając się na swoim siedzeniu. – Nie tylko pychą, ale zwątpieniem! Przestań już myśleć o swoim przyjacielu i módl się.

– Nie mogę! – przerwałem teraz ja. – Nie mogę, ojcze. Im więcej myślę, tym mniej we mnie wiary!

– Żałuj za swoje grzechy!

– Nie mogę!

– Proś Boga o przebaczenie!

– Nie znajduję w sobie winy, ojcze!

– Szatan czyha na ciebie, synu, proś przebaczenia!

– Nie mogę, nie mogę, nie mogę!

I krzycząc, wybiegłem z kościoła, bo przed oczami raz jeszcze zobaczyłem scenę ze snu o pogromcy dzikich bestii na jelitkowskiej plaży.

Znów więc Weiser powrócił do mnie, tym razem między kratkami konfesjonału. Być może, był to jeszcze jeden podstęp dla zmylenia uwagi – to wtargnięcie niespodziewane w najintymniejszą sferę życia. Do tego jednak przyjdzie mi jeszcze wrócić. Leżałem więc na tapczanie, przebudzony po koszmarnym śnie, matka chrapała zmęczona wczorajszym praniem, a z łazienki dobiegł mnie odgłos spuszczanej wody. Pomyślałem sobie, że dzisiaj Weiser sprawdzi na pewno, jakie postępy poczyniliśmy w trudnej sztuce ogniowej, i ucieszyłem się na samą myśl odwiedzenia nieczynnej cegielni.

Tymczasem... Tymczasem? Niech będzie... Tymczasem drzwi gabinetu, nie wiem już po raz który, otworzyły się i z wielkiej, zionącej światłem i tytoniowym dymem paszczy Lewiatana wypchnięto chudą postać Piotra. To, że tam krzyczał, wyprowadziło go z równowagi – przed nami wolałby nie przyznawać się do łez. Zachował jednak przytomność umysłu, bo kiedy mężczyzna w mundurze wywoływał Szymka, Piotr, tak abyśmy zobaczyli, uczynił dłonią gest zapalania zapałki. Znaczyło to, że w czasie przesłuchania zeznał ustaloną wersję – skrawek sukienki Elki spłonąć miał w ognisku, ku zadowoleniu tamtych trzech i pana prokuratora, czekającego na zamknięcie sprawy. Kiwnęliśmy nieznacznie głowami. Tylko gdzie leżał ten nieszczęsny skrawek, gdzie mieliśmy go znaleźć? Na pewno wyciągną mapę i każą pokazywać z dokładnością co do metra. No i gdzie było to ognisko? Tego nie ustaliliśmy, a żaden z nas niestety nie posiadał zdolności telepatycznych. Mundurowy zatrzasnął za Szymkiem drzwi i w sekretariacie, w którym policzyłem już wszystkie możliwe kombinacje klepek parkietu, wzdłuż, wszerz i po przekątnej – w sekretariacie zapanowała głucha cisza, wypełniona miarowym tykaniem zegara.

Bałem się zasnąć. Od czasu tamtego snu bałem się, że kiedy zamknę powieki, kiedy nie będę mógł oddalić od siebie złych myśli, tamto może się znów pojawić. Bałem się przez wszystkie następne dni, aż do końca wakacji, a teraz w sekretariacie szkoły bałem się jeszcze bardziej. Dlaczego wówczas nie powiedziałem o śnie Szymkowi albo Piotrowi? Dlaczego zataiłem ów obraz dziwnych bestii, wypełzających z morza na jelitkowską plażę? Dlaczego nie stanąłem jak Żółtoskrzydły i nie wyjawiłem swojej prawdy? Teraz dopiero, gdy w blasku jednej lampy, palącej się przy stoliku woźnego, siedzieliśmy na składanych krzesłach i gdy Piotr z rezygnacją opuścił głowę, a ja zobaczyłem pręgi na jego dłoniach – teraz dopiero zaczynałem jaśniej rozumieć wypadek, który zdarzył się po moim śnie, kiedy strzelaliśmy ze schmeisera w dolince za strzelnicą. Ale po kolei.

O umówionej porze byliśmy w cegielni. Weiser bez słowa wyciągnął z klaseru dwanaście zgniłozielonych Adolfów, przykleił je na ceglanej ścianie, wręczył załadowane parabellum i powiedział:

– Na każdego z was po cztery, strzelacie do skutku!

Elka miała liczyć zużyte łuski i uzupełniać magazynek. Pamiętam dokładnie: najlepszy okazał się Piotr, bo na trafienie czterech kanclerzy zużył tylko sześć naboi. Drugi był Szymek z ośmioma łuskami, a trzeci ja – na czterech Adolfów potrzebowałem aż jedenastu strzałów. Od huku dzwoniło mi w uszach.

– Nie najgorzej – powiedział Weiser. – A ty – to było do mnie – powinieneś jeszcze poćwiczyć!

Następnie Weiser oświadczył, że teraz pójdziemy do dolinki, bo nie zawiódł się na nas. Tak to właśnie określił. Kiedy zaś szliśmy w gęstwinie paproci, pokrzyw i żarnowca, mijając zagajnik i czarne nawet w dzień świerki, zaczekałem, aż on będzie z tyłu, trochę dalej od wszystkich, i wyjawiłem mój sen, jak największą tajemnicę. Opowiedziałem o bestiach wypełzających z morza i o tym, jak je poskromił, ratując nieszczęśliwych rybaków. Nie sądzę, abym wówczas chciał mu się przypochlebić, chociaż strzelałem najgorzej. Nie, zresztą Weiser tego tak nie przyjął. Wysłuchał mnie, nie przerywając do końca, i powiedział – pamiętam to doskonale:

– Dobrze, nie mów o tym nikomu. – Ale nie zabrzmiało to jak groźba, a po chwili dodał: – Będziesz zmieniał plansze, to bardzo ważna robota.

A ja szedłem dalej uszczęśliwiony, bo czułem się tak, jakby specjalny fawor spłynął na mnie, mimo fatalnego strzelania.

Tak, jeśli dzisiaj piszę, że Weiser był kimś zupełnie innym, mam sporo racji. Nie oznacza to jednak wcale, że nie był w tamtym czasie naszym wodzem lub po prostu generałem. Kto inny jak nie generał wpadłby na pomysł strzelania tuż obok wojskowej strzelnicy, pod samym nosem najprawdziwszych na świecie żołnierzy? Piwnica cegielni była za mała na zabawy z automatem. Ale gdzie mogliśmy strzelać, tak aby odgłosy kanonady prędzej czy później nie ściągnęły na nas uwagi okolicznych mieszkańców lub amatorów leśnych malin? Jego pomysł był prosty: jeśli na wojskowej strzelnicy odbywały się ćwiczenia strzeleckie, to my mieliśmy odbywać nasze ćwiczenia w tym samym czasie i w pobliżu. Zaraz za wysokim wałem strzelnicy rozpoczynała się dolina, gdzie przycupnięty zagajnik, wysokie trawy i gęste partie krzewów dawały w razie konieczności szansę ucieczki. Zresztą dolina przechodziła dalej w ciągnącą się ze dwa kilometry i porośniętą sosnowym borem rozpadlinę, na której zamknięcie żołnierze potrzebowaliby z pięćdziesięciu ludzi. Wszystko to Weiser przewidział i zaplanował szczegółowo. Patrzyliśmy z podziwem, jak każe nam zajmować stanowiska, ładuje automat i czeka, aż z tamtej strony nasypu rozlegną się strzały.

– Teraz pokażę wam – powiedział przygotowany do naciśnięcia spustu – jak trzeba to robić.

I kiedy tylko usłyszeliśmy łomocące po ścianach lasu dudnienie krótkiej serii z tamtej strony wału, Weiser przyłożył się do automatu i dał ognia taką samą krótką serią, która była jak odbicie tamtej.

– Niczego się nie domyślą – powiedział. – Z tamtej strony brzmi to jak echo, trzeba tylko strzelać w tym samym momencie.

Na tym polegała sztuka – wystarczyło za każdym razem przygotować się do strzału i oczekiwać, aż z drugiej strony wału na prawdziwej strzelnicy kolejny żołnierz pociągnie za spust. Właściwie strzelaliśmy więc równocześnie do tej samej darni, którą obłożony był nasyp po obu stronach. Tylko że tamci mieli pistolety automatyczne Kałasznikowa, a my niemiecki schmeiser, odnaleziony i konserwowany przez Weisera.

Najtrudniej było przystosować się do rytmu tamtych. Ich serie, krótkie, złożone najczęściej z trzech sekwencji, rzadko kiedy były regularne. „Tach, ta-tach, ta-ta-tach" – taki układ powtarzał się najczęściej – jeden, dwa i trzy wystrzały w krótkich odstępach. Ale zdarzały się też sekwencje inne, na przykład: trzy-dwa-dwa-jeden albo: dwa-trzy-dwa lub: jeden-jeden-trzy, a potem niespodzianie jeszcze jeden.

– Strzelają, jakby im brakowało amunicji – powiedział Szymek. – Zupełnie tego nie rozumiem.

A Weiser znad wyjętego magazynka uśmiechnął się, jak to on, prawie nieznacznie i dorzucił od niechcenia:

– Święta prawda, żołnierz musi tak strzelać, jakby brakowało mu amunicji.

Piotr ciekawy był dlaczego.

– A ile naboi udźwignąłbyś w polu walki? – spytała Elka zarozumiale, jakby sama wiedziała wszystko. – Sto? Dwieście? Dziewięćdziesiąt sztuk?

Po tym pytaniu, na które nikt zresztą nie udzielił odpowiedzi, byliśmy przekonani, że Weiser przygotowuje coś wielkiego, i poczuliśmy się nagle jak zaufani partyzanci Fidela Castro, którzy rok wcześniej, drugiego grudnia wylądowali w prowincji Oriente i walczyli ze znienawidzonym Batistą, sługusem imperialistów, o czym zajmująco przez całą lekcję przyrody opowiadał M-ski.

– Szkoda – wyszeptał Szymek, kiedy leżeliśmy w dołku pod paprociami, bo z drugiej strony była akurat przerwa – szkoda, że u nas nie ma takiego Batisty!

– Tobie co? – zapytała Elka.

– Nie rozumiesz? – odezwał się Piotr. – Dopiero byśmy mu dali! Lądujemy z morza na plaży, atakujemy koszary i cały kraj obejmuje rewolucja, taka prawdziwa rewolucja z partyzantką i w ogóle!

Elka roześmiała się głośno, tak że nawet Weiser spojrzał na nią z wyrzutem.

– Ale z was gamonie! – mówiła, tłumiąc wesołość. – Ale durnie! Jak można robić rewolucję drugi raz?

Nie było jednak czasu na wytłumaczenie Elce, jak bardzo się myliła co do naszych pragnień, bo Weiser kazał mi iść na nasyp, a oni mieli przygotować się do następnej kolejki strzelania.

Plansze, do których celowaliśmy, nie przedstawiały niestety Batisty. Na pakowym papierze czarną farbą namalowany był M-ski z wąsami i podobnie jak poprzednim razem w piwnicy cegielni przypominał, może już trochę mniej – ale zawsze – wielkie portrety, które nosiliśmy jeszcze w drugiej klasie na pochodzie pierwszomajowym. I wtedy wydarzyło się coś, czego wówczas nie mogłem zrozumieć, a co w sekretariacie szkoły stało się dla mnie w jakiś sposób jasne i nieprzypadkowe. Gdy przyłożyłem płachtę papieru ostatnim kamieniem, po drugiej stronie strzelnicy rozległy się strzały. „Tach-ta-tach-ta-ta-tach" – zadudniło po ścianach lasu. Była to seria jeden-dwa-trzy wystrzały.

– Prędzej – krzyknęła do mnie Elka. – Zejdź stamtąd, już się zaczyna!

I zrozumiałem, że do następnej serii powinienem zniknąć z linii strzału, bo teraz przy automacie był Weiser i czekał niecierpliwie na następną serię z tamtej strony, która powinna nastąpić nie później niż za dziesięć sekund. Miałem więc dziesięć sekund na zejście z wału i przebiegnięcie wzdłuż niego wąską ścieżką, aż do jego końca, skąd wracało się do nich skrajem doliny nienarażonym na kule. Biegłem co sił w nogach, ale nie byłem nawet w połowie drogi, gdy zza wału znów rozległa się kanonada. Czy Weiser uznał, że jestem już wystarczająco daleko od celu i że on, który był z nas najlepszy, może już strzelać? Tak myślałem w kilkanaście sekund później, gdy poczułem lekkie szczypnięcie poniżej lewej kostki, tuż ponad piętą, i sądziłem, że kolec dzikiego ostu albo kamień przebił mi skórę. Ale w chwilę później leżałem już na trawie, a ból nie pozwalał mi wstać i uczynić kroku. Tamci wybiegli z paproci, pozostawiając automat.

– Rykoszet! – krzyczał Weiser. – Rykoszet. Nie ruszaj się, nie ruszaj! – i zaraz byli koło mnie.

Elka zdjęła mi sandał, a Weiser podniósł nogę i oglądał, co się stało. Rzeczywiście, był to rykoszet, kula uderzyła w stopę, wyrywając kawałek mięsa, ale nie utkwiła w środku.

– Dobrze – powiedział Weiser – kość nienaruszona. Trzeba opatrzyć, bo będzie zakażenie.

– Do domu za daleko – zauważyła Elka – a tu nie mamy nawet wody utlenionej!

Patrzyłem, jak ciekną̨ca krew tworzy na suchym piasku ciemne grudki błota. Nie mogłem zrobić choćby dwóch kroków bez pomocy Szymka i Piotra, którzy wzięli mnie między siebie.

– Do cegielni! – zakomenderował Weiser i wszyscy poczuliśmy się nagle jak na wojnie.

Z drugiej strony wału dobiegała dudniąca kanonada, gwizd kul, które przebijały tarcze i grzęzły w piasku, dochodził aż tutaj, a ja byłem najprawdziwiej ranny i bardzo bolała mnie noga. Prowadził Weiser, potem, kuśtykając, szła nasza trójka, kolumnę zaś zamykała Elka, spóźniona trochę, bo Weiser kazał jej zabrać zużyte plansze i automat owinięty w stary parciany worek.

W piwnicy cegielni było chłodno i przez chwilę bolało jakby mniej, ale tylko przez chwilę, bo kiedy Elka dotknęła mojej pięty, krzyknąłem z całej siły:

– Co robisz, wariatko?!

I ona cofnęła się, trochę przestraszona, trochę z uznaniem dla mojej rany, z której wciąż ciekła krew. Położyli mnie na dużej skrzyni.

– Zabrudzone piaskiem – powiedział Weiser. – Niedobrze.

Oczywiście było to o dziurze w nodze, a nie o skrzyni.

– Przynieś wody – rozkazał Elce, a kiedy znikła, otworzył drugą skrzynię i wyjął stamtąd spirytusowy prymus. – Woda tylko na początek – zwrócił się nie wiadomo właściwie do kogo – potem trzeba będzie wypalić.

Po prymusie dobył ze skrzyni złamany niemiecki bagnet, też pewnie gdzieś znaleziony. Elka przyniosła w puszce po konserwach wodę i chusteczką przemyła dziurę.

– Boli? – zapytała.

Nic nie odpowiedziałem. Patrzyłem przez cały ten czas, co robi Weiser. Ustawił prymus na dwóch cegłach, zapalił palnik i teraz kąpał w niebieskawym strumieniu ognia ostrze bagnetu, ciągle je obracając.

– To jedyny sposób – mówił, nie odrywając wzroku od palnika – żeby nie wdała się gangrena. Nie mamy tu nic oprócz tego.

Szymek przycisnął mnie do skrzyni na wysokości żeber, Piotr złapał za prawą, zdrową nogę i też przywarł do niej tak, żeby się nie poruszyła, a Weiser chwycił moją lewą łydkę pod pachę, jak zawodowy felczer, i z rozżarzonym ostrzem bagnetu przystąpił do operacji. Musiał podnieść stopę wyżej, do światła i przez cały czas, kiedy grzebał ostrzem bagnetu w dziurze, widziałem jego dłoń.

– Ten schmeiser – powiedział spokojnie, grzebiąc koniuszkiem ostrza w dziurze – nie nadaje się już do niczego. Wiedziałem, że trochę znosi, ale takiego rozrzutu nie można tolerować. – Tak się wyraził: „tolerować". A zaraz potem, kiedy ostrze weszło jeszcze głębiej w dziurę, dodał: – Pójdzie na złom, wymontujemy zamek, magazynek i iglicę. – Do kogo to mówił? Wszyscy, także ja, byliśmy cicho i tylko swąd spalonej skóry unosił się w piwnicy. – Dobrze – powiedział, odkładając bagnet. – Teraz przyłóż mu chustkę i za chwilę możecie go odprowadzić do domu.

Elka spełniła polecenie, delikatnie zawiązując mokry kawałek materiału dookoła stopy, choć wcale nie musiała się z tym pieścić, bo kiedy Weiser odjął od dziury ostrze bagnetu, nie czułem już nic, jakbym nie miał nogi albo jakby była nie moja, tylko z drewna.

– Zostanę jeszcze tutaj – oświadczył. – A ty – zwrócił się do Elki – idź z nimi.

Gdy byliśmy już na skrzypiących schodach, zatrzymał nas jeszcze na chwilę:

– Pewnie będziesz musiał posiedzieć w domu – mówił teraz do mnie. – Gdyby cię pytali, co się stało, powiedz, że trafiłeś na zardzewiały drut kolczasty. Tak, zardzewiały drut kolczasty – powtórzył spokojnie – a teraz idźcie już!

Nie przypominam sobie dokładnie, którędy wracaliśmy do domu. Może jak zwykle przez wzgórze nad wojskową strzelnicą, a może przez polanę, z wielkimi głazami narzutowymi, nazywaną dlatego kamieniołomami. Już wtedy słowa Weisera wydały mi się dziwne. Automat, którego używaliśmy, wcale nie znosił, skoro nawet ja w kolejce poprzedzającej wypadek trafiłem M-skiego aż pięć razy. A nawet jeżeli znosił, to zgodnie z zasadami sztuki rusznikarskiej w górę lub w dół od celu, ani razu zaś na bok.

„Będziesz musiał posiedzieć w domu". Przypomniałem sobie jego zdanie już w sekretariacie szkoły i nagle zrozumiałem, że Weiserowi chodziło właśnie o to, o to szło, abym przez najbliższe dni nie był z nimi, dowiadując się wszystkiego z relacji Szymka lub Piotra. Weiser odsunął mnie celowo i to nie ze względu na słabe wyniki strzeleckie. A może chciał mnie ostrzec? Tylko przed czym?

W każdym razie do końca wakacji noga przysporzyła mi wiele utrapień i nawet teraz, kiedy to piszę i spoglądam na skarpetkę, wiem, że dwa centymetry poniżej kostki jest ta blizna po Weiserowym rykoszecie i wypaleniu dziury. Wiem też, że kiedy tylko wiatr od zatoki zmieni kierunek, poczuję lekki, ledwie wyczuwalny, jak mały strumyczek, ból lewej stopy i nigdy nie będę mógł zapomnieć tego, co wydarzyło się w dolinie za strzelnicą, ani Weisera, ani wszystkich dni tamtego upalnego lata, kiedy susza pustoszyła pola, cuchnąca zupa zaległa zatokę, biskup i proboszczowie z wiernymi błagali Boga o zmianę pogody, ludzie widywali kometę w kształcie końskiej głowy, Żółtoskrzydły uciekł ze szpitala czubków i ścigany był przez milicję, murarze przerabiali ewangelicką kaplicę na nowe kino naprzeciwko baru „Liliput", a mężczyźni z naszej kamienicy zachwycali się przemówieniami

Władysława Gomułki i mówili, że takiego przywódcy robotnicy jeszcze nie mieli i mieć nie będą.

Wszystko to, co widziały wtedy moje oczy i czego dotykały moje ręce, wszystko to zawiera się przecież w tej bliźnie powyżej pięty, długiej na centymetr, szerokiej na pół; bliźnie, której dotykam palcami, kiedy gubię wątek albo zastanawiam się, czy to wszystko było prawdziwe, tak jak prawdziwa była nasza brukowana kocimi łbami ulica, sklep Cyrsona, dymiąca masarnia i koszary, obok których grywaliśmy w piłkę – lub kiedy ogarniają mnie wątpliwości, czy wszystko to nie było snem chłopca o własnym dzieciństwie albo o groźnym nauczycielu przyrody M-skim i nienormalnym, opętanym przez dziwne manie wnuku Abrahama Weisera, krawca.

Tak, wtedy właśnie pochylam się nad lewą stopą i palcami prawej dłoni pocieram tę bliznę, i wiem, że Weiser istniał naprawdę, że wybuchy w dolince były prawdziwymi wybuchami i że nic w tej historii nie zostało wymyślone, ani jedno zdanie i ani jeden moment tamtego lata i tamtego śledztwa. Jeszcze raz widzę, jakbym tam był z powrotem, proboszcza Dudaka ze złotą kadzielnicą, czuję zapach palonego bursztynu i słyszę „Wi-taj Je-e-zu, sy-nu-u Ma-ry-i". I widzę, jak Weiser wyłania się nagle z szarej chmury, pachnącej wiecznością i miłosierdziem, widzę go, jak patrzy na to wszystko nieruchomymi oczami, a potem słyszę „Dawid, Dawidek, nie chodzi na religię!". I jego kraciasta koszula unosi się w powietrzu, Elka walczy jak rozwścieczona lwica i tylko my nie potrafimy niczego zrozumieć.

A zresztą, o czym można powiedzieć: „rozumiem to"? O czym w ogóle i o czym w odniesieniu do tej historii? Czy rozumiem na przykład, dlaczego Weiser odsunął mnie od siebie na jakiś czas? Albo czy rozumiem, w jaki sposób Piotr, spoczywając pod ziemią, może ze mną rozmawiać? Żadna teoria nie wyjaśni niczego. Jedyne, co mogę zrobić, to opowiadać dalej.

Tak. Jeśli Weiser, powodowany sobie znanymi względami, pragnął zatrzymać mnie dłuższy czas w domu, w pełni osiągnął swój zamiar. Zakażenia wprawdzie nie dostałem, ale już następnego dnia stopa spuchła jak bania, a w dziurze zebrała się ropa. Matka zawlokła mnie do lekarza, który przemył ranę, zalecił okłady i jak najmniej ruchu. Musiałem teraz przez cały dzień skrobać ziemniaki, pilnować gotowania makaronu i słuchać, jak matka żali się na ojca i na wszystkich mężczyzn – bo taką już miałem matkę: dobrą i narzekającą. Skaleczenie nogi było, jej zdaniem, karą za nieposłuszeństwo i całe dni wałęsania się poza domem. Na dodatek przez cały dzień grał w domu głośnik radiowęzła i przy skrobaniu ziemniaków albo wałkowaniu makaronu, czego nie znosiłem najbardziej, bo to stuprocentowo babskie zajęcie, przy tym wszystkim więc w kuchni rżnęła na przemian ludowa kapela z Opoczna albo z Łowicza, a kiedy ucichła, zaraz rozpoczynały się arie operowe z *Borysa Godunowa* lub *Damy kameliowej*, nudne, długie i ciężkie, przetykane od czasu do czasu fragmentem jakiejś uwertury. Żałowałem, że nie mamy takiego radia jak pan Korotek, które można przełączać na różne zakresy, bo głośnik emitował tylko jeden program, a ebonitową gałką można było co najwyżej ściszyć wrzaskliwe odgłosy ludowej śpiewaczki albo potężny baryton rosyjskiego śpiewaka. Matka nie pozwalała wyłączyć głośnika w ogóle, bo czasami zdarzało się, że nadawano muzykę taneczną albo, rzadziej, kawałki amerykańskiego jazzu. Wtedy podkręcała ebonitową gałkę do oporu, zabierała z moich rąk wałek do ciasta albo nóż do obierania kartofli i robiła całą robotę za mnie, przytupując, podśpiewując i uśmiechając się jak nigdy. Wiedziałem, że matka bardzo lubi tańczyć, ale odkąd pamiętam, ojciec nie zabierał jej nigdzie ze sobą. Wracał zmęczony z pracy, jadł obiad i zaraz po drugim daniu zasypiał zwykle nad gazetą, a w niedzielę, po przyjściu z kościoła, kładł się na łóżku i mógł tak drzemać cały dzień, o ile wcześniej któryś z kolegów lub sąsiadów nie wyciągnął go do baru „Liliput".

Tak więc nudziłem się okropnie, zwłaszcza że jedyną książką obok książki kucharskiej była w naszym domu, nie wiedzieć dlaczego, *Lalka* Prusa, którą rzuciłem po pierwszym rozdziale, bez żalu dla dalszej części. Umierałem z ciekawości, co oni teraz będą robić, ale matka nie pozwalała mi sterczeć przy oknie i nie mogłem nawet przywołać Szymka lub Piotra, przechodzących przez podwórko. A oni przez dwa dni nie dawali znaku życia, zupełnie jakby Weiser zakazał im przychodzić do naszego mieszkania. Dopiero na trzeci dzień rano Piotr zastukał do drzwi. Musieliśmy rozmawiać szeptem, bo mieszkanie nasze składało się tylko z pokoju i kuchni, a matka kursowała akurat pomiędzy nimi, prasując i gotując równocześnie.

– Wczoraj pokazał nam nową sztukę – mówił Piotr bez szczególnego entuzjazmu.

– Co takiego? – omal nie wyskoczyłem ze skóry. – Co to było?

– Nic takiego. No wiesz, z ogniem...

– Z jakim znów ogniem?

– Paliliśmy ognisko...

– Gdzie? – przerwałem gwałtownie.

– Niedaleko cegielni, tam jest taka polana w leszczynowym lasku – rozwodził się Piotr.

– Ale co to była za sztuka?

I przypierany pytaniami, Piotr opowiedział, że najpierw strzelali z nagana jak zwykle, w piwnicy cegielni, i było to trudniejsze od parabellum i schmeisera, bo nagan – wywodził Piotr – cholernie zrywa i bije na boki, i znosi jak żadna broń. Później Weiser powiedział im o tym ognisku i przyszli w umówione miejsce wieczorem. Wtedy stwierdził, że pewnie, gdy zobaczyliśmy go w piwnicy cegielni, jak tańczył i unosił się w powietrzu, wzięliśmy go za wariata i on się nawet o to nie gniewa, bo w takiej sytuacji sam by tak pomyślał. Ale to nie było żadne wariactwo, bo jak powiedział – ciągnął Piotr – on zamierza zostać artystą cyrkowym.

Nie dowierzałem.

– Artystą cyrkowym – powtórzył, jedząc wiśnie przyniesione przez matkę na porcelanowym talerzyku. – Jak opracuje kilka świetnych numerów, da drapaka ze szkoły i każdy dyrektor cyrku przyjmie go z otwartymi ramionami, nawet bez świadectwa siódmej klasy, a Elka będzie jego asystentką.

– A strzelnica? A wybuchy? A broń? A porwanie statku? A powstanie? Partyzantka? To wszystko nic?

– Daj spokój – powiedział Piotr, wypluwając pestki do zwiniętej dłoni. – My też go pytaliśmy, ale mówił, że strzela tak sobie, dla zabawy, a zresztą może wykorzysta to do jakiegoś numeru, sam jeszcze nie wie i zobaczy. I pokazał nam – Piotr ciągnął opowieść – sztukę z ogniem, to znaczy wyjął z ogniska rozżarzone węgle, ułożył na ziemi i stanął na nich boso, a potem chodził tam i z powrotem i nic, nawet nie pisnął, a kiedy pokazał stopy, nawet śladu oparzenia nie było. Masz jeszcze trochę?

Przyniosłem z kuchni ociekający durszlak pełen ostatnich w tym roku wiśni.

– A ona grała mu przy tym?

– Nie – znowu miał zapchane usta i nie mógł szybko mówić. – Ona przez cały czas gadała jak najęta, ale pewnie dlatego że już to widziała.

– I nie mówił nic więcej?

– Nie, a co jeszcze miał mówić, kiedy rozdziawiliśmy gęby na coś takiego? Taka sztuka udaje się tylko fakirom, a on to potrafi.

– To dlaczego nie pójdzie już teraz do cyrku? Potrafi tyle, że przyjmą go od razu. Pamiętasz panterę w zoo?

– Yhm – znowu wypluwał pestki, jedną po drugiej, tym razem na talerzyk.

– Może jeszcze coś przygotowuje?

Wzruszył ramionami.

– A skąd ja mam wiedzieć? Artyście nigdy nie wiadomo, co przyjdzie do głowy.

– A ty skąd to wiesz?

Wypluł ostatnie pestki.

– Wiem tak ogólnie. No to cześć – i już go nie było, nie powiedział nawet, co mają w planie.

A ja siedziałem przez cały wieczór i zastanawiałem się, jak też wyglądać będzie Weiser we fraku, z biczem w dłoni, poskramiający lwy albo jeszcze lepiej czarną panterę, w świetle reflektorów, kłaniający się publiczności w burzy huczących oklasków. To mogło być piękne. Także Elka w kostiumie z cekinami lśniącymi jak diamenty, Elka, która mogłaby trzymać płonące koło albo wkładać najgroźniejszemu z lwów głowę do paszczy, od czego cała widownia zamierałaby ze strachu, a starsze panie mdlałyby, oczywiście tylko do końca numeru. Tu Weiser przechytrzył nas dokumentnie, bo uwierzyliśmy w jego plany i wszyscy wzięliśmy ostatnią sztukę z chodzeniem po ogniu za dowód na prawdziwość jego słów. Kto mógł przypuszczać, że było to zręczne oszustwo? Nie mówię o jego bosych stopach, dotykających żaru, to było zapewne najprawdziwsze, chodzi mi tylko o skierowanie naszej uwagi w zupełnie inną stronę, tam gdzie nie rodziły się już żadne inne domysły.

Zegar w sekretariacie wybił jedenastą. Odzyskałem poczucie czasu. Drzwi gabinetu rozwarły się nagle i usłyszałem, jak M-ski wymawia moje nazwisko.

– Siadaj – warknął człowiek w mundurze. – A ty – zwrócił się do Szymka – wracaj na swoje miejsce!

– No i co? – M-ski przystąpił od razu do rzeczy. – Dlaczego tylko Korolewski napisał w swoim zeznaniu, że skrawek czerwonej sukienki spaliliście w ognisku? Dlaczego ty nie napisałeś o tym ani twój drugi kolega, co?

– Bałem się, proszę pana.

– Bałeś się?

– Tak.

– No, to powiedz, gdzie znaleźliście ten nieszczęsny kawałek materiału?

– W dolince za strzelnicą, proszę pana, tam gdzie Weiser robił swoje wybuchy.

– To już wiemy – powiedział łagodniejszym tonem dyrektor. – Chodzi nam o dokładne określenie miejsca, przypomnij sobie, a wszystko będzie dobrze. – Mówiąc to, dyrektor bawił się końcem krawata, który nie przypominał już teraz kokardy jakobińskiej ani zmoczonej szmaty i podobny był do pętli sznura z ruchomym węzłem przesuwanym w górę lub w dół.

– No, przypomnij sobie – powtórzył mundurowy niczym echo.

– Gdzieś koło paproci.

M-ski roześmiał się sucho.

– Komu to chcesz wmówić? Paproci jest tam więcej niż drzew!

Mundurowy rozłożył plan dolinki na biurku.

– Podejdź tutaj – powiedział – i pokaż dokładnie, gdzie to było!

Co miałem robić? Nie domyślałem się nawet, które miejsce pokazał im Piotr, a później Szymek, wybrałem więc to najbliżej krzyżyka oznaczającego punkt, w którym Weiser zakładał ładunki.

– Kłamiesz! – wrzasnął. – Znowu kłamiesz i twoi koledzy też kłamią, kłamiecie wszyscy razem, ale ja was... – i już wyciągał w moim kierunku rękę, żeby chwycić mnie za ucho, kiedy dyrektor powstrzymał go szybkim gestem.

– Chwileczkę, kolego, zapytajmy go, gdzie było ognisko, w którym spalili strzępy materiału.

– To nie były wcale strzępy – wtrąciłem, a tamci zamarli ze zdumienia i czekali, co powiem dalej. – To nie były żadne strzępy, proszę pana, to był cały kawałek sukienki!

– Korolewski napisał wyraźnie: „strzępek materiału", więc jeśli nie strzępek, to co? – mundurowy podsunął się do mnie tak, że widziałem strużki potu ściekające mu po skroniach. – A może powiesz, że to była cała sukienka, co?

– Nie, proszę pana, cała sukienka to nie była, na pewno nie cała, ale kawałek duży jak ta mapa, o – i pokazałem w powietrzu jak duży był ten kawałek, którego przecież nikt nie widział, bo Elka wcale nie wyleciała w powietrze.

Mundurowy przysunął się jeszcze bardziej.

– Jeżeli tak było, to wszystko wskazuje na to, że musiał gdzieś także pozostać kawałek ciała, a o tym Korolewski nie napisał ani żaden z was.

– Było ciało czy nie?! – warknął M-ski. – Tylko nie kręć znowu!

– Tylko ten kawałek sukienki, proszę pana – odpowiedziałem zadowolony z pomieszania im szyków.

Ale oni nie dali się na to nabrać, bo zaraz powrócili do tego samego pytania.

– Duży czy mały – stwierdził dyrektor – nie powiedziałeś nam najważniejszego: gdzieście go spalili?

– Niedaleko nasypu kolejowego.

– Jakiego nasypu?

– No, tego, po którym nie jeździ żaden pociąg.

– W którym miejscu?

– Obok zerwanego mostu.

– Kręcisz – M-ski był już niebezpiecznie blisko – zerwanych mostów jest tam kilka. Przy którym z nich, dokładnie?!

– Za brętowskim kościołem, proszę pana, tam gdzie nasyp przecina drogę do Rębiechowa.

– Dosyć! – krzyknął M-ski. – Dosyć tych kłamstw! Twoi koledzy zeznają co innego. – I chwycił mnie za jedno i drugie ucho równocześnie, i podniósł do góry, tak że lewitowałem jak Weiser w piwnicy nieczynnej cegielni. – Jak długo jeszcze będziecie kłamać? Tam było coś więcej niż sama sukienka, prawda? Gdzie zakopaliście szczątki swojej koleżanki? – pytał, podnosząc mnie, to znów opuszczając, a ja nie wiedziałem, co mu odpowiedzieć, więc wykrzyknąłem tylko: – Niech pan puści, niech pan puści!

Aż wreszcie puścił mnie, bo zabolały go ręce, i odepchnął w stronę ściany, gdzie mogłem chwilę odetchnąć.

– Dawaj łapę! – powiedział zdyszany M-ski. – Może to przywróci ci pamięć! – I zobaczyłem, jak wyjmuje z szuflady kawałek gumowego węża, ten sam, który na lekcjach przyrody służył za stróża porządku. – Podejdź tu bliżej – powiedział, ale nie ruszyłem się z miejsca. – No, chodź tutaj! – mówił, spoglądając na dyrektora i mundurowego. – Boisz się?

Stałem nadal pod ścianą.

– No więc – spytał mundurowy – powiesz czy nie?

– Wszystko już powiedziałem, proszę pana – chlipnąłem, bo mimo woli łzy ciekły mi z oczu, ale ten widok tylko rozdrażnił M-skiego, który podszedł do mnie, chwycił za rękę, otworzył dłoń jak małemu dziecku i wymierzył pięć uderzeń, chlapiących jak kopyta końskie na asfalcie.

– Powiedz!

– To było, proszę pana, w tym samym miejscu, gdzie pana widzieliśmy nad Strzyżą.

– Gdzie? – zapytał dyrektor.

– Nad Strzyżą. To jest ten potok, który przepływa pod kolejowym nasypem.

M-ski znieruchomiał, ale tylko na moment. Jego policzki zrobiły się czerwone.

– Czasami łapię tam motyle – zwrócił się do tamtych – ale to nie ma żadnego związku ze sprawą! – Znów chwycił mnie za dłoń, ale zdążyłem go uprzedzić.

– Wtedy był pan bez siatki na motyle – powiedziałem – i bez pudła na rośliny.

Gumowy wąż zawisł w powietrzu i nie spadł na otwartą rękę. M-ski popatrzył na mnie groźnie, trochę z obawą.

– Jesteś tego pewien?

– Tak, proszę pana – i uśmiechnąłem się bezczelnie, bo karty, przynajmniej częściowo, zostały odkryte, choć mundurowy i dyrektor nie domyślali się niczego.

– Dobrze – powiedział – zastanowimy się nad tym, a teraz – zwrócił się do tamtych – przerwa na herbatę.

Kiedy wyszedłem do sekretariatu, po raz pierwszy czując mdły smak szantażu zmieszany ze łzami, woźny poderwał się ze swojego krzesła.

– Skończone? – rzucił pytająco w kierunku mundurowego. – Już po wszystkim?

– Nie – odparł tamten. – Niech pan przyniesie wody w dzbanku, a wy – to było do nas – ani słowa!

Woźny z dzbankiem zniknął i usłyszeliśmy jego kulawy krok w pustym korytarzu, a tamci uchylili drzwi gabinetu, abyśmy nie mogli ze sobą rozmawiać. Natężając słuch, można było usłyszeć wszystko, o czym mówili, lecz my tym razem nie korzystaliśmy z tej szansy.

– Zna-le-ziona obok starego dę-bu – szeptał Szymek. – Spa-lo-na te-go sa-me-go dnia wie-czo-rem na ka-mie-nio-ło-mach. Go-dzi-na siódma wie-czo-rem, szu-ka-li-śmy miej-sca ze stra-chu, a te-raz mówi-my to też ze stra-chu.

Zanim woźny wrócił przez pachnący ciszą i pastą do podłóg korytarz, najważniejsze zostało ustalone. Tak, Szymek wiedział, co mówi, szczegóły obmyślił dobrze i – co istotne – wydawały się prawdopodobne. Niewątpliwie, stary dąb był w dolince trudny do przeoczenia. Jeśli założyć, że Elkę rozerwała eksplozja, skrawek sukienki mógł dofrunąć tam rzeczywiście. Później nie wiedzieliśmy, co z nim zrobić. A na polanie z głazami narzutowymi, to znaczy na kamieniołomach oddalonych od dolinki o czterdzieści minut drogi piechotą, było istotnie miejsce wyznaczone przez leśniczego do palenia ognisk. Więc poszliśmy tam, czy to dziwne? No i ogień pochłonął czerwony strzępek.

Woźny wrócił z dzbankiem pełnym wody i zniknął na chwilę w gabinecie.

– Ja zna-laz-łem przy ko-rze-niach – szeptał Szymek. – Ty nio-słeś w kie-sze-ni – to było do mnie – a Pio-trek wrzu-cał do og-nis-ka. Po-tem do do-mu.

Za chwilę woźny był już z nami, drzwi do gabinetu zostały zamknięte. Kiedy przypominam sobie dzisiaj tę scenę, myślę, że był to najpiękniejszy szept sceniczny, jaki kiedykolwiek słyszałem. Jedno tylko jest zastanawiające: dlaczego tym razem po wodę wysłano woźnego, nie zaś któregoś z nas? Pozostawieni bez stróża, nawet przy otwartych drzwiach gabinetu, mogliśmy bez trudu ustalić, co potrzeba, i tamci nie mogli mieć co do tego wątpliwości. Chcieli za wszelką cenę zakończyć śledztwo? Może była to intryga M-skiego? O M-skim w każdym razie myślałem przez cały czas długiej przerwy, gdy oni pili herbatę, a my siedzieliśmy w sekretariacie na składanych krzesłach, które okropnie gniotły w siedzenie.

M-ski miał teraz trudne zadanie. Z pewnością zrozumiał, o co chodzi. Niepostrzeżenie gra pomiędzy nami zamieniła się w grę moją i M-skiego i chociaż nigdy nie powiedziałem chłopakom o moim pierwszym w życiu szantażu, ta gra ciągnęła się później przez całe lata. Ciągnęła się jeszcze po skończeniu szkoły i po śmierci Piotra, a nawet – jak myślę dzisiaj – trwać może do teraz w całkiem innym miejscu i czasie.

Kiedy skończyłem szkołę, M-ski uczył jeszcze przyrody i nadal pozostawał zastępcą dyrektora do spraw wychowawczych. Później, po siedemdziesiątym roku, gdy dwaj mężowie stanu podpisali ów układ, o którym gazety w Niemczech i Polsce pisały, że jest historyczny, kiedy wielu ludzi wyjeżdżało na stałe do kraju Georga Wilhelma Friedricha Hegla, dowiedziałem się, że M-ski znalazł się pośród nich. Wtedy wzruszyłem ramionami, lecz – jak się okazało – niesłusznie. Bo w czasie mojej wizyty u Elki, o której napisałem, że była również grą – tyle że o Weisera, w czasie tej wizyty, pod sam jej koniec M-ski znowu pojawił się niespodziewanie, jakby nic nie mogło wydarzyć się bez niego.

Z dużego pokoju na parterze, gdzie leżała Elka, udałem się do sypialni. Moje ręce nie były już skrzydłami iła 14, pozostałe członki zaś w niczym nie przypominały jego srebrzystego kadłuba, unoszącego czerwoną sukienkę. Obok łóżka stał mały przenośny telewizor. Włączyłem go i nie zwracając uwagi na program, wkładałem piżamę Horsta, całkiem zrezygnowany. I wtedy na ekranie ujrzałem twarz M-skiego, uśmiechniętą i pełną, która odpowiadała na pytania reportera.

– Dlaczego tak późno zdecydował się pan na powrót do ojczyzny? – pytał dziennikarz.

– Och, to nie takie proste – odpowiadała twarz. – Ogólnie określiłbym to jako przyczyny polityczne.

– Czym zajmował się pan w Polsce?

– Badaniami naukowymi – mówiła twarz. – A z konieczności uczyłem też w szkole.

– Dlaczego z konieczności?

– Bo moje badania, w których podkreślałem wyjątkowość flory i fauny lasów otaczających Gdańsk – marszczyła się twarz – te badania nie znajdowały żadnego rozgłosu ani uznania.

– Czy po przyjeździe opublikował pan wyniki swoich prac naukowych?

– Niestety – twarz objawiała oznaki pewnego zniecierpliwienia – maszynopis został mi skonfiskowany na granicy.

– Dlaczego?

– Obawiam się, że również z przyczyn politycznych – odpowiedziała bez zająknienia twarz.

– A czym zajmuje się pan obecnie?

– Obecnie... – twarz namyślała się przez chwilę – obecnie wykładam w szkole ogrodniczej przedmioty zawodowe.

– Czy kontynuuje pan teraz bez przeszkód pracę naukową?

– O tak! – twarz uśmiechnęła się jak na reklamie coca-coli. – Bez żadnych przeszkód!

– I jakie badania prowadzi pan, jeśli można spytać?

– Prowadzę obserwację – twarz przybrała poważną minę – ginących gatunków motyli w Górnej Bawarii.

– Czy wyniki pańskich badań zostaną opublikowane?

– Tak – odpowiedziała twarz – niedługo.

Już zamierzałem wyłączyć telewizor i zamknąć twarz, przynajmniej na tę noc, gdy na ekranie ukazała się sylwetka kanclerza Willy'ego Brandta. Przemawiał w Bundestagu, polemizując z tezami Partii Zielonych.

– Nie wie pan nawet – powiedziałem głośno, bo nikogo nie było w pokoju – nie wie pan nawet, panie kanclerzu, jakiego oni teraz mają sojusznika! – I wyłączyłem telewizor, w obawie, by z ekranu nie wyskoczyła nagle twarz, ta sama co przed laty, z wąsami domalowanymi przez Weisera.

Odkrycie to przybiło mnie do reszty. Następnego dnia, będąc na powrót w Monachium u mego stryja, który miał piękny dom, trawnik, samochód i nic ponad to, zastanawiałem się znowu, dlaczego pani o wyglądzie domowej gospodyni biła M-skiego po twarzy. Nawet dzisiaj obraz ten budzi we mnie mieszane uczucia, bo jeśli M-ski latem chwyta ginące motyle w Dolnej czy Górnej Bawarii, na pewno umawia się tam z jakąś bawarską gospodynią i tak samo jak nad

Strzyżą stoi nad górskim potokiem, który zagłusza plaskające uderzenia krzepkiej Niemki.

Co było dalej? Uwierzyliśmy Weiserowi w jego bajeczkę. Jeśli nie chciał być wodzem ani piratem, to dlaczego nie miałby zostać artystą występującym w cyrku? Mój sen – jak rozumowałem wówczas – potwierdzał tylko takie przypuszczenia. Weiser jak nikt inny wydawał się stworzony do poskramiania dzikich zwierząt. Tylko do czego były mu potrzebne pirotechniczne efekty i cały arsenał, zgromadzony w piwnicy nieczynnej cegielni? Tego nie mogłem zrozumieć, bo jedno z drugim niewiele miało wspólnego. Wierzyłem więc, ale nie do końca; ufałem, ale nie w pełni, i nie zwierzając się z moich wątpliwości nikomu, przychodziłem na kolejne wybuchy w dolince za strzelnicą. Po każdej takiej wyprawie dziura w nodze zaczynała znów ropieć, matka krzyczała okropnie i jeszcze bardziej mnie pilnowała, żebym nigdzie nie wychodził.

O poszczególnych eksplozjach nie będę mówił po raz drugi. Były takie, jak opisałem. Nic więcej nie mogę na ich temat dodać, bo niczego nie zataiłem i niczego chyba nie pominąłem. A Weiser? Poza urządzaniem wybuchów uczył Szymka i Piotra strzelania – tak jak poprzednio: albo w piwnicy cegielni, albo w dolince. Straszliwie nudziłem się w domu, wiedząc, że oni mają niezłą zabawę. Nie chciałem jednak wychodzić, nie ze strachu przed matką, tylko z obawy, że nadwerężona tym noga nie pozwoli mi wymknąć się na następny wybuch, o którym wiedziałem zawsze dzień wcześniej od Szymka lub Piotra.

Minęło sporo czasu i któregoś dnia zobaczyłem na niebie pierwsze obłoki. Ich wysokie, rozciągnięte pióra nie zapowiadały wprawdzie zmiany pogody, lecz mogłem teraz ślęczeć w oknie z brodą podpartą rękoma i śledzić powolne przemiany kształtów na niebieskim jak akwamaryna sklepieniu. Wiadomości przynoszone przez Szymka i Piotra były zwyczajne – w zatoce zupa rybna rozrzedziła się trochę i na piasku nie zalegały już cuchnące kupy gnijącej padliny, ale o kąpieli nie było co marzyć. Śmiałek, który zanurzył w wodzie koniec nogi, cofał ją natychmiast z obrzydzeniem. Masowo padały też mewy i pracownicy oczyszczania znosili martwe kadłuby na wielkie stosy, które z daleka wyglądały jak kupki śniegu. Wywożono je razem z rybami za miasto i palono na wspólnym wysypisku. Rybacy z Jelitkowa wystąpili do władz o odszkodowania, ale nikt nie potrafił powiedzieć nic pewnego. W Brętowie pojawił się za to ponownie Żółtoskrzydły i – jak opowiadali ludzie – przeparadował któregoś razu w naszym zardzewiałym hełmie obok domów, wzbudzając powszechny niepokój. Ale nie złapano go. W każdym razie nie sypiał już w naszej krypcie, musiał więc mieć jakąś inną kryjówkę. Poza tym w dolinie po drugiej stronie nasypu, zaraz za cmentarzem, pojawili się ludzie z tyczkami, mierzyli ziemię i ogradzali teren pod ogródki działkowe zwojami kolczastego drutu. Tam gdzie teren był już ogrodzony, przychodzili inni ludzie i z desek, starych sklejek i papy klecili szopy i małe domki, i bardzo nie lubili, gdy ktoś obcy kręcił się w pobliżu. Może dlatego, że w tych szopach chowali szpadle, motyki i grabie, a może dlatego, o czym przekonany był Piotr, że byli po prostu źli i nieuprzejmi od urodzenia.

W Gdańsku, na Długim Targu, puszczono historyczny tramwaj, zaprzężony w dwa konie, a bilet na jeden przejazd kosztował okrągłe pięćdziesiąt groszy. Jechali tym tramwajem, ale bez Elki i Weisera, którzy tego dnia znikli gdzieś bez wieści. Pytałem, dokąd mogli pójść – na lotnisko czy do cegielni, ale poza tym, że Elka miała rano ze sobą ten sam instrument, na którym grała Weiserowi do tańca, nic nie umieli powiedzieć. Szymek domyślał się, że Weiser przygotowywał jakiś nowy numer i pewnie niedługo nam go zaprezentuje. Dzisiaj wiem, że Weiser nic takiego nie robił, bo przecież nigdy nie zamierzał zostać artystą areny. Wtedy mogliśmy w to wierzyć i spokojnie podziwiać jego arsenał albo jak Piotr i Szymek tego dnia – jeździć po Długim Targu historycznym tramwajem za okrągłe pięćdziesiąt groszy od jednego kursu. Poza tym ze studni Neptuna nie sikała ani jedna kropla wody, a pan Korotek dostał mandat, bo przez skrzyżowanie, gdzie założyli niedawno pierwsze w mieście światła, przeszedł jak zawsze po swojemu – na skos. Na dodatek zwymyślał milicjantów od smarkaczy i mało co nie zabrali go na komisariat. Czy jeszcze coś? Tak, na sąsiedniej ulicy, która nazywała się Karłowicza, instalowano elektryczne lampy, a stare, gazowe latarnie miały iść na złom. Bar „Liliput" został zamknięty na całe trzy dni po ostatniej bójce murarzy z żołnierzami, którzy wyskakiwali na jednego z pobliskich koszar bez przepustki. Nowe kino miało nazywać się „Znicz" i obiecywano, że będzie tam panoramiczny ekran, jakiego nie mieli w „Tramwajarzu" obok zajezdni, w pobliżu naszej szkoły.

Weiser nie odwiedził mnie ani razu, kiedy przesiadywałem w domu, gdy zaś przychodziłem na jego wybuchy, słowem nie wracał do dziury w nodze i tego, co się wtedy stało. Czas płynął mi wolno i spokojnie, jak wszystkim w naszej dzielnicy podczas upalnego lata, gdy kurz czerwca, pył lipca i brud sierpnia ani razu nie spłynęły z liści kroplami tak upragnionego deszczu. Z braku innego zajęcia rysowałem na kartkach zeszytu, co tylko przyszło mi do głowy. Raz był to Żółtoskrzydły stojący na dachu kamienicy na Starym Mieście. Tuż za jego plecami wyrastały smukłe sosny, a nad miastem i głowami zgromadzonych na chodniku ludzi przelatywały samoloty, całymi kluczami jak żurawie. Innym razem kartkę zeszytu wypełnił Weiser szybujący nad zatoką na czarnej panterze; rybacy padali na kolana, a ich żony chowały głowy ze strachu. Był też pan Korotek toczący przez podwórko ogromną jak beczka flaszkę wódki, z której umykały myszy prosto na pobliski śmietnik. M-skiego narysowałem razem z proboszczem Dudakiem, któremu dorobiłem motyle skrzydła i umieściłem w siatce przyrodnika jako kolejny eksponat. Była też jedna panorama, albo lepiej: widok ogólny – znad wzgórz w kierunku lotniska pomykał samolot w kształcie kadzielnicy, my wszyscy siedzieliśmy w środku, a nad miastem, zatoką i cmentarzem zamiast słońca świeciło wielkie trójkątne oko, wysyłające promienie we wszystkich kierunkach.

Matka nie lubiła, kiedy siedziałem zgarbiony nad kartką, bo zamiast kwiatów czy drzew widziała na moich obrazkach same maszkary. Tak przynajmniej je nazywała, przerywając moje zajęcie, bo znów czekały ziemniaki albo makaron.

Aż któregoś dnia – było to chyba po piątym z kolei wybuchu, kiedy noga wyglądała już prawie dobrze – do drzwi naszego mieszkania zastukał Szymek. W rękach trzymał zwinięty rulon papieru.

– Wiesz, co to jest? – zapytał od drzwi. – Zgadnij, prędko!

– Flaga? List gończy? Ogłoszenie?

– Już lepiej – uśmiechnął się. – To jest plakat!

– Aha – powiedziałem bez przekonania. – No i co z tego?

Szymek, rozwijając kolorowy rulon na tapczanie, nie przestawał mówić:

– Dał mi go ten pan, który nakleja afisze na słupach, ten ze starym rowerem. Popatrz tylko, jakie cudo!

Rzeczywiście ujrzałem wielką paszczę lwa obok ubranej w barwny kostium kobiety, a pod spodem napis: CYRK „ARENA" ZAPRASZA!!!

– Niezłe – powiedziałem. – I co dalej?

– Co dalej? Jutro idziemy do cyrku! – wyrzucił z siebie radosną nowinę. – Nie rozumiesz?

– A bilety?

– Elka już pojechała kupić, dla ciebie też.

– A pieniądze?

– Nie martw się o pieniądze, jak będziesz miał, to oddasz.

– Ile?

– Dla dorosłych dziesięć, a dla nas po pięć złotych.

– A skąd mieliście tyle?

– Zaraz ci wszystko powiem – Szymek odsunął plakat i usiadł na tapczanie, bo wszystkie krzesła w pokoju były zarzucone bielizną przygotowaną do prania. – No więc rano Piotr pojechał do Gdańska kupić w żelaznym sklepie gwoździ dla ojca. I wtedy zobaczył na placu Zebrań cyrkowe wozy. No i nie poszedł do sklepu, tylko wyskoczył z tramwaju na tamtym przystanku i wszystko sobie dobrze oglądnął: wóz, w którym mieszka klown, klatki z dzikimi zwierzętami, konie, akrobatów. Widział nawet cylinder magika, bo kiedy tragarze przenosili pakunki, ten cylinder wypadł i potoczył się po ziemi, a magik, który wyglądał jak zwyczajny człowiek, strasznie krzyczał i zwymyślał tragarzy od niedołęgów. Wszystko to Piotr widział i słyszał, patrzył też na robotników naciągających liny wielkiego namiotu, a na koniec zobaczył, jak dużymi młotami wbijają w ziemię grube paliki, podtrzymujące odciągi. Potem przypomniał sobie o gwoździach dla ojca, kupił co trzeba i przyjechał z nowiną do nas. A pół godziny później, no, może godzinę, na naszym słupie ogłoszeniowym pojawiło się to – Szymek wyciągnął rękę, dotykając jaskrawego plakatu.

– A pieniądze? Skąd mieliście pieniądze?

– Ach, to było dziwaczne – mówił dalej Szymek. – Staliśmy obok słupa i gapiliśmy się, jak ten od afiszy smaruje klejem papier i przykleja, a potem znowu smaruje i znowu przykleja, bo on prawie cały słup okleił tym samym plakatem. Staliśmy tak i gadaliśmy, jakby to było fajnie iść do cyrku, gdyby były pieniądze, bo ja bym miał na bilet i Piotr też, ale Elka chyba nie, a Weiser to nie wiem, no i ty... A wtedy nadszedł pan Korotek, całkiem trzeźwy i, zdaje się, słyszał naszą rozmowę. „No, to ile was sztuk jest?" – zapytał. „Pięć" – odpowiedzieliśmy, bo razem z tobą to pięć – a on wyjął wtedy portmonetkę i dał nam całych trzydzieści złotych. „Macie", powiedział, „a jak sprzedacie butelki, to możecie mi oddać", powiedział, „ale niekoniecznie". Elka pojechała po bilety i ma kupić na jutro, bo dzisiaj występów jeszcze nie będzie, no to nieźle, co? – skończył opowiadać, zwijając plakat w długi rulon. – Powieszę to sobie nad łóżkiem – dodał – o ile matka nie wyrzuci, bo ta pani jest prawie całkiem rozebrana.

Szymek wyszedł bardzo zadowolony, a moja matka, która słyszała fragment rozmowy, oznajmiła, że pięć złotych na bilet da mi bardzo chętnie i nie potrzebuję (tak powiedziała) korzystać ze wspaniałomyślności pana Korotka.

Następnego dnia od rana czas dłużył się nieznośnie, bo przedstawienie, na które mieliśmy bilety, rozpoczynało się dopiero o godzinie szesnastej. Wcześnie rano wyszedłem przed dom, żeby zobaczyć plakaty rozlepione na betonowym okrąglaku. Słup wyglądał wspaniale: od samej ziemi aż po jego czubek ciągnęły się dookoła takie same lwie paszcze i takie same panie w kostiumach. Przyzwyczajony do szarzyzny słupa, na którym od kilku już miesięcy nie naklejano nic nowego, a resztki starych afiszy mieszały się ze świńskimi napisami i zeszłorocznym zarządzeniem o rejestracji poborowych, stałem jak urzeczony i myślałem, czy lew, którego zobaczę w cyrku, będzie tak samo groźny jak ten na plakacie, z ogromną, rozwartą paszczą i dwoma rzędami wielkich połyskujących kłów. Nagle poczułem lekkie szturchnięcie w bok.

– Możesz już chodzić? – Tak, to był głos Weisera. – Nie puchnie noga?

– Nie – odpowiedziałem zgodnie z prawdą. – Nic już nie boli i nic nie puchnie, a co? – W tym „a co?" kryła się naturalnie nadzieja na coś nowego, bo jeśli Weiser zaszedł mnie od tyłu i pytał, musiał mieć jakiś pomysł.

– To chodź ze mną – powiedział. – Zobaczysz, jak się łapie zaskrońce.

– A po co ci zaskrońce? – spytałem. – Będziesz je tresował?

Weiser wzruszył ramionami.

– Jak nie chcesz, to nie. Myślałem tylko, że będziesz chciał zobaczyć, jak się to robi – mówił wolno, zrezygnowanym tonem.

Chciałem zobaczyć, jak będzie łapał zaskrońce, ale chciałem też wiedzieć, do czego mu będą potrzebne. Ruszyliśmy ulicą pod górę i wtedy zapytałem raz jeszcze:

– Ale po co ci one?

– Zobaczysz, wszystko zobaczysz – powiedział. – To jest worek, gdzie będziemy je wrzucać – wyjaśnił – a kij znajdziemy już w lesie.

Minęliśmy rząd małych, prawie identycznych domów, ze skośnymi dachami, w których półokrągłe okienka mansard wyglądały jak wyłączone w ciągu dnia lampy samochodowe. Weiser umilkł i przez dalszą drogę, kiedy wspinaliśmy się ścieżką między modrzewiami, nie powiedział ani słowa. Po dziesięciu minutach, sapiąc, staliśmy na wzgórzu, skąd z jednej strony widać było lotnisko i zatokę, a od południa, daleko w dole majaczyły zarysy Brętowa i wzgórz, za którymi znajdowała się strzelnica.

– Idziemy tam – powiedział, wskazując ręką na południe – tam gdzie założyli płoty i gdzie będą ogródki działkowe.

Teraz schodziliśmy po stoku prawie tak jak na nartach – raz w lewo, raz w prawo, ostrymi zakosami, żeby zanadto się nie rozpędzać. W powietrzu spotykały się smugi różnych zapachów, woń przekwitłego łubinu mieszała się z koniczyną, a chłodny zapach mięty łączył się z ostrym aromatem rosnącej dziko macierzanki.

– Powiedz, będziesz je sprzedawał? Albo zaniesiesz M-skiemu? A nie wystarczy mu jeden zaskroniec, musi ich mieć kilka? – pytałem, gdy tylko stanęliśmy w dolinie przylegającej skrajem, stąd niewidocznym, do cmentarza i nasypu, po którym nie jeździł żaden pociąg.

Ale Weiser nie odpowiedział. Najpierw wyszukał długi na metr, rozwidlony patyk, taki sam, jakiego używają poławiacze żmij w Bieszczadach, a później zwrócił się do mnie:

– Widzisz tamte zarośla?

Skinąłem głową.

– Tam jest ich najwięcej, idź tam i poruszaj krzakami, żeby je wypłoszyć. Ale powoli, nie za mocno – dodał – żeby nie uciekały wszystkie naraz, rozumiesz?

Zadanie nie było trudne. Szedłem wolno wzdłuż pasa zarośli i kijem poruszałem kępy wysokich traw, pokrzyw, karłowatych malin, czarnego żarnowca i paproci. Zaskrońce najpierw powoli, później coraz szybciej wyślizgiwały się spod moich stóp i pomykały bezszelestnie w kierunku Weisera, a on z ogromną zręcznością najpierw unieruchamiał je rozwidlonym patykiem, a potem chwytał delikatnie w palce i wrzucał do parcianego worka.

– Jeszcze raz – powiedział, kiedy skończyłem nagonkę. – Nigdy nie wypłoszy się wszystkich.

Powtórzyłem czynność dokładnie tak samo i ku mojemu zaskoczeniu umykających zaskrońców było niewiele mniej niż poprzednim razem. Weiser zawiązał worek na duży, ale szczelny supeł.

– Dobra – powiedział – teraz przejdziemy przez te cholerne działki i zaniesiemy je na drugą stronę.

„Cholerne działki" powiedział, pamiętam dobrze, bo Weiser nigdy nie mówił za dużo i wszystko można było zapamiętać bardzo dokładnie.

– Cholerne działki – powtórzył raz jeszcze, gdy mijaliśmy pracujących tu ludzi. Odkąd się tu pojawili, z uporem przekopywali suchą jak na pustyni ziemię i z jeszcze większym uporem klecili z desek i dziurawej sklejki swoje budy, nazywane domkami, na których nie wiedzieć dlaczego malowali zaraz uśmiechnięte krasnale, zabłąkane sarenki albo stokrotki z dziewczęcymi twarzyczkami, co wyglądało okropnie i wprost nieprzyzwoicie.

– Co tam niesiecie, chłopcy? – zaczepił nas spocony grubas, podnosząc czoło znad motyki. – Czego tu szukacie?

– E... nic, proszę pana – odpowiedziałem pierwszy. – Tylko trawę dla królików zbieramy, bo tu najwięcej.

Weiser zwolnił nieco kroku, ale nie zatrzymał się i nawet nie spojrzał na grubasa, a ja ruszyłem za nim, patrząc na worek, który poruszał się w takt miarowych kroków.

– Na drugi raz – zawołał grubas – szukajcie trawy gdzie indziej! I lepiej, jak was tu nie spotkam, zrozumieliście? To już nie jest ziemia niczyja! – i grubas krzyczał coś jeszcze, ale my byliśmy coraz dalej.

Ścieżką w dół dotarliśmy do nasypu.

– Nieźle to wymyśliłeś – powiedział Weiser. – Można na ciebie liczyć.

Serce o mało nie pękło mi z dumy.

Ani się obejrzałem, jak byliśmy na cmentarzu, w jego górnej części, gdzie Weiser zatrzymał mnie ruchem ręki.

– Tu je wypuścimy – powiedział, odwiązując worek. – Tu już nic im nie grozi.

Zobaczyłem, jak z otwartego worka wypełzają zaskrońce, niektóre prędko, inne, bardziej może przerażone, powoli, tak że Weiser musiał je poszturchiwać ręką. Węże rozpełzały się między nagrobkami. Ich szarobrunatne zygzaki przemykały zwinnie w gęstych chaszczach pokrzyw i lebiody i po chwili w zasięgu naszego wzroku nie został już ani jeden. „Ani jeden", napisałem, choć nie była to prawda. Nagle bowiem ujrzałem na płycie nagrobka długie cielsko węża w migotliwych strumieniach światła, w refleksach docierających tu przez kopułę bukowych liści tak jak przez zielone szybki witraży w naszym kościele podczas sumy. Zaskroniec miał ponad metr długości, nie ruszał się prawie i jakby szukając światła, podnosił tylko łeb, po chwili opuszczając go na powrót na kamienną płytę. Jego żółte plamy tuż koło pyska rozjaśniały się symetrycznie, ilekroć promień z góry docierał do płyty.

– Popatrz – wyszeptałem do Weisera – zupełnie się nas nie boi.

I rzeczywiście, kiedy wyciągnąłem rękę do węża i poczułem na palcach chłodny dotyk jego spłaszczonego pyska, jak dotyk psiego nosa, zaskroniec nie uciekł, cofając się tylko nieznacznie. Dopiero po chwili odwrócił się od nas i zniknął w pobliskiej kępie paproci, rozkołysanej lekko dotknięciem jego ciała.

– Tu jest coś napisane – zwróciłem się do Weisera. – Umiesz to przeczytać?

Nachylił głowę nad nagrobkiem i przeczytał:

– „*Hier ruht in Gott Horst Meller. 8 VI 1925–15 I 1936*” – i dalej, sylabizując – „*Werst unser Slieb alle Zeit und Hliebst es auch in Snigkeit*”. Nie znam niemieckiego – wyjaśnił – ale to pierwsze znaczy, że tu spoczywa w Bogu Horst Meller, a to drugie to jakiś wiersz, bo się rymuje. Zobacz – dotknął palcem wyżłobionego napisu z gotyckich liter – *Zeit*, a w drugim jest *Snigkeit*. *Eit-eit*, to jest na pewno jakiś wiersz.

– Miał jedenaście lat, jak umarł – powiedziałem. – To tyle, co my.

– Nie, on się nie urodził w dwudziestym piątym, tylko w dwudziestym dziewiątym. – Weiser przybliżył twarz do napisu. – Popatrz, to nie jest piątka, tylko dziewiątka!

– Mówisz, jakbyś go znał – po raz pierwszy sprzeciwiłem się zdaniu Weisera. – Tu nie ma dziewiątki, tylko piątka, a więc urodził się w dwudziestym piątym i jak zmarł, miał jedenaście lat!

– I tak nie wiemy, kto to był – uciął Weiser.

A gdy wracaliśmy do domu, powiedział jeszcze, że ludzie z działek zabijają zaskrońce, bo nie umieją ich odróżnić od żmii i jak tylko zobaczą coś pełzającego, to zaraz zlatują się do kupy i tłuką węża motyką albo grabiami. Więc trzeba je przenosić na stary cmentarz lub polanę, tam gdzie są narzutowe głazy, to może część z nich ocaleje.

Tak, Weiser miał rację. Już w następnym roku, kiedy działki obejmowały całą dolinę za cmentarzem, po drugiej stronie nasypu, i kiedy zamiast wysokich traw rosły tam pierwsze rzędy marchewki, grochu i kalafiorów, zaskrońca można było spotkać niezmiernie rzadko, najczęściej w postaci gnijących zwłok, wokół których skrzętnie uwijały się mrówki. A trzy albo cztery lata później nie było ich już nigdzie – ani tam, ani w okolicy starego cmentarza, ani też na polanie nazywanej kamieniołomami, dokąd przenosił je w parcianym worku Weiser.

Nigdy nie dowiedziałem się wprawdzie, dlaczego to robił. Na pewno nie miał zamiłowań M-skiego, a jego własne wyjaśnienie do dzisiaj nie przekonuje mnie w pełni. Tak samo zresztą nigdy nie dowiedziałem się, kim był pochowany w 1936 roku Horst Meller, na którego nagrobku zaskroniec dotknął mojej ręki. Pewny jestem tylko tego, że Weiser w ewakuacji zaskrońców nigdy nie korzystał z pomocy Piotra ani Szymka, a wtedy, tamtego dnia, kiedy mieliśmy iść do cyrku, zabrał mnie ze sobą raczej przez przypadek, prawdopodobnie pod wpływem chwilowego impulsu. A może uznał, że zaskrońce to nie jest sprawa dla wszystkich?

M-ski wyszedł z gabinetu, stanął w otwartych drzwiach, spojrzał najpierw na mnie, potem na Szymka i Piotra, na koniec na zegar ścienny i powiedział:

– Dosyć! – Patrzył w nasze twarze, jakby chciał z nich wyczytać własne myśli. – Dosyć – powtórzył po długiej pauzie. – Dosyć tego! Macie ostatnią szansę, a jeśli z niej nie skorzystacie, zajmie się wami prokurator i milicja! Zrozumieliście?

Nie było żadnej odpowiedzi.

– Korolewski! – zabrzmiało nazwisko Szymka. – Ty pierwszy!

W myślach powtarzałem szczegóły dotyczące rzekomego pogrzebu, a gdy za Szymkiem zatrzasnęły się drzwi, nie miałem pewności, czy wszystko zapamiętałem jak należy. Czy groźba M-skiego była prawdziwa? Wątpię w to również dzisiaj, ale wtedy, nawet gdyby okazała się najprawdziwsza, i tak by nas nie przeraziła. Bo cóż jeszcze mogło nas przerazić? Zegar pokazywał pół do dwunastej, za oknami krople uderzały w ciemności o blaszany parapet, a tamci mieli, zdaje się, także dosyć. Jak długo można wypytywać wciąż o te same rzeczy?

Przedstawienie w cyrku zaczęło się wspaniale. Orkiestra złożona z kilku instrumentów dętych i ogromnego bębna zagrała fanfary i w tej samej chwili wbiegł na arenę konferansjer ubrany w zielony frak i białą koszulę, ozdobioną na przodzie tak samo jak na rękawach czymś w rodzaju obfitych koronek. Zapowiedział pierwszy numer. Zanim jednak skończył, podszedł do niego od tyłu pomarszczony karzeł w czapeczce krasnala i pociągnął go za połę fraka. Wtedy spod fraka wyfrunął gołąb, a konferansjer, nie odwracając się, kopnął karła niczym koń i karzeł, skrzecząc i pokrzykując, potoczył się za kulisy w akrobatycznych koziołkach. Huragan braw i lawina śmiechu towarzyszyły ich zniknięciu, a na arenę wkraczali już akrobaci. Najpierw obeszli ją naokoło i pokazywali napięte, wielkie jak połówki dyni mięśnie. Następnie ustawili się w szeregu według wzrostu i wskakiwali jeden na drugiego, aż utworzyli piramidę wysoką na piętro. Najmniejszy z nich, na samym szczycie, wyczyniał teraz różne ewolucje: stawał na rękach, na jednej nodze, podskakiwał w powietrzu i po salcie lądował z powrotem na głowie swojego partnera.

– To oberman – wyszeptał Weiser do Elki, ale tak żebyśmy też słyszeli.

– Co? – nie był pewien Szymek.

– Oberman – powtórzyła Elka. – Ten najniższy nazywa się unterman, ten w środku mittelman, a ten, co teraz skacze, to właśnie oberman, najwyższy i najważniejszy.

– Wcale nie najwyższy, tylko najwyżej – szepnął Piotr, ale na kłótnię nie było czasu, bo oberman, wykonawszy ostatnie, podwójne salto, wylądował na piasku obok untermana, mittelman zeskoczył zaraz po nim i teraz cała trójka kłaniała się na wszystkie strony.

Mężczyzna w zielonym fraku znów wkroczył na arenę, zapowiadając paradę koni i pokaz woltyżerki. Przy wejściu za kulisy czekał na niego karzeł z przeciągniętą liną – to miał być rodzaj pułapki zastawionej na konferansjera, ale kiedy ten potrącił linę, wywrócił się liliput, który podskakiwał teraz jak żaba w ślad za znikającym konferansjerem.

Po końskich pióropuszach, barwnych skarpetkach, lewadzie i ruladzie, a także po występach pary akrobatów ubranych w obcisłe kostiumy zielony frak zapowiadał magika, którego nazwał iluzjonistą, a wszyscy szukali wzrokiem śmiesznego karła, ciekawi, co wymyśli tym razem. Nagle konferansjer złapał się za brzuch, okropnie skrzywił twarz i muzyk z orkiestry wydobył z puzonu odgłos pierdnięcia. Wtedy spod wybrzuszonej nieco poły fraka, czego nikt wcześniej nie zauważył, wypadł przy uderzeniu werbla skulony w kłębek gnom. Wszyscy skręcali się ze śmiechu, gdy zaś konferansjer wezwał klownów do posprzątania, a ci, zatykając nosy, podsuwali sobie nogami to coś jak niechcianą piłkę, widownia wyła i szalała z uciechy, tym bardziej że konferansjer odchodził koślawym krokiem, jakby miał pełno w spodniach. Tylko Weiser się nie śmiał, jakby zupełnie go to nie obchodziło.

Szymek, który siedział do tej pory nieruchomo, wydobył zza pazuchy lornetkę.

– Patrz uważnie – przypominał Piotr. – Najbardziej na ręce i rękawy.

Magik ubrany był jak konferansjer we frak, tyle że czarny, jego głowę okrywał oczywiście cylinder, na nogach miał wyglansowane jak lustro czarne lakierki i wszystkie sztuczki wykonywał w białych rękawiczkach. Najpierw asystentka podała mu parasolkę. W okamgnieniu z parasolki zrobiła się długa wędka z najprawdziwszym kołowrotkiem, żyłką i haczykiem na końcu. Magik przyłożył palec do ust i nakazał absolutną ciszę – wiadomo, ryby nie lubią hałasu. Potem pochylił się, jak gdyby nad wodą, zaciął i na haczyku pojawiła się żywa, migocząca rybka, w dodatku cała złota. Piotr nie wytrzymał.

– Widzisz coś? Widzisz, jak on to zrobił? – trącał Szymka w bok. – No, daj trochę popatrzeć.

Ale Szymek nerwowo regulował pokrętła i nie odzywał się w ogóle.

Rybka powędrowała do akwarium ustawionego przez asystentkę na stoliku. Widać było, że żyje i pływa jak zwykła rybka w normalnym akwarium. Magik powtórzył zacięcie i wybranie kilka razy i zawsze było tak samo – nie wiadomo skąd, jakby z powietrza, na haczyku zjawiała się kolejna rybka, równie żywa i równie ochoczo pływająca w akwarium.

Magik odłożył wędkę i zdjął cylinder.

– Teraz! – gorączkowo wyszeptał Piotr. – Teraz uważaj!

Z cylindra magik wyciągnął długi na kilka metrów rząd kolorowych chustek, następnie wstrząsnął nimi, tak że zrobiła się z tego jedna wielka chusta, i szybkim ruchem nakrył nią akwarium ze złotymi rybkami. Dwukrotnym poruszeniem rąk uczynił teraz z wędki krótką magiczną pałeczkę i dotknął jej końcem przykrytego akwarium. Przy akompaniamencie werbla i talerzy kobieta uniosła chustkę. Zamiast rybek i szklanego naczynia z wodą na stoliku siedział biały królik nieporadnie strzygący uszami, wyraźnie przestraszony burzą oklasków.

– Nic nie rozumiem – powiedział Szymek, przekrzykując hałas. – Nie da się nic podpatrzyć!

Spojrzałem na Weisera, ale on zdawał się nie reagować na podniecenie Szymka i Piotra. Siedział wyprostowany, ze wzrokiem utkwionym w nieokreślony punkt areny, jakby całe to przedstawienie nudziło go trochę i jakby siedział tu bardziej przez grzeczność niż z prawdziwego zainteresowania. W czasie przerwy Elka i Piotr poszli do bufetu po oranżadę, a ja siedziałem obok niego i nie bardzo śmiałem pytać o cokolwiek, mimo iż znał się na wszystkich szczegółach cyrkowego rzemiosła.

Orkiestra jak natchniona grała przez cały czas marsze i walczyki, ludzie przechodzili pomiędzy ławkami, wymieniając ukłony albo zdawkowe „przepraszam", a na arenie błaznowali dwaj klowni, kopiąc się w siedzenia, bijąc po twarzy i oblewając kubłami wody.

Pomyślałem wówczas, że Weiser wolałby pewnie być tam na arenie, występować w jakimś wspaniałym stroju, kłaniać się publiczności i zbierać, tak jak tamci, oklaski za dobrze wykonany numer. Tak pomyślałem, widząc jego skupioną twarz i dystans, celebrowany i aż nadto widoczny, dystans przekonania: „ja bym to lepiej zrobił", znanego wszystkim nierozpoznanym artystom.

Tak myślałem wówczas i jeszcze długo potem, lecz dzisiaj, gdy doszedłem do tego momentu w historii o nim – dzisiaj wyznać muszę co innego, zwłaszcza mając w pamięci wydarzenie, które zaszło w drugiej części cyrkowych występów. Chodzi oczywiście o wypadek podczas tresury lwów, a także o to, jak on się wtedy zachował. Bo od przerwy przy każdym numerze obserwowałem go dokładnie, widziałem jego twarz, dłonie i palce, które dzisiaj mówią mi co innego niż wtedy, gdy tak jak Szymek, Piotr, a może i Elka wierzyłem, że chce zostać cyrkowym artystą.

Weiser patrzył na to wszystko bardzo spokojnie, brawo bił słabo i bez entuzjazmu, a już najmniej zachwycały go wygłupy karła i zielonego fraka w antraktach pomiędzy numerami. Tak samo było przy paradzie słoni, połykaczu ognia, akrobatach z obręczami, psiej koszykówce, występie na trapezie i drugim pokazie magika, który tym razem wyczarował z powietrza najróżniejsze przedmioty: szklankę z mlekiem, piszczący balonik, ogromny bukiet kwiatów, gołębie, królika, a z cylindra wyłuskał butelkę szampana i dwa kieliszki, by na zakończenie otworzyć trunek i poczęstować nim asystentkę na oczach zachwyconej publiczności, śledzącej lot korka przemienionego niespodziewanie w gołębia. Weiser nie poruszył się ani razu, podczas gdy wszyscy wyciągali szyje, podskakiwali z uciechy i głośno komentowali występy. Dopiero gdy na zakończenie przedstawienia zielony frak zapowiedział największą atrakcję wieczoru – tresurę dzikich zwierząt – Weiser poprawił się na ławce, jeszcze bardziej wyprostował i splótł palce obu dłoni na kolanie w niecierpliwym oczekiwaniu.

Do klatki okalającej arenę wbiegły okratowanym tunelem dwa lwy, lwica i czarna pantera, taka sama, jaką widzieliśmy w oliwskim zoo. Zaraz za nimi pojawił się dompter w wysokich butach i białej koszuli ze stójką. W rękach trzymał bicz, nieco krótszy od bicza dla koni. Jego asystentka i – jak zapowiedział zielony frak – żona w jednej osobie miała obcisły kostium naszyty cekinami i również wysokie buty, tylko białe z frędzlami na cholewce. Zwierzęta mrużyły oczy, kręcąc się pośrodku areny, trochę niezdecydowane, co mają robić.

– Herman! Brutus! – krzyknął dompter. – Na miejsca!

I lwy, ociągając się, wskoczyły na okrągłe zydle.

– Helga! – to było do lwicy. – Na miejsce!

I lwica zwinnym ruchem usiadła na swoim miejscu. Teraz przyszła kolej na czarną panterę.

– Sylwia! Na miejsce!

I pantera, tak samo jak lwy, jednym susem znalazła się na wyznaczonym krzesełku. Mężczyzna obrzucił gromadę czujnym spojrzeniem.

– Herman! Brutus! Stójka!

I lwy uniosły się na tylnych łapach, prezentując piersi.

– Helga! Sylwia! Stójka!

Obie kocice wykonały równocześnie to samo polecenie i cała czwórka stała teraz na dwóch łapach, podpierając się zadami, zupełnie jak pies, który prosi o kawałek kiełbasy.

Treser ukłonił się publiczności i na ten gest zabrzmiały oklaski, a zwierzęta powróciły do poprzedniej pozycji. Dompter zbliżył się do nich, lekko strzelił z bicza i kiedy asystentka przygotowała jeszcze jedno puste siedzenie, krzyknął:

– Herman, hop!

I Herman skoczył ze swojego zydla na ten drugi, niezajęty.

– Brutus, hop! – zabrzmiała następna komenda.

I Brutus wykonał to samo co poprzednik, zajmując opuszczony przez niego zydel.

– Helga, hop! – krzyknął treser, ale nie wiedzieć czemu Helga ociągała się wyraźnie i nie miała ochoty skakać.

– Helga, hop! – zabrzmiało powtórnie, ale dopiero po trzecim rozkazie, wspomaganym uderzeniem bicza, Helga wykonała polecenie.

Pantera zaś, nie czekając komendy, przeskoczyła sama, skoro tylko zwolnił się zydel zajmowany przed chwilą przez lwicę. Oklaski zabrzmiały spontanicznie, bez ukłonu tresera, który zbliżył się do Sylwii i pogładził jej pysk zwisającym końcem bicza.

– Dobra Sylwia – powiedział głośno. – Grzeczna Sylwia – powtórzył, gładząc jej wybujałe wąsy, na co pantera uniosła lekko łeb i zamruczała głębokim charkotem. To również spodobało się widowni: ta delikatna pieszczota – i nagrodzono to nową falą oklasków.

Kobieta przygotowała dużą piłkę ze skóry.

– Herman, hop!

I Herman wskoczył na piłkę, potoczył ją kilka metrów, przebierając łapami, po czym wrócił na swoje miejsce, śmiesznie kiwając łbem. To samo wykonał Brutus, a następnie Helga, pantera zaś, znów nieprzynaglana rozkazem, dokończyła numer, zostawiając piłkę na przeciwległym krańcu areny. Brawa były jeszcze silniejsze. Gdy jednak spojrzałem na Weisera, zobaczyłem, że nie uderza dłonią o dłoń. Bębnił tylko palcami o kolano. Asystentka przyniosła teraz obręcz oblepioną czymś, co wyglądało na papierową masę, i zapaliła to potarciem zapałki. Po ławkach przeszedł szmer podniecenia.

– Herman, hop! – krzyknął dompter i strzelił w powietrzu z bicza.

Lew dał wspaniałego susa przez płonącą obręcz i stanął po drugiej stronie areny naprzeciwko zydli.

– Brutus, hop! – znów strzelił bicz i długi skok w wykonaniu kota zachwycił publiczność.

– Helga, hop! – to samo.

– Sylwia, hop! – i obie kocice znalazły się razem z lwami.

Numer powtórzono w odwrotną stronę. Zwierzęta przeskakiwały przez środek ognistego koła i lądowały teraz na swoich zydlach, a kobieta, na której kostiumie cekiny jarzyły się dziesiątkami odbić, przesuwała obręcz w odpowiednim kierunku. Znów cała czwórka siedziała na taboretach, dompter ukłonił się i zebrał porcję oklasków.

Wtedy stało się to, czego nikt nie mógł się spodziewać. Asystentka zgasiła płomienie szybkim poruszeniem obręczy i odwracając się tyłem do zwierząt, ruszyła po następny rekwizyt. Miała to być huśtawka z deseczką, oczekująca na swoją kolej przy prętach klatki. Kobieta zrobiła dwa, może trzy kroki i potknęła się o zagłębienie w piasku. Wystarczyło to panterze na błyskawiczny skok w jej kierunku i na arenę upadły prawie równocześnie – najpierw żona domptera, a za nią, uderzając przednią łapą w jej głowę, czarna kocica. Zabrzmiało to niesamowicie – podwójne: „klap, klap”, i krótki gardłowy okrzyk kobiety, a później absolutna cisza. Nikt z publiczności nie poruszył się nawet z miejsca, wszyscy zamarli w głuchym, tępym oczekiwaniu.

– Sylwia! – dompter zrobił krok w jej kierunku. – Sylwia, na miejsce!

Ale pantera zamiast odwrócić się w stronę zydli, szarpnęła ciałem kobiety gdzieś na wysokości łopatki, jakby szantażowała tresera, mówiąc: „nie rusz, to moje!". Lwy poruszyły się niespokojnie na taboretach. Brutus przestąpił z nogi na nogę, a Helga wydała długi, głęboki pomruk. Zza kulis wyszli dwaj pomocnicy z gaśnicą, ale dompter wstrzymał ich ruchem dłoni, bo właśnie w tej samej chwili kobieta poruszyła się, a Sylwia parsknęła gniewnie i uderzyła swoją panią w okolice krzyża, zdzierając kostium pazurami. Na piasek spadły lśniące cekiny, a z obnażonego pośladka czerwonymi bruzdami popłynęła krew. Ktoś z górnych ławek zaszlochał, lecz zaraz go uciszono.

Weiser siedział wyprostowany, głowę miał nieruchomą i tylko palce tak samo jak wcześniej bębniły o kolano. „Chryste", myślałem, „niech on tam zejdzie, niech pokaże, co potrafi, bo przecież potrafi, niech spojrzy jej w oczy tak samo jak wtedy w zoo, niech ją poskromi, zmusi do uległości, zgniecie jej bunt, niech ją skruszy jak tamtą, zamieni w zalękłego psa, małego ratlerka, niech zrobi to, zanim będzie za późno".

Herman zeskoczył z taboretu i podniósł łeb, czując w powietrzu podniecający zapach. Dompter dał znak orkiestrze. Na pół tonu muzycy zagrali zejście z areny. Lwy poruszyły się niespokojnie.

– Herman! Brutus! Helga! Raz tu! Raz tu! – powtórzył treser. – Raz tu! Raz tu! – Lwy, acz niechętnie, podeszły do tunelu. – Raz, raz! – i wolno, jakby ospałe, wychodziły przez otwór, aż wreszcie pomocnik spuścił za nimi zastawkę.

Teraz dompter został sam na sam z panterą, która przednimi łapami spoczywała na nieruchomym ciele kobiety, bijąc niespokojnie ogonem raz w lewo, raz w prawo.

– Sylwia – mówił nieco ciszej. – Dobra Sylwia, na miejsce, Sylwia!

Ale pantera, świadoma swej przewagi, zacharczała ostrzegawczo. Jej oczy śledziły każdy ruch mężczyzny.

– Sylwia – zrobił krok do przodu. – Na miejsce!

Sylwia jednak nie zamierzała rezygnować ze zdobyczy, z jej gardła dobiegł głęboki pomruk i ostrzegawczo podniosła łapę do uderzenia.

Palce Weisera bębniły dalej o kolano, a ja po raz pierwszy byłem na niego wściekły i gdyby nie groza sytuacji, wrzeszczałbym na niego i okładał pięściami. Dlaczego się nie poruszył, dlaczego nie zbiegł na dół, dlaczego nie pokazał swoich umiejętności teraz, kiedy na piasku czerwona kałuża stawała się coraz większa, dlaczego siedział spokojnie, jak przy pokazach woltyżerki albo wygłupach klownów? „Chryste", myślałem, „zrób coś, żeby się ruszył, popchnij go tylko, resztę zrobi sam, on umie to doskonale, zmuś go tylko, zmuś". Ale Weiser siedział nieporuszony z głową jak posąg, z twarzą jak posąg, z nogami jak posąg i tylko palce, nienaturalnie długie, wybijały wciąż ten sam rytm na trzy czwarte.

Dompter był bezradny. Nie mógł posunąć się do przodu ani do tyłu, stał jak zahipnotyzowany i coraz ciszej przemawiał do Sylwii tymi samymi słowami:

– Na miejsce! Dobra Sylwia, na miejsce! – I było to jeszcze straszniejsze niż prawdopodobny skok pantery w jego stronę.

Jeden z pomocników wolno, tak aby nie zwracać na siebie uwagi, okrążał klatkę po zewnętrznej stronie bandy z gaśnicą pod pachą, drugi wysunął się zza kulis z wiatrówką przygotowaną do strzału i obaj, coraz bliżej pantery, czaili się do ataku. Nie wiedziałem wówczas, że w gaśnicy jest odurzający płyn, a wiatrówka strzela kapsułami z narkotykiem. Wyglądali jak mali chłopcy, idący z drewnianym mieczem i procą na afrykańskiego bawołu – śmiesznie i nieporadnie.

Pantera trąciła kobietę, choć nie był to ruch zdecydowany. Mężczyzna z gaśnicą przyklęknął, złożył się jak do strzału i puścił w sam pysk zwierzęcia potężny strumień. Pantera podskoczyła. Ciśnienie odrzuciło jej głowę do tyłu, ale łapy, grube łapy zostały jeszcze przez sekundę na miejscu i pewnie dlatego, kiedy porzucała swoją zdobycz, powlokła ją metr, może dwa po piasku, zanim charkocząc i bijąc łapą niewidzialnego przeciwnika, schroniła się przy bandzie. Trafiona kapsułą z wiatrówki podrygiwała jeszcze przez moment w epileptycznym tańcu, aż wreszcie padła na arenę. Dompter był już przy swojej żonie, chwycił ją na ręce i niósł za kulisy. Trzech pomocników wrzuciło panterę na brezentową płachtę, którą powlekli następnie do drugiego wyjścia.

I to był koniec przedstawienia.

Płakałem. Żałowałem pięknej pani i jej ślicznego kostiumu z cekinami, ale jeszcze bardziej rozżalony byłem na Weisera. Bo jedno wiedziałem: albo nie potrafił wszystkiego, albo nie chciał pomóc. Wyglądało na to, że jednak nie chciał pomóc, i to było okropne. Brakowało mu tylko szmaragdowego szkiełka. Nie zbiegł na dół, nie wcisnął się przez wąski otwór i nie stanął oko w oko z czarną panterą. Zaskoczona publiczność nie oszalała ze zgrozy, a następnie z radości, kiedy chłopiec podszedł na wyciągnięcie ręki do drapieżnika i poskromił go spojrzeniem, silniejszym niż wszystkie pociski i strumienie razem wzięte. Nie, nic się takiego nie stało, bo Weiser uznał, że nie musi nic robić dla żony domptera ubranej w obcisły kostium, obszyty cekinami. A dla kogo zrobiłby coś takiego? Może dla Elki, myślałem, a dla któregoś z nas? Gdyby zrobił, co do niego należało, oprócz wyratowania asystentki, miałby z tego ogromne korzyści: sławę, uznanie, a może nawet natychmiastowe przyjęcie do cyrku, a dalej podróże, występy i jeszcze większą sławę, wykraczającą nawet poza nasze miasto i cały kraj. Wiedeń i Paryż, Berlin i Moskwa – wszystkie u stóp jedenastoletniego pogromcy zwierząt, który nie potrzebuje bicza ani tresury. Wielkie nagłówki w gazetach i jeszcze większe tłumy na widowni. A on odrzucił to wszystko i tylko bębnił palcami w kolano raz-dwa-trzy, raz-dwa-trzy, raz-dwa-trzy.

Dzisiaj wiem, że było inaczej, bo Weiser nigdy przecież nie pragnął zostać cyrkowym artystą. Ktoś, kto lewituje i strzela do kanclerza III Rzeszy, nie może występować w cyrku. Nie. To zdanie jest nielogiczne. Jeśli go nie skreślam, to dlatego, że wszystko w tej historii wydaje się nielogiczne. Niech więc zostanie.

Następnego dnia pojechaliśmy oczywiście pod namiot cyrkowy dowiedzieć się, czy żona domptera żyje. Ciekawiło nas również bardzo, co dzieje się z panterą. Ale usłyszeliśmy tylko tyle, że kobieta jest w szpitalu, a numer z tresurą dzikich zwierząt będzie odbywał się bez udziału czarnej pantery. Pani z kasy powiedziała, że jeszcze nie wiadomo, co z nią zrobią, może za kilka dni wystąpi znowu, a może cyrk sprzeda ją do ogrodu zoologicznego.

Potem przez dwie godziny włóczyliśmy się po Starym Mieście, ale z braku gotówki i jakichkolwiek atrakcji trzeba było wracać do domu. Kiedy mijaliśmy słup ogłoszeniowy na naszej ulicy, zobaczyłem Weisera idącego w naszym kierunku z parcianym workiem pod pachą. Wracał z lasu i na pewno znowu łapał zaskrońce, by przenieść je w okolice cmentarza albo na kamieniołomy. Elki nie było w pobliżu.

– Co robimy dzisiaj? – zapytał go Szymek. – Masz jakieś pomysły?

– Dzisiaj nie mam czasu – Weiser wyglądał na zaskoczonego. – Przyjdźcie jutro do dolinki za strzelnicą, będzie wybuch.

Zamiast do domu poszliśmy prosto aż do pruskich koszar, ale na murawie, w tumanach gryzącego kurzu, kopało piłkę ze dwudziestu wojskowych i nie było czego tam szukać. Po południu ruszyliśmy więc przez Bukową Górkę na cmentarz, żeby zajrzeć do krypty i rozegrać może grę wojenną, choć propozycja ta nie wzbudziła w nikim entuzjazmu. Kiedy siedziałem w domu z ropiejącą nogą, Weiser – jak dowiedziałem się teraz od Piotra – dwa razy odmówił im pożyczenia zdezelowanej parabelki, a o schmeiserze nie chciał nawet rozmawiać. Uganiać się z patykiem i krzyczeć „ta-ta-ta-tach", gdy chociaż raz trzymało się w ręku prawdziwą broń – to już nie było to. Ale z nim nie można było dyskutować, jeśli odmówił, to ostatecznie.

Szymek kopał sosnowe szyszki, których pełno leżało na drodze, a ja mełłem w ustach długą trawę z kitą na końcu. Mieliśmy już za sobą wzniesienie i zza zakrętu opadającej łagodnie drogi wyłonił się skraj cmentarza. Od tej strony wszystkie nagrobki były porozbijane, a zardzewiałe krzyże, obrośnięte perzem, trawą i pokrzywami, wyglądały jak sterczące maszty zatopionych okrętów. Kiedy mijaliśmy nagrobek Horsta Mellera, idąc dalej w dół, już cmentarzem, gwałtownie zahuczały dzwony.

– Żółtoskrzydły! – krzyknęliśmy prawie równocześnie, a Szymek, najprzytomniejszy, rzucił jak rozkaz:

– Do krypty, bo znów będą go ścigać!

To nie był najlepszy pomysł. Nawet stojąc na krypcie, nie można było dostrzec, co dzieje się koło dzwonnicy. Ale biegliśmy, jakby to nas ścigano, a nie wariata, który uciekł od czubków i ukrywał się gdzieś w okolicy. Minęły może trzy minuty, podczas których echo dzwonów odbijało się o ściany lasu, i nastała cisza.

– Już ktoś tam jest – wyszeptał Piotr. – Na pewno go gonią!

I rzeczywiście, po chwili pośród trzasku łamanych badyli i szelestu odchylanych gałęzi ujrzeliśmy Żółtoskrzydłego pomykającego w naszym kierunku. Zapamiętał kryptę, gdy jednak zbliżył się na odległość kilku kroków i zobaczył trzy uważnie spoglądające twarze, dał drapaka dalej, w stronę nasypu, gdzie kończył się cmentarz i zaczynała dolina z pierwszymi ogródkami działkowymi. Może nie poznał nas zaabsorbowany ucieczką, a może się przestraszył, w każdym razie zamiast czmychnąć w głąb krypty, gdzie nie odnalazłby go nawet oddział milicji i sanitariuszy, umykał dalej, ścigany przez kościelnego kuternogę i jakiegoś mężczyznę, który nie był proboszczem i którego nigdy do tej pory nie widzieliśmy. Fontanny piasku tryskały spod stóp Żółtoskrzydłego. Trawa pochylała przed nim swoje źdźbła, a krzaki rozchylały się same, żeby ułatwić mu ucieczkę.

Jednego tylko nie przewidział, nie wiedział albo po prostu zapomniał, że dolinka nie jest już tą samą dolinką, gdzie rosły wysokie do kolan trawy, kępy dzikich ostów, żarnowca, gdzie w słoneczne dni cicho przemykały zaskrońce, a kuropatwy śmigały spod nóg jak skrzydlate pociski. Przewrócił się na pierwszym drucie kolczastym, wstał, rozerwał go rękami i umykał dalej, ale faceci z motykami, grabiami, szpadlami, faceci z deseczkami i pędzlami w dłoniach już zobaczyli go, jak biegnie, oglądając się za siebie, już wyczuli psimi nosami radosną muzykę swoich serc i namiętności i już ruszali, żeby zagrodzić mu przejście i schwytać go w sieć z plugawą satysfakcją w oku.

Pobiegliśmy śladem kościelnego i mężczyzny, żeby zobaczyć, co będzie dalej. Żółtoskrzydły ujrzał nadbiegające postacie, zatrzymał się na chwilę i ruszył z powrotem, prosto na kościelnego. Towarzyszący kościelnemu mężczyzna, trzeba przyznać, bardzo fachowo wyciągnął przed siebie nogę w odpowiednim momencie i Żółtoskrzydły runął jak długi prosto pod stopy kościelnego. Gdyby zerwał się wtedy od razu i pognał w naszym kierunku, byłby uratowany, ale stało się inaczej. Podnosił się powoli. Mężczyzna zdążył wskoczyć mu na kark i przez chwilę szamotali się jak wściekłe psy. Wreszcie Żółtoskrzydłemu udało się odskoczyć. Znów biegł, lecz ponownie w złym kierunku – działkowcy zdążyli ustawić się w szeroki półksiężyc i zaciskali teraz kleszcze obławy.

I wtedy zobaczyliśmy Żółtoskrzydłego w zupełnie nowej postaci. Nie uciekał już, stanął pośrodku opasającego koliska, głowę pochylił lekko do przodu niczym zapaśnik i czekał na tamtych nieruchomo. Zatrzymali się, niepewni, co robić dalej.

– Niech ktoś leci do telefonu na plebanię! – krzyknął kościelny. – Trzeba zadzwonić po milicję albo do szpitala!

Grubas, ten sam, który zaczepił mnie i Weisera, gdy nieśliśmy zaskrońce, odłożył motykę i ruszył w stronę cmentarza. W tej samej chwili dwaj odważniejsi działkowcy zbliżyli się do Żółtoskrzydłego.

– Spokojnie – przemawiał pierwszy – nic ci nie będzie.

– Tak, tak – potwierdził drugi – nic ci nie będzie, jak dasz się zaprowadzić!

Ale Żółtoskrzydły miał na ten temat odmienne zdanie. Rzucił się na nich błyskawicznym skokiem, jednemu wytrącił kij, a drugiego powalił ciosem łokcia w brzuch. Obaj wycofali się spiesznie, a Żółtoskrzydły stał teraz jak samuraj pośród otaczających go wrogów i z uniesionym kijem, trzymanym oburącz, wyglądał wzniośle i wspaniale.

– To niebezpieczny wariat – powiedział któryś z mężczyzn. – Poczekajmy, aż przyjedzie milicja.

– Mało nas – oburzył się ktoś inny – na jednego czubka?

Wówczas ujrzeliśmy najpiękniejszą część widowiska, bo wszystko to było przecież jak widowisko: ci dorośli mężczyźni w wieku naszych ojców z motykami i grabiami, a pośrodku Żółtoskrzydły niczym bohater legendy czy opowieści.

Mężczyźni podchodzili coraz bliżej, a Żółtoskrzydły stanął w rozkroku.

– On musiał być kiedyś szermierzem – stwierdził Szymek, podnosząc głowę. – O, popatrzcie!

Tak, Żółtoskrzydły umiał nie tylko grozić spaleniem Ziemi i obywateli jej; w walce na kije był od swych przeciwników o kilka klas lepszy. Podskakiwał, obracał się we wszystkie strony, błyskawicznie parował ciosy i sam je zadawał, zawsze celnie. Trzask łamanych trzonków i okrzyki napastników mieszały się ze sobą. W pewnej chwili wyglądało na to, że już go mają, że już go nakryli swoimi narzędziami do uprawy roli, ale było to tylko złudzenie. Wycofywali się z podbitymi oczami, potłuczeni i obszarpani, Żółtoskrzydły zaś stał pośrodku i tryumfował. Działkowcy zacisnęli koło i naradzali się przez chwilę. Potem ruszyli znów, jeszcze szybciej, lecz skończyło się jak poprzednim razem: nie dostali go i wyszli ze starcia poturbowani i obtłuczeni.

Nagle w stronę zwycięzcy poszybował kamień. Potem drugi. Potem trzeci. Żółtoskrzydły uchylał się zwinnie, a niektóre pociski zbijał kijem, ale było ich coraz więcej i padały coraz szybciej ze wszystkich stron. Najpierw oberwał w szyję. Drugie trafienie z pewnością go zabolało – dostał w przegub dłoni i przez chwilę musiał trzymać kij tylko w jednej ręce. A potem rąbnęli go w głowę, jeszcze raz w szyję i jeszcze raz w głowę. Dalej trudno już było dojrzeć, bo kamienie padały jak grad i tamci przybliżali się coraz bardziej, aż wreszcie doszli go, choć bronił się jeszcze, i teraz widzieliśmy tylko podnoszące się i opadające kije i wykrzywione twarze z wyszczerzonymi zębami.

Ile mogło upłynąć czasu, zanim od strony rębiechowskiej szosy zawyła syrena? Pamiętam tylko, że przez cały ten długi jak wieczność czas kije, trzonki od łopat i motyk wznosiły się i opadały, pamiętam też, że kiedy karetka pogotowia ze szpitalnym krzyżem na drzwiczkach zabuksowała w piasku kolejowego nasypu, po którym nie jeździł żaden pociąg, że kiedy wyskakiwali z niej sanitariusze w białych kitlach – ja biegłem już na cmentarz ścigany okrzykami Szymka i Piotra, biegłem do drewnianej dzwonnicy, odwiązywałem sznur zatknięty ręką kościelnego za poczerniałą belkę i ciągnąłem go z całych sił w nogach i dłoniach, ciągnąłem, podskakując i znów stając na ziemi, ciągnąłem jak szalony, bo właśnie wtedy poczułem się po raz pierwszy w życiu szalony, ciągnąłem go i płakałem, płakałem i ciągnąłem, i znowu płakałem, aż dopadli mnie Szymek i Piotr i siłą oderwali od tego sznura, bo już prawie do niego przyrosłem, oderwali mnie i powlekli do lasu na Bukowej Górce. Pamiętam też, że nie odezwałem się do nich ani słowem i pojechałem sam na plażę w Jelitkowie. Siedziałem tam do zmroku nad brudną i cuchnącą wodą zatoki. Po plaży snuli się pojedynczo bezrobotni rybacy i długimi tykami sprawdzali stan rybnej zupy przy brzegu. Latarnia w Brzeźnie obracała się już dookoła, a statki na redzie zapalały światła pozycyjne. Daleko od strony Sopotu ktoś rozpalił na piasku ognisko. Nawet gdyby podszedł do mnie Weiser, nawet gdyby on sam poprosił mnie o cokolwiek, byłbym niemową.

Szymek wyszedł z gabinetu dyrektora. Mrugnął okiem. Znaczyło to: „w porządku, mówiłem, jak ustaliliśmy".

Usłyszałem swoje nazwisko. Zobaczyłem, że mężczyzna w mundurze ma zapięte wszystkie guziki, a dyrektor poprawił krawat, który teraz nie przypominał już kokardy jakobińskiej ani wyżętej szmaty, ani szalika z okładem na gardło, tylko zwyczajny krawat, kupiony w Domu Towarowym w centrum Wrzeszcza.

– No jak? – zapytał M-ski. – Przypomnieliśmy sobie co nieco? Czy wolimy rozmawiać z panem prokuratorem w areszcie? – zakończył głośno.

– Tak, proszę pana.

– No, mów – mundurowy zrobił dłonią gest rezygnacji – mów, co wiesz.

– Wszystko mam od początku opowiadać?

– Nie – wtrącił dyrektor – masz powiedzieć, jak było z tą sukienką Wiśniewskiej.

– Ale to nie była sukienka, proszę pana, to był tylko kawałek.

– Dobrze, kawałek. No więc, gdzieście go znaleźli po wybuchu?

– Tam, proszę pana, jest taki stary dąb, tam żeśmy go znaleźli.

Mundurowy przysunął mi mapę.

– Gdzie?

– O tutaj, tutaj jest ten dąb i tutaj – pokazałem palcem – leżał ten kawałek.

– Kto znalazł? – M-ski zapytał szybko.

Zrobiłem pauzę, jakbym musiał sobie przypomnieć ten szczegół.

– Szymek, proszę pana.

– No dobrze – twarz M-skiego nie zdradzała niczego, choć wiedziałem, jak bardzo musi być zadowolony. – A gdzie spaliliście ten kawałek?

– Na kamieniołomach, proszę pana.

Mundurowy zniecierpliwił się ostatnim wyjaśnieniem.

– Tu w okolicy nie ma żadnych kamieniołomów, co ty pleciesz?

– Dobrze – dyrektor nie pozwolił mi na dalsze wyjaśnienie tej kwestii. – To jest polana z głazami narzutowymi – zwrócił się do mundurowego. – Wszyscy z okolicy tak ją nazywają.

– A kiedy to było? – badał dalej M-ski.

– Tego samego dnia, wieczorem, proszę pana.

– To ty niosłeś ten strzęp sukienki, tak?

– Ja, a skąd pan wie?

M-ski uśmiechnął się tryumfująco.

– Widzisz, przed nami niewiele da się ukryć. Która to była godzina?

– Nie pamiętam dokładnie, proszę pana, gdzieś po siódmej chyba było, raczej przed ósmą.

– Tak. A co zrobiliście potem?

– Już nic, potem poszliśmy do domu.

– A dlaczego nie powiedzieliście o tym rodzicom?

– Bo to było straszne, proszę pana, że oni wylecieli w powietrze. To było tak straszne, że nie wiem nawet, czy na spowiedzi mógłbym o tym opowiedzieć – wyrzuciłem jednym tchem.

M-ski uśmiechnął się po raz drugi.

– No proszę, a jednak powiedziałeś, i to nie księdzu, tylko nam!

– Jesteście tutejsi? – spytał niespodziewanie mundurowy.

– Nie rozumiem – odpowiedziałem, bo rzeczywiście nie wiedziałem, o co mu mogło chodzić w tym pytaniu.

– Pytam, czy twoi rodzice są stąd.

– Tak, proszę pana, stąd. Ojciec urodził się w Gdańsku i matka też.

– No dobrze – M-ski kończył przesłuchanie. – A jakiejś rzeczy Weisera, czegoś po nim nie znaleźliście?

– Nie, proszę pana, zresztą wybuch był tak silny, że nawet niczego nie szukaliśmy, bo ten kawałek sukienki to był czysty przypadek.

– Możesz już iść i zawołaj drugiego kolegę – uciął dyrektor. – No, na co czekasz?

Po raz pierwszy od rozpoczęcia śledztwa poczułem się pewniejszy.

– Piotr, teraz ty – zawołałem go z otwartych drzwi i kiedy mijał mnie, dałem oko, takie samo jak Szymek, że wszystko na razie idzie ustaloną trasą, tak jak tamci chcieli od początku. Siadłem na składanym krześle i pokiwałem do Szymka głową. Zrozumiał natychmiast. Woźny ziewał przeraźliwie, ukazując rząd czarnych zepsutych zębów, a ja przypominałem sobie, co wydarzyło się dalej.

Rano następnego dnia w sklepie Cyrsona usłyszałem taką rozmowę naszych sąsiadek:

– Słyszała pani? Złapali tego wariata, co po Brętowie biegał i ludzi straszył.

– Też coś! To nie był wariat, ale zboczeniec, moja droga.

– Jezus Maria! Zboczeniec, mówi pani?

– A tak, zboczeniec, jaki normalny wariat biega po cmentarzu i dzwoni? Jaki wariat zakłada sobie hełm na głowę i lezie przez ulice? Normalny wariat, proszę pani, robi za Napoliona albo za Mickiewicza.

– A bo to wiadomo? – wtrąciła się teraz nowa rozmówczyni. – Moja szwagierka mówi, bo ona tam mieszka, że to nie był wcale wariat, tylko natchniony, święty jakby człowiek, raz stał podobno na dachu i mówił takie rzeczy jak z Pisma Świętego!

– Jak to, z Pisma Świętego?

– No, niby niedokładnie, ale jakby z Pisma, cały czas o Bogu i karze za grzechy!

– Też coś! Nie, to jednak wariat. Od tego jest ksiądz, żeby o Bogu mówić. Na dachu, mówi pani?

– Na dachu i nawet milicja przyjechała, ale wtedy im uciekł.

Przyszła moja kolej na kupowanie i nie słuchałem dalej, co mówią sąsiadki, a gdy wybiegłem ze sklepu, spotkałem Szymka.

– Przeszło ci już? – zapytał bez gniewu.

– Tak.

– No to przeczytaj sobie – podsunął mi pod nos gazetę, z którą wracał do domu. – Tu – pokazał palcem nagłówek.

„Obywatelska postawa", głosiły czcionki.

– A o co chodzi?

– Nie pytaj, tylko patrz – zniecierpliwił się wyraźnie.

Notka mówiła o schwytaniu niebezpiecznego szaleńca, którego ujęto dzięki pomocy szczęśliwych właścicieli Państwowych Ogródków Działkowych imienia Róży Luksemburg. Podpisana inicjałami „kz" nie zrobiła na mnie większego wrażenia.

– No i co? – zapytałem. – Co z tego?

– Nic, tylko że o nim napisali, a o nas nie.

– A chciałbyś, żeby o nas?

– Przy tym to nie, lepiej, żeby nikt nie wiedział, żeśmy mu pomagali.

– Tak – odpowiedziałem – lepiej, żeby nie wiedzieli.

Przeszliśmy przez kocie łby na drugą stronę ulicy. Z masarni za sklepem Cyrsona unosił się nieprzyjemny, słodkawy zapach flaków. Przy bramie spotkaliśmy Weisera i Elkę, którzy wychodzili właśnie z domu.

– Przyjdźcie trochę wcześniej, bo robimy dziś piknik – powiedziała wesoło.

– Tam, gdzie zawsze?

– Tam, gdzie zawsze – i już goniła za Weiserem.

– Zaraz – zatrzymał ją Szymek – jak piknik, to trzeba mieć jakieś jedzenie, tak?

– Dobra – zawołała Elka i pokazała na koszyk trzymany w prawej ręce – ja wszystko mam, możecie nic nie przynosić.

Szli pod górę, w stronę lasu.

– Wybuchowy piknik! – Szymek śmiał się z własnego pomysłu. – Niezłe, co?

Ale piknik nie był wcale wybuchowy. Kiedy zeszliśmy w dolinkę, Elka i Weiser siedzieli pod dębem nad rozłożonym obrusem.

– Skąd to wykombinowałaś? – spytał Piotr. – Od proboszcza Dudaka?

– Nie poplam tylko! – spojrzała na nas. – Nie widzisz, jaki biały?

Wszystko było przygotowane z dużym szykiem. Trzeba przyznać, że Elka znała się na rzeczy – obok pokrojonych w plastry pomidorów leżały ogórki, pomiędzy nimi stała solniczka, masło w porcelanowym kubeczku i żółty ser, też pokrojony w plasterki. Usiedliśmy po turecku. Szymek wyjął z siatki pięć butelek oranżady, którą kupiliśmy wspólnie, żeby nie przychodzić z pustymi rękami.

– No, całkiem nieźle – mówiła, soląc pomidory. – Też coś przynieśliście.

Kiedy wszystko było gotowe, wyciągnęła z koszyka bochenek chleba i nóż. Podsunęła to Weiserowi, a on kroił szerokie pajdy i podawał każdemu po kolei według wskazówek zegara.

– Właściwie to niezła rzecz taki piknik – mówił Piotr, przeżuwając chleb z pomidorem. – Jedzenie w lesie zamiast w domu. Czemu nie wpadliśmy na to wcześniej?

A ja zapytałem Elkę, z jakiej okazji ten piknik; nie mówiła, że myśli o czymś takim.

– Ale z was kapuściane głąby! – śmiała się, ukazując wiewiórcze zęby. – Przecież to pożegnanie wakacji!

Wszystkim zrobiło się smutno. Rzeczywiście, pojutrze mieliśmy stać w sali gimnastycznej w białych koszulach i ciemnych spodenkach i słuchać przemówienia dyrektora, że kończy się już niedługo lato, że wypoczęci jesteśmy i opaleni i że wita nas znowu z radością w tych murach, które powinniśmy cenić i szanować. Tylko że każdego lata nadchodzący kres czuło się we wszystkim – w kłębiastych chmurach, które jak skrzydła aniołów przesuwały się nad zatoką, w ostrym powietrzu końcowych dni sierpnia, w chłodnych podmuchach wiatru, jeszcze nie zimnych, ale już słonych jak zapowiedź sztormu. Czuło się umierające lato, gdy letnicy opuszczali Jelitkowo i coraz więcej koszy plażowych świeciło pustką. A teraz, kiedy zapadło milczenie wokół białego obrusa, wszystko było inaczej – lato zdawało się pęcznieć w rozgrzanym i drgającym powietrzu, kurz trzech miesięcy pokrywał szarą warstwą liście drzew i paproci i żaden, najsłabszy nawet podmuch wiatru nie mącił lepkiej ciszy pomiędzy ziemią a bezchmurnym niebem, skąd cienką strugą dobiegało nas buczenie niewidocznego samolotu. Jedynie świerszcze tak samo jak zawsze wygrywały swoje monotonne melodie i jak co roku o tej porze pojawiły się mrówki z cienkimi błonami skrzydełek, dziwne i cudaczne, które znikały po dwóch tygodniach, aby pojawić się dopiero za rok o tej samej porze.

– Chryste, co ja bym dał, żeby tak jeszcze miesiąc! – przerwał milczenie Szymek.

Ale nikt nie kwapił się do rozmowy. Weiser otworzył pierwszą butelkę oranżady i nalewał musujący płyn do szklanki, którą podsunęła mu Elka. Naczynie krążyło z rąk do rąk, a ja dziwiłem się po co tyle zachodu, skoro zawsze piliśmy z butelki.

– Czerwona – powiedział z uznaniem Piotr. – Nie wiem dlaczego, czerwona jest lepsza od żółtej.

Ale i tym razem nikomu nie chciało się mówić, skoro każdy, kto kupował w sklepie Cyrsona, wiedział, że czerwona oranżada ma w sobie więcej gazu i pachnie lepiej niż żółta.

Kiedy wszystko zostało już zjedzone i wypite, Elka pozbierała rzeczy do koszyka. Weiser w tym czasie przytargał z krzaków prądnicę i łączył jak zawsze przewody. Przeszliśmy spod dębu na drugą stronę dolinki.

Napisałem już, że ostatnia eksplozja, choć wtedy nie wiedzieliśmy, że będzie ostatnia, a więc ostatnia eksplozja różniła się od poprzednich. Napisałem też, że obłok pyłu, drobin ziemi i strzępów trawy był jak olbrzymia trąba powietrzna, ciemnego, prawie czarnego koloru, wąska u dołu, rozszerzająca się ku górze; i napisałem też, z czym skojarzyła mi się wiele lat później. I chociaż porównanie to jest może pretensjonalne, a nawet niedorzeczne, to przecież – czego wówczas nie napisałem – trąba poruszała się prawie po całej dolince jak nakręcony niewidzialną ręką bąk, wsysając w swój wirujący tygiel patyki, zeszłoroczne i opadłe w tym roku liście, szyszki, a nawet małe kamienie. Nie napisałem też, że trąba zawinęła swoim rękawem koszyk, który został pod dębem, uniosła go w górę i wyrzuciła kilkanaście metrów dalej, ale do góry dnem, tak że wszystko, co było w środku, także butelki po oranżadzie, wypadło z brzękiem i hałasem na ziemię. Biały obrus powoli opadał, huśtając się nieznacznie w lewo i prawo.

A potem Weiser i Elka pożegnali się z nami, ale nie jakoś specjalnie, tylko jak zwykle: „no to cześć" i poszli pod górę razem. Sam już nie wiem, trzymali się za ręce czy nie, ale wobec tego, co wydarzyło się następnego dnia, jest to rzecz o drugorzędnym znaczeniu. Szymek powiedziałby: „zabawiali się w doktora i pacjentkę". Nie jestem jednak tego taki pewien. Być może spędzili tę noc w piwnicy cegielni, gdzie ona grała na fletni Pana, a on tańczył, padał na ziemię, mówił niezrozumiałe słowa i lewitował. Być może włóczyli się całą noc po lesie albo przesiedzieli aż do świtu na którymś ze wzgórz, czekając na wschód słońca. Wszystko być może. W każdym razie pierwszą osobą, którą spotkałem rano na klatce schodowej, był dziadek Weisera.

– Gdzie jest Dawid? – zapytał ostro, a ja byłem przestraszony, bo pan Weiser nigdy prawie nie wychodził z domu i kiedy się już pokazał, wyglądał zawsze groźnie.

– Nie wiem – odpowiedziałem, a wtedy on pochylił się tak, że przewieszony przez szyję centymetr dotknął mojego nosa.

– Musisz wiedzieć – mówił wolno i bardzo wyraźnie – bo kto ma wiedzieć, jak nie ty?

Nie wiem, co byłoby dalej, gdyby nie pani Korotkowa, wracająca właśnie z zakupami. Słuch miała dobry i zaraz wtrąciła się do rozmowy.

– Jak to, pan nie wie, panie Weiser? Pojechał z Elką do Pszczółek, na wieś.

– Gdzie, pani mówi, z kim? – pan Weiser popatrzył na nią znad drucianych binokli.

– Pszczółki, proszę pana, to taka miejscowość w stronę Tczewa, pół godziny pociągiem.

– Niby jak?

– Mówię, pół godziny pociągiem.

– Niby jak?

– Mówię, pół godziny pociągiem. A Elka pojechała tam do babki na jeden dzień i przenocowała.

– A Dawid?

– Dawid, pan pyta. Przecież on za nią lata dzień w dzień – Korotkowa pokazała w uśmiechu wszystkie pozostałe przy życiu zęby. – I świata bożego poza nią nie widzi, nie wie pan?

Ale pan Weiser nie był zadowolony z wyjaśnienia. Poprawił binokle i zdjął z szyi centymetr.

– Dawid o wszystkim zawsze mówi, dlaczego nic nie powiedział?

– Niech pan jego zapyta, jak wróci – i pani Korotkowa ruszyła do góry, a ja w chwilę później słyszałem pana Weisera pukającego do drzwi Elki, słyszałem, jak pyta o to wszystko i jak pani Wiśniewska odpowiada mu, że chyba tak, bo Elka pytała, czy może zaprosić na ten wyjazd kolegę, i ona zgodziła się, czemu nie, miejsca mają na wsi więcej niż tutaj, i nawet dała im coś do jedzenia na drogę, bo od stacji trzeba tam iść dobre trzy kilometry z hakiem.

A kiedy byłem już na dole i szedłem przez podwórko, Szymek z Piotrem wiedzieli o wszystkim, bo podsłuchiwali całą rozmowę przy tylnych drzwiach do ogrodu. Wiedzieliśmy, że nie pojechali do Pszczółek, na razie tylko tyle. Ale w cegielni ich nie było, a ściana, przez którą wchodziło się na strzelnicę, była zaparta od wewnątrz. Nie było ich także w dolince ani na cmentarzu, ani w kamieniołomach. Nigdzie. W końcu poszliśmy nasypem kolejowym aż do rębiechowskiej szosy, gdzie na zerwanym przęśle mostu można było usiąść i patrzeć, jak pod stopami, dziesięć metrów niżej przejeżdża co jakiś czas samochód. Zamiast usiąść, staliśmy jednak na betonowym progu, jak nad przepaścią, i strzykaliśmy śliną w dół, gdy tylko mijało nas jakieś auto.

Z drugiej strony szosy, za takim samym przyczółkiem zerwanego mostu, nasyp biegnie dalej i po pięciuset metrach łagodnego łuku przechodzi w przekop w miejscu, gdzie zaczyna się wzgórze. Tam właśnie, po jego lewej stronie dochodzi ogrodzenie szpitala czubków, a nieco wcześniej, jeszcze pod nasypem, przepływa Strzyża. Aby dojść do potoku, trzeba iść nie śladem kolejowych podkładów po nasypie, lecz jego podnóżem, wąską ścieżką, tą samą, po której M-ski szedł na spotkanie z gospodynią. Ścieżka urywa się nad wodą i nie prowadzi już donikąd. Aby iść w górę rzeczki, na południe, należy przedzierać się przez zarośla, jak my, gdy śledziliśmy nauczyciela. Po lewej stronie nasypu Strzyża rozlewa się w niewielki staw i znika w ocembrowanym ujęciu, skąd płynie dalej w kierunku miasta podziemnym kanałem. Widzę to wszystko bardzo dokładnie, jak na rysowanej z pamięci mapie, i wiem, że za chwilę krzyknę „o!" i wyciągnę dłoń dokładnie tam, gdzie potok od południowej strony podpływa do nasypu, i zaraz zbiegniemy z przyczółka mostu na szosę i będziemy biec wąską ścieżką jeden za drugim, depcząc sobie po piętach, bo właśnie tam, gdzie Strzyża wpada do wąskiego tunelu pod kolejowym wałem, przed chwilą zobaczyłem Elkę i Weisera, albo raczej Weisera i Elkę, jak siedzą nad wodą, siedzą i nic nie robią, tylko moczą w niej nogi; i biec będziemy na ich spotkanie tyle razy, ile o tym pomyślę, zawsze tak samo głośno i zawsze tak wesoło, jakbyśmy odnaleźli Bursztynową Komnatę albo skarb ostatniego króla Inków.

Więc jak to było na koniec? Nie, nie na koniec tego dnia ani całej historii, bo ta historia nie ma żadnego końca – pytam, jak było na koniec śledztwa, za trzy dwunasta, kiedy już przesłuchano Piotra i kiedy M-ski wezwał nas wszystkich do gabinetu. Staliśmy przed biurkiem dyrektora, za nami woźny; w szarym od dymu powietrzu unosił się zapach potu, za oknami bębnił wrześniowy deszcz, a my jeden po drugim żółtym długopisem mundurowego podpisywaliśmy zeznania i brudnopis protokółu, podpisywaliśmy dwa razy przez kalkę, czyli każdy z nas zostawił tam cztery swoje autografy na potwierdzenie ustalonej wersji wydarzeń.

Widzieliśmy ostatni wybuch w dolince za strzelnicą. Weisera i Elkę rozerwało na strzępy. Niestety, oprócz skrawka jej czerwonej sukienki, który ze strachu spaliliśmy tego samego dnia wieczorem w kamieniołomach, nie pozostało nic innego. Nie wiemy nic o żadnym składzie materiałów wybuchowych poza tym, który odnaleziono w piwnicach nieczynnej cegielni. Owszem, Weiser miał jakiś stary zardzewiały automat niemiecki i nawet pozwolił nam kiedyś dotknąć go na chwilę, ale to wszystko, o czym wiemy. Tak wygląda sprawa. Najpierw swój koślawy podpis położył Szymon; zawsze pisał lewą ręką i zawsze trochę koślawo. Po nim Piotr, literami wielkimi jak dwuzłotówki. Ostatni podpisałem ja. Równo z ostatnią literą nazwiska zegar wybił godzinę dwunastą.

– No – rzekł M-ski – teraz możecie iść do domu, odprowadzi was sierżant.

Dyrektor wstał i zapiął marynarkę, a woźny wysypywał do kosza niedopałki z popielniczki. Tak, w tym miejscu M-ski niechybnie powiedziałby jakiś morał, jakąś piękną sentencję, niczym na akademii, coś w rodzaju: „Kto się prawdy nie boi, niczego się nie boi", bez wątpienia powiedziałby coś w tym stylu, ale rozległo się łomotanie do drzwi wejściowych szkoły i ktoś, przekrzykując deszcz, darł się okropnie:

– Otwierać! Otwierać natychmiast! Natychmiast otwierać! – i znowu targał za klamkę, i walił kułakiem w drzwi.

W świetle zapalonej przez woźnego lampy ujrzałem w strugach deszczu mojego ojca, za nim pana Korotka i ojca Piotra, a jeszcze dalej matkę Szymka i moją.

Mój ojciec wpadł do środka i zanim ktokolwiek coś powiedział, chwycił M-skiego za klapy i wrzasnął:

– Znaleźli, znaleźli ją!

A kiedy ojciec puścił już M-skiego, wszyscy mówili naraz, jak na przyjęciu albo na targu, więc w pierwszej chwili niczego nie można było zrozumieć.

Tak, znaleziono Elkę nad stawem, tam gdzie potok już za tunelem rozlewa się szeroko wśród gęstych szuwarów. Żyje, ale nie odzyskała przytomności. Zawieźli ją do Akademii. Nie wiadomo, skąd się tam wzięła. Wcześniej przeczesywali całą okolicę, ale tylko do wojskowej strzelnicy. Nie wiadomo też, co się stało z Weiserem. Milicja szuka teraz po tamtej stronie, gdzie ją znaleźli.

M-ski spojrzał na nas i w jego oczach ujrzeliśmy łagodne zdziwienie, takie samo jak gdy ktoś bezbłędnie odpowiadał przy tablicy albo na piątkę napisał klasówkę.

– W takim razie – powiedział – śledztwo nie jest zakończone, a sprawę przekazujemy prokuraturze!

– Proszę bardzo! – jeszcze głośniej mówił mój ojciec. – Ale nie dzisiaj! – i wyglądał przy tym tak groźnie, że gdyby M-ski albo mundurowy lub dyrektor chcieli nas jeszcze zatrzymać, choćby przez moment, ojciec na pewno uderzyłby któregoś z nich i byłaby straszna awantura, chyba jeszcze gorsza niż w barze „Liliput", bo pan Korotek i ojciec Piotra stanęli zaraz przy nas i wyglądali równie groźnie.

Śledztwo jednak nie zostało wznowione w poniedziałek ani nigdy później. Bo kiedy tylko Elka odzyskała przytomność, wypytywano ją, lecz niczego nie pamiętała, ani jak się nazywa, ani gdzie mieszka. Tłumaczono to szokiem i czekano na polepszenie. Po trzech tygodniach wiedziała już, gdzie mieszka, ale twierdziła, że jest chłopakiem i że nazywa się Weiser. Nie umiała nazwać niektórych przedmiotów i mówiła do pielęgniarki: „podaj mi zegar", a chodziło jej o talerz z zupą. Wszystko się jej pomieszało. Dopiero na początku października złapała równowagę, ale o tamtym nadal ani słowa, milczała jak grób. Twierdziła na przykład, że po raz ostatni bawiła się z Weiserem w połowie sierpnia i niewiele z tego pamięta.

W tym czasie nie żył już pan Weiser i poza prokuratorem, który przesłuchał nas jeszcze raz na dużej przerwie, nikt nie dopytywał się o Dawida. Prokuratorowi powiedzieliśmy, że oczywiście żadnego pogrzebu sukienki nie było. W dolince po wybuchu oni odeszli w górę i to był ostatni raz, jak ich widzieliśmy. I w końcu dochodzenie umorzono.

Ostateczna wersja była taka: Elkę po wybuchu fala powietrza odrzuciła w gęste paprocie, a my, ze strachu, daliśmy drapaka. Nie mogliśmy widzieć Weisera, bo go rozerwało, ani Elki, bo leżała bez przytomności w zaroślach. Strach i wyobraźnia dopisały resztę. Mogło nam się wydawać, że idą pod górę. Ale to była tylko fantazja, fantazja niegrzecznych chłopców, co bawili się niewypałami i później ze strachu dorobili taką historię. Elka odzyskała po jakimś czasie przytomność, przynajmniej częściowo, i usiłowała dotrzeć o własnych siłach do domu, ale zbłądziła aż nad Strzyżę i tam upadła w szuwary, krążąc wokół stawu, albo spadła z nasypu do stawu i prąd wyniósł ją na brzeg, zanim zdążyła się utopić.

Wszystkie kłamstwa puszczono nam w niepamięć, bo ostatecznie, jak stwierdzono, Weiser był prowodyrem niebezpiecznych zabaw i na nim spoczywała główna wina. Tylko M-ski na lekcjach przyrody patrzył na nas podejrzliwie aż do samego końca szkoły, ale to może dlatego, że coś niecoś wiedzieliśmy o jego ukrytych pasjach.

Wszystko? Wszystko, gdyby nie tamten dzień nad Strzyżą, kiedy dobiegamy właśnie do potoku, Elka odwraca głowę w naszym kierunku i woła:

– Hej, czy musicie płoszyć nam ryby?

Żartowała. W Strzyży nie było ryb, a oni nie mieli wędki ani podbieraka.

– Co tu robicie? – dyszał Szymek. – Szukają was.

– Szukają? – zdziwiła się. – Kto nas szuka?

– No... – nie był pewien. – Właściwie to twój dziadek – mówił teraz do Weisera. – Niepokoił się bardzo.

– Mówiłem mu, że jadę z nią do Pszczółek.

– Nie kłam! – Szymek po raz pierwszy podniósł na niego głos. – Nie kłam, słyszeliśmy twojego dziadka, jak wypytywał się wszystkich o ciebie i nie wiedział o niczym. A w ogóle to nie byliście w Pszczółkach – w jego tonie dało się wyczuć nutę podziwu i palącej ciekawości.

– Nie wasza sprawa – odpowiedziała Elka. – Przyszliście nas badać?

– No dobra – pojednawczo odezwał się Piotr. – Jak nie, to nie, ale co tutaj robicie? Przecież tu nie ma nawet uklejek!

Elka spojrzała na Weisera, który stał teraz w potoku do połowy łydek i przypatrywał się wodzie spadającej do cementowego progu.

– Nic nie robimy – odpowiedział za nią i po chwili wahania dodał – właściwie nic nie robimy, tylko przygotowania.

Badał naszą ciekawość. Wiedzieliśmy, że nie należy w takim momencie pytać, bo zaraz powie resztę.

– Przygotowania do specjalnego wybuchu – wyjaśnił. – Ale najpierw trzeba wszystko obliczyć i porachować.

Spojrzałem w górę rzeczki, skąd wśród leszczyn i olch spływała tutaj niewielkimi meandrami, i zaraz, w tej samej chwili zrozumiałem, o co mu chodzi. To był rzeczywiście niezwykły pomysł: gdyby w tunelu pod nasypem podłożyć ładunek, eksplozja musiałaby zasypać jego wąski przekrój zwałami ziemi z kolejowego nasypu i w miejscu przepustu zrobiłaby się wysoka na siedem–osiem metrów tama, a tu, gdzie teraz staliśmy w wodzie, i wyżej w górę strumienia byłoby normalne jezioro, aż do pierwszych drzew.

– Genialne! – wyszeptał Szymek. – Cudowne! – Jemu też spodobał się pomysł zagrodzenia strumieniowi biegu. – Tu będzie można pływać – pokazał ręką na łąkę od strony rębiechowskiej szosy – wszystko zaleje woda!

– Tak – potwierdził Weiser – wszystko zaleje woda, ale trzeba obliczyć masę ziemi i siłę eksplozji.

Tylko Piotrowi nie podobał się pomysł Weisera. Mówił, że po tamtej stronie wału jest przecież staw i można od biedy spróbować kąpieli. Ale nie daliśmy mu dojść do słowa, a zresztą staw był paskudnie zarośnięty i zamulony i aż obrzydzenie brało na samą myśl o zanurzeniu się w czymś takim.

– Trzeba wejść do tunelu – powiedział Weiser – i zmierzyć dokładnie jego długość. Kto na ochotnika?

Skoczyłem pierwszy.

– Dobrze – mówił teraz do mnie – tylko licz dokładnie kroki i uważaj na dno.

Tunel nie był wysoki, jego betonowy wlot sięgał mi do wysokości oczu w najwyższym miejscu symetrycznie sklepionego półkola. Przykucnąłem, patrząc w ciemną dziurę.

– Oho! – krzyk wrócił echem. – Zupełnie jak w piwnicy icy... icy... icy...

Ruszyłem przed siebie lekko przygarbiony, rękami podpierając się wilgotnych i oślizłych ścian. – Jedenaście, dwanaście, trzynaście. – Szedłem, ostrożnie stawiając stopy, pod którymi wyczuwałem zgniłe rośliny, naniesiony latami muł i kawałki cegieł. – Dwadzieścia jeden, dwadzieścia dwa, dwadzieścia trzy. – Czułem, jak obejmuje mnie wilgoć pachnąca stęchlizną, bagnem i zbutwiałym drewnem, czułem w nozdrzach jej dojmujący zapach, chłodny i przenikający. – Trzydzieści jeden, trzydzieści dwa, trzydzieści trzy. – Zapach trochę podobny do tego, jaki wyczuwało się w krypcie na brętowskim cmentarzu i w piwnicy nieczynnej cegielni, ale nie przerażał mnie wcale, tak samo jak metry sześcienne ziemi nad moją głową nie budziły we mnie lęku, bo na końcu tunelu i obejmującej mnie ciemności... czterdzieści dwa, czterdzieści trzy, czterdzieści cztery – na końcu ciemnego rękawa widziałem jasny, coraz większy punkt wylotu i coraz więcej światła miałem przed sobą, aż skończył się chłód... – pięćdziesiąt dziewięć, sześćdziesiąt, sześćdziesiąt jeden – i stałem teraz oblany gorącymi promieniami oślepiającej jasności, mrużyłem oczy i prostowałem kark, bo byłem już po drugiej stronie.

– Cztery minuty – usłyszałem głos Piotra. – Okrągłe cztery minuty. Nie da się szybciej? – Stał obok wylotu tunelu, prosto pod słońce i nie mogłem od razu spojrzeć w jego twarz.

– No jasne – odpowiedziałem – że można szybciej, ale nie chciałem się pomylić!

Weszliśmy po stromym zboczu nasypu do góry i wtedy Piotr pokazał ręką na szpital czubków widoczny stąd w oddali za kopułami drzew.

– Myślisz, że on tam jest? – zapytał.

– Tak – odpowiedziałem – na pewno tam jest, bo wtedy go nie zabili.

Pamiętam, że kiedy mieliśmy schodzić w dół, po tamtej stronie nasypu, który wyglądał jak opuszczona droga, zahaczyłem nogą o coś wystającego z ziemi. Był to obrośnięty trawą kolejowy podkład. Tamci na dole moczyli nogi w wodzie i tylko Weiser stał na brzegu. W dłoni trzymał patyk i zobaczyłem, jak rysuje na ziemi, tam gdzie trawa była rzadsza.

– Co to jest? – spytałem, ale Elka szybko powiedziała, żeby mu nie przeszkadzać.

Weiser znad kwadratu, podzielonego na równe kratki, do których coś wpisywał, mazał i znowu wpisywał, zapytał, ile było kroków.

– Sześćdziesiąt jeden – podałem, a wtedy on raz jeszcze coś dopisał i zmazał, jakby to była tabliczka mnożenia albo liczydło.

– Chodź tutaj! – zawołała mnie Elka. – Nie widzisz, że jest zajęty?

Podszedłem do nich, ale zdążyłem policzyć wszystkie kratki kwadratu – było ich trzydzieści sześć, po sześć w każdym boku. Piotr mówił teraz, że jeśli wybuch się uda, woda zaleje łąkę i po jakimś czasie z braku odpływu podejdzie do drogi.

– Co wtedy? – zapytałem, ale Elka nie martwiła się tym wcale.

– Przyjadą strażacy, wojsko i zrobią odpływ albo nowy tunel, a my zdążymy się wcześniej wykąpać – tłumaczyła, jakby chodziło o wycieczkę do Jelitkowa. – I już tu nas nie będzie.

– Albo przyjdziemy razem z innymi popatrzyć – wymyślił Szymek. – Nikt się nie dowie, czyja to sprawka.

– A gdyby górą jechał pociąg – dodał Piotr – dopiero byłaby awantura!

Weiser zmazał nogą swój kwadrat.

– Już mam – powiedział głośno. – Wszystko jasne!

– To kiedy? – zapytałem niecierpliwie.

– Muszę sprawdzić, gdzie najlepiej zakładać ładunki. Nie ma tam szkieł? – zwrócił się do mnie i zrozumiałem, że teraz zechce wejść do tunelu.

– Nie ma – odpowiedziałem. – Czy mogę iść z tobą?

– Zostań.

Elka podeszła do niego.

– Ja też chcę zobaczyć – i już podchodzili do sklepienia wlotu, pochylając głowy, i nikli w ciemnym korytarzu jak ja przed chwilą, podczas gdy Piotr popędził po zboczu do góry, żeby czekać na nich po tamtej stronie.

Stałem oparty dłońmi o betonowe sklepienie i widziałem pochyloną sylwetkę Elki, która szła za Weiserem, słyszałem ich coraz słabsze głosy i oddalający się chlupot, zmieszany z szumem płynącej wody, aż wreszcie ujrzałem niewyraźny zarys postaci, tam gdzie na końcu widniała jasna plama światła, w której kontur rozmył się zupełnie i zniknął.

Ile to mogło trwać? Nie myślę o przejściu na drugą stronę – pytam, ile mogło upłynąć czasu, zanim usłyszałem nad głową okrzyk Piotra:

– Co jest, gdzie się oni podziali?

Szymek twierdził, że dobre osiem do dziesięciu minut, ale ani wtedy, ani tym bardziej dzisiaj, kiedy to piszę, nie umiem powiedzieć, jak długo to trwało. Piotr czekał po tamtej stronie, czekał i liczył, liczył i czekał, aż znudziło mu się i zajrzał do wylotu tunelu. Nie zobaczył ich i pomyślał, że pewnie zawrócili, bo znaleźli już dobre miejsce do podłożenia ładunków. Więc jeszcze raz przez nasyp pobiegł w naszą stronę, ale zobaczył mnie stojącego u wlotu, Szymka brodzącego w wodzie i nikogo więcej. Myślałem, że żartuje, kiedy powiedział:

– Nie wychodzili tamtędy. – A on przypuszczał, że to ja nabieram go i straszę, ale w chwilę później wiedzieliśmy już, że to nie był żart jego ani mój, tylko Weisera.

– Niemożliwe! – powiedziałem. – Tam nie ma żadnego ustępu, żadnego zagłębienia z boku, gdzie mogliby się schować.

Ale nie było ich ani z tej, ani z tamtej strony nasypu. Przez godzinę brodziliśmy z Szymkiem w tunelu, opukując każdy kamień, każdą rysę, cegłę i kawałek cementu. – Weiser! – krzyczałem. – Weiser, to jest za mądry kawał! Gdzie jesteście? – ale oprócz szumu wody i dudniącego echa nic nam nie odpowiadało. Siedzieliśmy nad Strzyżą do wieczora po obu stronach tunelu, a Piotr czuwał u góry, na szczycie nasypu – wszystko bez rezultatu.

Wracaliśmy ze spuszczonymi głowami, bo chociaż każdy z nas myślał, że nie stało się nic złego i że oni najdalej jutro rano zjawią się w szkole na uroczystej akademii rozpoczęcia roku, chociaż wierzyliśmy w to niezachwianie, to mimo to było w ich zniknięciu coś nienormalnego, jakby Weiser, umówiwszy się z nami, zagrał na nosie, czego przecież od czasu pierwszego spotkania nigdy nie robił.

Kiedy został za nami brętowski cmentarz – bo szliśmy nasypem – i kiedy ze szczytu Bukowej Górki widzieliśmy dachy naszej dzielnicy, a dalej płytę lotniska i zatokę, z północy, od strony morza powiał wyraźnie pierwszy w tym roku, chłodny i orzeźwiający podmuch wiatru. Przy domach, gdzie kończył się las, poczułem duże jak winogrona, ciężkie krople deszczu. Padały na ziemię i natychmiast wsiąkały, ale za nimi coraz szybciej leciały następne, po chwili zaś ulica, miasto i cały świat tonęły w szarych strugach deszczu.

Tak, tu właśnie kończy się opowiadanie. Wszystkie myśli wokół Weisera bardzo mnie niepokoją, tak bardzo, że nie będę ich rozwijał dalej, chociaż zachowam je w pamięci i sercu. Ale pozostał Piotr. Dla niego zawinąłem zapisane kartki w szary papier i wsadziłem w szczelinę cementowej płyty.

– To ty? – zapytał.

– To ja – odpowiedziałem.

– Po co przyszedłeś dzisiaj? Przecież to nie Zaduszki.

– Tak, Piotrze, lecz przyniosłem coś dla ciebie. Przeczytaj, a ja przyjdę jutro albo za dwa dni i porozmawiamy.

Nie odpowiedział. Znaczyło to, że się zgadza.

Sam nie wiem, jak się to dzieje: zamiast jechać autobusem, idę na to spotkanie piechotą. Najpierw mijam Bukową Górkę, gdzie wytyczone alejki w niczym nie przypominają tamtego czasu. Po lewej ręce powinienem mieć brętowski cmentarz. To już tu. Na wielkim placu nie ma nagrobków z gotyckimi literami. Drzewa wycięto. Buldożer, zaraz obok ceglanego kościółka, spycha na kupę zwały kamieni i potrzaskanych płyt. Kopie fundament pod nowy, dużo większy kościół. Dół jest głęboki na kilka metrów i ma rozmiary średniego boiska. Idę dalej. Tam gdzie znajdowała się pusta krypta, stoi czteropiętrowy dom z trzema klatkami schodowymi. Pierwsi lokatorzy zawieszają firanki i czyszczą okna po malarzach, chociaż zimno. Stoję teraz na kolejowym nasypie. Tam gdzie za ścianą lasu widać było wzgórza okalające strzelnicę, widzę teraz jeszcze nieotynkowane wieżowce. Jeden, drugi, trzeci i jeszcze jeden za nimi. Nawierzchnia nasypu jest teraz dużo gorsza – rozjeździły ją ciężarówki i samochody działkowców. Idę dalej nasypem, aż do rębiechowskiej szosy, która nie wygląda już jak szosa. Jest zwykłą ulicą z chodnikami, latarniami, i znów dużo samochodów. Czuję się zmęczony, zupełnie jak stary człowiek. Żałuję, że nie pojechałem autobusem. A może – myślę sobie – dobrze było popatrzyć. Bo Piotr zawsze zaczyna rozmowę od tego, co dzieje się w mieście. Każe opowiadać sobie wszystkie szczegóły bardzo dokładnie. Więc jeszcze raz rzucę okiem i pójdę na jego cmentarz. Nie zastanawiam się dalej, idę ulicą w dół, a potem w prawo do góry i jestem, gdzie miałem trafić. W prawo od bramy cmentarza skręca się do szpitala czubków. Gdybym poszedł tamtędy i minął zakratowane pawilony, otoczone starym parkiem, mógłbym dojść do miejsca, w którym po raz ostatni widziałem Weisera. Ale nie po to zrobiłem taki szmat drogi. Na razie muszę porozmawiać z Piotrem. Siadam na zimnej płycie i poprawiam szalik.

– Przeczytałeś? – zadaję pytanie, chociaż nie wiem, czy jest nastrojony do rozmowy.

– Tak – odpowiada.

Milczymy przez chwilę. Wyciągam rękopis ze szczeliny i chowam go do torby. Ale Piotr nie rozpoczyna od swojego „co słychać?". Nasza rozmowa ma dzisiaj nieco inny charakter, czuję to, gdy pada pierwsze zdanie:

– Nie napisałeś, w jakiej sukience była Elka.

– Kiedy?

– Nad Strzyżą.

– Oczywiście w czerwonej.

– To trzeba zaznaczyć.

– W tej samej, którą miała na lotnisku.

– No dobrze. A co z bronią, którą przechowywał Weiser? W śledztwie jest mowa o tym, że znaleziono tylko materiały wybuchowe. A o broni ani słowa!

– Bo nie znaleźli niczego oprócz trotylu i detonatorów. Weiser musiał ją ukryć, zanim szukaliśmy go w cegielni. Pamiętasz? Ściana, przez którą wchodziło się do jego kryjówki, była zaparta.

– Pamiętam.

– No właśnie. On wszystko przewidział i zaplanował dokładnie, nie sądzisz?

– Przejdźmy do innych szczegółów. M-ski jest taki, jaki był, prawdziwy. Ale na pewno nie popełniał błędów przyrodniczych. Nigdy nie pomylił się w nazwie rośliny, owada, motyla ani w klasyfikacji, a ty...

– Więc to nie był pomornik górski?

– Oczywiście, że to był *Arnica montana*, kwiat pomornika górskiego, nazywany kupalnikiem pospolitym. Ale napisałeś, że M-ski zakwalifikował go do podrodziny pierwszej: *Liguliflorae*, czyli języczkokwiatowych. A M-ski nie popełniał błędów w systematyce, nigdy. Do podrodziny pierwszej należy na przykład *Scorzonera hispanica* albo *Taraxacum officinale*, lecz...

– Chryste! A co to takiego?

– *Scorzonera hispanica?* Wężymord hiszpański. A *Taraxacum officinale* to po prostu lekarski mniszek, czyli dmuchawiec, one należą do podrodziny *Liguliflorae*, ale nigdy *Arnica montana*!

– Oszaleję! Skąd u ciebie znajomość tych nazw? M-ski tego nie uczył.

– Tymczasem *Arnica montana* należy do podrodziny drugiej: rurkokwiatowych, po łacinie *Tubuliflorae*, do tej samej, co powiedzmy, *Achillea millefolium*, to znaczy krwawnik pospolity.

– Czy to aż takie ważne?

– Jeżeli pisałeś o M-skim, to bardzo ważne. Ale mam jeszcze coś – Horst Meller... Czy dowiedziałeś się, co to za jeden?

– Zlituj się, kogo dziś może obchodzić, kim był jakiś Horst Meller?

– Zgoda, tylko że czasami piszesz o jakimś mało ważnym szczególe i główna akcja jest wtedy zawieszona. Z mrówkami przesadziłeś. Mrówki nikogo nie obchodzą. Albo to, jaki zapach unosił się nad masarnią za sklepem Cyrsona. Czy to nie przesada?

– Myślę, że nie. Skoro wywlekasz podrodzinę *Arnica montana*, to mrówki i masarnia są tak samo ważne.

– Zaraz dojdziemy do tego, że wszystko jest ważne.

– Żebyś wiedział. Bo albo nic, albo wszystko.

– To dlaczego nie napisałeś, że zawsze bałem się ciemności? Korytarzy i nieoświetlonych piwnic? Nawet nad Strzyżą nie wszedłem do tego cholernego tunelu. Czekałem na nich i liczyłem, ale nie zaglądałem do środka. Dlaczego tego nie opisałeś?

– Przecież byłem z drugiej strony, jak miałem to zrobić?

– Nie widziałeś mojej sylwetki?

– Nie. Widziałem plecy Elki, jak szła w tamtym kierunku, nic więcej.

– Jeszcze jedno: co ci przyszło do głowy z dyrektorem? W podstawowej szkole byli wtedy kierownicy.

– Tak, dopiero jak cię nie było, przemianowali ich na dyrektorów.

– No więc?

– Jeżeli myślisz, że to ważne, przyjmę go z powrotem na kierownika. Nie będzie się chyba złościł, dawno jest na emeryturze.

– Poza tym wszystko jest tak, jak było.

– I nic więcej mi nie powiesz?

– A czego oczekiwałeś? Przeczytałem i mówię, co zauważyłem.

– A Weiser?

– Co Weiser?

– Co byś powiedział o nim? Przecież nie chciał zostać cyrkowym artystą. Oszukiwał nas. Gdzie on teraz jest?

– Napisałeś i nie wiesz?

– Wiem więcej, niż wiedziałem, ale nie wszystko. Dlatego przychodzę do ciebie. Muszę znać prawdę.

– Dotrzymałem obietnicy, a ty znowu swoje.

– Co się z nim stało?

– Już i tak rozmawiamy za długo.

– Co się z nim stało? Dlaczego nic nie mówisz? Dlaczego przestałeś odpowiadać, Piotrze?

Tak. Pójdziesz znów tą samą ścieżką od cmentarza, najpierw w dół, później do góry, a później raz jeszcze w dół. Staniesz nad umykającą wodą potoku, gdzie wpada do nisko sklepionej niszy tunelu. Wejdziesz do zimnej wody i staniesz u samego wylotu, dłonie opierając o wilgotny beton. Nabierzesz tchu w płuca i jak w górach zakrzykniesz: „Weiser!". Echo odpowie ci stłumionymi sylabami, ale tylko ono, nic więcej. Ta sama woda co przed laty będzie huczała na cementowych progach i gdyby nie zachmurzone niebo, pomyślałbyś, że teraz jest wtedy. „Weiser!", krzykniesz, „Weiser, wiem, że tam jesteś!" – i ciśniesz kamieniem w czarny otwór. Odpowie ci tylko plusk wody. „Weiser!", krzykniesz znowu, „wiem, że tam jesteś, wyłaź zaraz!". W szumie i bulgotaniu nie będzie odpowiedzi. „Weiser, bydlaku, wyłaź!", krzyczeć będziesz coraz głośniej, „słyszysz mnie?". Głowę wsadzisz w ciemny otwór i coraz bardziej zanurzając się w wodzie, posuwać się będziesz na kolanach pośród szlamu, oślizłych badyli i kamieni w kierunku jaśniejącego punktu po drugiej stronie. „Weiser!", zakrzykniesz, „nie oszukuj mnie, skurwysynu, wiem, że tu jesteś!”. Dudniący pogłos przetoczy się nad tobą, jakby w górze nasypu bił werbel lokomotywy, ale nikt nie odpowie na twoje wołanie. Wyjdziesz wreszcie z tunelu. Ociekający wodą, zabłocony, siądziesz na brzegu potoku i dygocąc z zimna, przypomnisz sobie słowa tamtej piosenki: „Weiser Dawidek nie chodzi na religię”. Popatrzysz w niebo, gdzie zza ołowianych chmur niewidoczny samolot buczeć będzie silnikami. I zamiast mówić cokolwiek, zamiast złorzeczyć i przeklinać, pomyślisz, że wszystko, co oglądały twoje oczy, i wszystko, czego dotykały twoje ręce, dawno już rozsypało się w proch. Patrzeć będziesz przed siebie tępym, nieruchomym spojrzeniem, nie słysząc już wody ani wiatru, który targać będzie twoje zlepione włosy.

Gdańsk 1984